Charmed

Zauberhafte Schwestern

Der Fluch der Meerjungfrau

Roman von Marc Hillefeld

Der Roman basiert auf folgenden Episoden:

»A Witch's Tail Part 1« (»Der Fluch der Meerjungfrau, Teil 1«)
is based on the original episode written by Daniel Cerone.
»A Witch's Tail Part 2« (»Der Fluch der Meerjungfrau, Teil 2«)
is based on the original episode written by Monica Breen
& Alison Schapker.
»Happily Ever After« (»Hexenmärchen«) is based on the original
episode written by Curtis Kheel.
»Sympathy for the Demon« (»Meister der Angst«) is based on the
original episode written by Henry Alonso Myers.

Bibliografische Information Der Deutschen Bibliothek
Die Deutsche Bibliothek verzeichnet diese Publikation in der
Deutschen Nationalbibliografie; detaillierte bibliografische Daten
sind im Internet über http://dnb.ddb.de abrufbar.

Das Buch »Charmed – Zauberhafte Schwestern.
Der Fluch der Meerjungfrau« von Marc Hillefeld entstand
auf der Basis der gleichnamigen Fernsehserie
von Spelling Television, ausgestrahlt bei ProSieben.

© des ProSieben-Titel-Logos mit freundlicher Genehmigung der
ProSieben Television GmbH

® & © 2003 Spelling Television Inc.
All Rights Reserved.

1. Auflage 2003
© der deutschsprachigen Ausgabe:
Egmont vgs verlagsgesellschaft mbH
Alle Rechte vorbehalten.
Redaktion: Sabine Arenz
Lektorat: Almuth Behrens
Produktion: Wolfgang Arntz
Umschlaggestaltung: Sens, Köln
Titelfoto: © Spelling Television Inc. 2003
Satz: Kalle Giese, Overath
Printed in Germany
ISBN 3-8025-3303-8

Besuchen Sie unsere Homepage im WWW:
http://www.vgs.de

INHALT

Der Fluch der Meerjungfrau, Teil 1   7 – 67

Der Fluch der Meerjungfrau, Teil 2   69 – 123

Meister der Angst   125 – 201

Hexenmärchen   203 – 273

Charmed –

DER FLUCH DER MEERJUNGFRAU

Teil 1

1

Piper Halliwell kannte keine Gnade. Unbarmherzig zerrte sie ihre Schwester Phoebe die Treppe des alten Anwesens hinauf.

»Piper, bitte, ich habe keine Zeit«, protestierte Phoebe. »Ich darf heute auf keinen Fall zu spät in die Redaktion kommen. Heute ist doch das Interview mit diesen beiden Typen aus der Radioshow. Pip und Skeeter.«

»Die beiden heißen Skip und Peter. Könntest du deine Lebenshilfekolumne vielleicht mal für einen Augenblick vergessen? Ich will dir unser neues Babyzimmer zeigen!«

In den letzten Monaten hatte sich wirklich viel im Leben der drei Zauberhaften getan: Phoebe hatte sich von Cole getrennt und gleichzeitig Karriere als Journalistin gemacht. Und Piper erwartete ein Kind von Leo, ihrem Ehemann und gleichzeitig Wächter des Lichts.

Phoebe seufzte. »Ich weiß, das Kinderzimmer ist in deinem ehemaligen Umkleideraum. Aber ich kenne den Raum – er ist voller Schuhe.«

»Jetzt nicht mehr«, sagte Piper stolz. Dann stieß sie die Tür zu ihrem Schlafzimmer auf. In dem angrenzenden Umkleideraum stand Leo mit einer Säge in der Hand.

Auch er lächelte voller Stolz, als hätte er soeben eigenhändig den Petersdom in Rom erbaut.

»Schau doch nur!«, rief Piper. »Es ist perfekt!«

Phoebe warf einen skeptischen Blick in das neue Babyzimmer. Die Wände waren mit einer Schäfchentapete dekoriert. In der Mitte des Raumes stand eine kleine, schnuckelige Wiege. Und Leo war gerade dabei, eine rechteckige Öffnung in die Wand zu sägen.

»Mmh, ein bisschen dunkel, findet ihr nicht?«, fragte Phoebe.

Leo deutete auf das Loch in der Wand. »Deswegen baue ich ja gerade ein zusätzliches Fenster ein. Damit mehr Licht in den Raum kommt.«

Phoebe lächelte. Die beiden waren wirklich süß. »Warum macht ihr das alles jetzt? Es dauert doch noch Monate, bis das Baby da ist.«

Piper strich sich eine Haarsträhne aus der Stirn. »Na ja, die Dämonen scheinen gerade eine Sommerpause einzulegen. Das ist eine gute Gelegenheit, um etwas vorzuarbeiten.«

Phoebe nickte. Da fiel ihr etwas ein. »Sagt mal, Leute, habt ihr eigentlich meine Werbeplakate in der Innenstadt schon gesehen?«

Tatsächlich war Phoebes tägliche Kolumne beim *Bay Mirror* so populär geworden, dass die Zeitung überall in der Stadt Plakate mit Phoebes Porträt hatte aufhängen lassen.

»Natürlich, Schatz«, lächelte Piper. »Die könnte man ja nicht einmal übersehen, wenn man mit einem Passagierflugzeug über die Stadt fliegt.«

Die drei lachten.

»Wir hätten dir schon längst gesagt, wie stolz wir auf dich sind«, erklärte Leo. »Aber wir hatten ja keine Chance dazu. Du stehst ja nur noch unter Strom.«

»Tja, nichts bringt die Karriere eines Mädchens besser in Schwung, als ihren Ehemann direkt in die Hölle zu schicken.« Hektisch blickte Phoebe auf ihre Armbanduhr. »Okay, hört mal, ich habe das Babyzimmer gesehen, und es ist absolut hinreißend, aber jetzt muss ich wirklich zu diesem Interview.«

Piper runzelte die Stirn. »Schatz, ich weiß ja, wie viel dir an deiner Arbeit liegt, aber weißt du was? Ich kriege ein Baby, schon vergessen? Wie wär's, wenn du dir mal ein paar Minuten Zeit nimmst und einfach nur Tante Phoebe bist?«

»Oh, mein Gott.« Phoebe zog eine Grimasse. »Du hast ja so Recht. Tut mir echt Leid. Ich bin wirklich furchtbar. Also, was liegt an?«

»Ein Rat«, lächelte Piper und nahm ein kleines Heft mit Farbproben von einer Kommode. »Was hältst du von . . .«

Aber Piper kam nicht dazu, den Satz zu Ende zu sprechen. Plötzlich schimmerte die Luft auf, und Paige, ihre Halbschwester, materialisierte mitten im Zimmer. »Achtung!«, rief sie. »Auf die Plätze! Dämonen-Alarm in drei, zwei, eins . . .«

Erschrocken rissen Phoebe und Piper die Augen auf. Plötzlich materialisierte ein zweiter Besucher. Er trug eine schwarz-weiß gemusterte, exotische Holzmaske. Sein nackter Oberkörper war über und über mit Tätowierungen verziert.

Bevor die drei Hexen etwas unternehmen konnten, steckte sich der Dämon ein kleines Blasrohr in den Mund. Ein winziger Giftpfeil sauste heraus.

Im letzten Augenblick zog Paige den Kopf ein, und der Pfeil bohrte sich in einen Stoffteddy, der friedlich auf einem Regal saß.

Piper schluckte. Der Kopf des Teddys begann plötzlich zu schrumpfen, bis er nur noch die Größe eines verschrumpelten Apfels hatte. Nicht auszudenken, was passiert wäre, wenn der Pfeil eine der drei Schwestern getroffen hätte.

Piper hob die Hände und deutete mit den Fingerspitzen auf den Dämon, der gerade einen neuen Pfeil abschießen wollte, dann jedoch zusammenzuckte. Den Bruchteil einer Sekunde später explodierte er. Seine Maske schien noch einen Moment in der Luft zu schweben, ehe er zu Boden stürzte. Kurz darauf war der Eindringling verschwunden.

»So viel zu der Theorie, dass Dämonen aus Borneo immun gegen magische Kräfte sind. Ich kann es kaum abwarten, die Hexendoktoren vor Ort davon zu unterrichten«, sagte Piper zufrieden.

Leo stand in der Tür und hatte die ganze Szene kopfschüttelnd beobachtet. »Entschuldigt bitte, aber könnten wir eventuell davon Abstand nehmen, im Babyzimmer Dämonen in die Luft zu sprengen?«

»Ach, Schatz, es war doch nur einer«, erwiderte Piper beschwichtigend.

Aber Leo war nicht so leicht zu besänftigen. »Piper, wenn du eine verantwortungsvolle Mutter werden willst, dann solltest du dir langsam Gedanken über die Sicherheit deiner Tochter machen. Und du, Paige, bist so sehr auf dem Hexentrip, dass du völlig übertreibst.«

Damit deutete Leo auf Paiges Haare, die noch röter waren als sonst. »Ich meine, schau dir doch nur an, wie deine Haare aussehen – wegen dieses Zauberelixiers, das dir gestern Abend um die Ohren geflogen ist.«

»Hast du überhaupt eine Ahnung, wie teuer so eine Tönung beim Frisör gewesen wäre?«, erwiderte Paige trotzig.

Kurz entschlossen rannte Phoebe los und umarmte Paige auf dem Weg nach draußen. »Deine neue Haarfarbe sieht einfach zauberhaft aus, Paige ... Okay, ich bin dann weg!«, rief sie noch kurz über die Schulter und polterte dann die Treppe hinunter.

Piper wartete einen Moment, dann blickte sie ihren Ehemann ernst an. »Hör mal, Leo, Schatz ... ich weiß es ja zu schätzen, dass du dir solche Sorgen machst, aber ich bin immer noch eine Hexe – und es ist unsere Pflicht, Dämonen zu bekämpfen und Unschuldige zu schützen. Ich kann mich nicht einfach vor dieser Aufgabe drücken.«

Leo seufzte. Er wusste, dass seine Frau Recht hatte. Auf sie warteten schwierige Zeiten.

Weit, weit weg vom Haus der Halliwells endete gerade eine schwierige Zeit. Irgendwo – in der Höhle einer alten Seehexe – stand eine wunderschöne, blonde Frau. Sie trug einen Bikini aus Muscheln und Seetang, aber es war nicht ihre spärliche Kleidung, die sie zittern ließ.

Die alte Seehexe näherte sich dem Mädchen. »Zu schade, Mylie, aber deine Zeit ist um. Du kennst unsere Abmachung. Du hattest dreißig Tage Zeit, um die wahre Liebe zu finden. Sonst ist die Strafe ... der Tod!«

»Aber er liebt mich«, protestierte Mylie. »Ich bin mir da absolut sicher!«

Die Seehexe lächelte nur spöttisch. »Ach wirklich? Hat er dir das auch gestanden?«

Mylie schüttelte den Kopf. »Das braucht er nicht. Ich weiß auch so, dass er mich liebt.«

»Tja, da hast du wohl Recht. Das tut er tatsächlich. Aber er wird dir nie sagen, dass er dich liebt, bevor er dir nicht vertraut. Und er wird dir niemals vertrauen, bevor du ihm nicht gestehst, wer du wirklich bist. Jetzt weißt du, warum ich bei diesen Geschäften immer gewinne.«

Ohne eine Antwort der jungen Frau abzuwarten, ging die Seehexe zu einem Felsvorsprung, auf dem eine große Meermuschel lag. Sie nahm die Muschel in die Hand und ging damit zurück zu Mylie. »Ich fürchte allerdings, als unsterbliches Wesen kannst nur du selbst deinem Leben ein Ende setzen. Hier, lege diese Muschel auf dein Herz. Sie wird dir die Unsterblichkeit aussaugen.«

Mylie schluckte und blickte der Seehexe in die Augen. Von dieser Frau hatte sie keine Gnade zu erwarten. Zögernd griff Mylie nach der Muschel. Kaum hatte sie diese in die Hand genommen, zuckten widerliche, schleimige Tentakel heraus. Wie ein Knäuel von Blutegeln reckten sie sich auf Mylies Brust zu.

»Und wenn ich es nicht tue?«

»Dann wirst du bis in alle Ewigkeit hier verrotten!«

Mylie zögerte noch eine Sekunde. Dann bewegte sie die Muschel langsam auf ihre Brust zu. Die Tentakel zitterten aufgeregt.

Doch kurz bevor die Muschel ihren Körper berührte, stieß Mylie damit zu, und die Spitze des großen Meerestieres bohrte sich tief in den Körper der Seehexe. Mehr vor Überraschung als vor Schmerz schrie die Vettel auf und wich zurück.

Mylie nutzte die Gelegenheit und sprang in den kleinen See, der von der Höhle direkt ins Meer führte. Noch einmal tauchte sie kurz auf. »Du täuscht dich«, rief sie. »Er liebt mich. Und das werde ich beweisen.«

Mit einer geschickten Drehung tauchte Mylie wieder unter.

Ihre Beine hatten sich verwandelt.

In den Schweif einer Meerjungfrau.

2

Leo blickte hochkonzentriert auf die Fugen des neuen Fensters. Als Wächter des Lichts war sein Handwerk normalerweise die Magie, doch er genoss es, zur Abwechslung einmal seine Hände zu benutzen, um etwas Neues zu schaffen. Leo griff nach etwas Sandpapier und begann, die Kanten der rechteckigen Fensteröffnung glatt zu schleifen.

Piper war inzwischen damit beschäftigt, alte Kartons mit Babyspielzeug zu durchforsten. Leo hatte einen ganzen Vormittag dafür gebraucht, diese Kisten auf dem Dachboden zusammenzusuchen. Fasziniert zog die junge Hexe Rasseln, bunte Bälle und Spielzeugtiere hervor. »Ich kann kaum glauben, dass du unser altes Babyspielzeug wieder gefunden hast, Leo.«

Leo lächelte. »Eure Großmutter konnte eben nichts wegwerfen.«

Piper schrie vor Entzücken auf. »Das gibt's ja nicht! Das Album mit den Babyfotos!« Sie zog ein rosa Album aus der Kiste und schlug es auf. Mit großen Augen betrachtete sie ein paar Schwarzweißfotos, die sie als Baby zeigten. Dann kicherte sie. »Ach du liebe Güte! Wie pummelig ich war!«

Leo lächelte sie vom Fenster aus an. »Unsinn. Du warst ein ganz reizendes Baby.«

»Leo, du hast dir das Foto ja nicht mal angesehen.«

»Piper, ich bin dein Wächter des Lichts. Ich wache über dich, seit du ein Baby bist.«

Piper verzog das Gesicht scherzhaft zu einer Grimasse. »Das ist zu schräg, um weiter darüber nachzudenken. Aber ich wusste gar nicht, dass meine Mum ein Album für mich angelegt hat.«

»Tja, warum denn nicht? Ich meine, du hast doch auch

eins für unsere Tochter angelegt. Ich fand schon immer, dass ihr viel gemeinsam habt, du und deine Mutter.«

Leo bückte sich und hob den rechteckigen Fensterrahmen auf. Es stimmte schon, er genoss die körperliche Arbeit – aber dieses Ding war verdammt schwer. Er keuchte.

Ein paar Schritte entfernt runzelte Piper nachdenklich die Stirn. »Schon seltsam, dass sie das Gleiche durchgemacht hat wie ich jetzt. Ich glaube, man begreift erst dann richtig, wie sehr man von seiner Mutter geliebt wird, wenn man selbst eine wird.«

Leo wollte gerade etwas erwidern, als ihm der Fensterrahmen aus der Hand glitt und herunterfiel. Genau auf seinen Fuß.

»Au!«, schrie der Wächter des Lichts.

»Alles in Ordnung?«, fragte Piper und sprang auf. »Warum lässt du dir nicht von mir helfen?«

»Nein, lass nur. Das Teil ist schwer«, wehrte Leo ab.

Piper pflanzte sich vor ihrem Mann auf, das Album noch immer in der Hand. »Tja, deswegen habe ich dir meine Hilfe ja auch angeboten.«

Leo wurde langsam ungehalten. »Piper, wann wirst du endlich die Tatsache akzeptieren, dass du schwanger bist?«

»Und wann wirst du endlich aufhören mit deiner übertriebenen Sorge?«

Die beiden blickten sich einen Augenblick stumm an.

»Ich möchte ja nur, dass du es etwas vorsichtiger angehen lässt, Piper«, sagte Leo schließlich sanft.

Piper schüttelte den Kopf. »Leo, ich werde niemals eine dieser Frauen sein, die während ihrer ganzen Schwangerschaft nur auf ihrem Hintern sitzen und Bonbons lutschen. Das ist nicht die Frau, die du geheiratet hast. Außerdem: Generationen von Halliwell-Frauen haben schon lange vor mir gesunde Kinder zur Welt gebracht. Wenn sie das geschafft haben, dann kann ich das auch.«

Doch als sie Leos ernsten Blick bemerkte, stutzte sie.
»Nicht alle von ihnen, Piper.«
»Was soll denn das nun wieder heißen?«
Leo deutete auf das Fotoalbum in Pipers Hand. »Wie weit bist du gekommen?«, fragte er nur.

Seufzend schlug Piper das Fotoalbum erneut auf und blätterte die Seiten durch. Jede war mit einer vorgedruckten Überschrift versehen.

VIERTER GEBURTSTAG: Das Foto zeigte eine stolze Piper im Miniaturformat auf dem Weg zum Kindergarten.

FÜNFTER GEBURTSTAG: Piper auf dem Schoß ihrer Mutter, in einem Buch blätternd.

SECHSTER GEBURTSTAG: nichts.

Zu diesem Zeitpunkt war Pipers Mutter bereits tot gewesen.

»Nachdem deine Mutter gestorben ist, war keiner mehr da, um es fortzusetzen, Piper.«

»Oh«, sagte diese nur. Sie wusste, was Leo damit meinte.

»Wie ich schon sagte, Piper, du kommst nach deiner Mutter. Auch sie war sorglos. Und sie hielt sich für unbesiegbar.

Das war ein Irrtum.«

In ihrer kalten, klammen Höhle wand sich die alte Seehexe vor Schmerzen. Die Muschelattacke der Meerjungfrau hatte sie schwerer verletzt, als sie zunächst gedacht hatte. Plötzlich hallte ein platschendes Geräusch durch die Höhle. Die Seehexe blickte sich um.

Vor ihr war ein kleiner, hässlicher und in Lumpen gekleideter Dämonenbote erschienen. Sein Name war Pinkus. Ängstlich wich er vor dem Blick der Hexe zurück.

»Hallo«, begrüßte Pinkus sie mit krächzender Stimme, »darf ich kurz um Eure bösartige Aufmerksamkeit bitten? Ich habe eine Nachricht. Von meinem Meister.«

Die Augen der Seehexe funkelten auf. »Necron.«

Kaum war der Name seines Herrn gefallen, straffte Pinkus sich. Er sprach jetzt viel selbstbewusster, imitierte den Tonfall seines Meisters. »Er will die Unsterblichkeit, die Ihr ihm versprochen habt. Und er will sie jetzt.«

Die Seehexe gab ein knurrendes Geräusch von sich. Sofort sank der Dämon wieder ängstlich auf die Knie. »Das waren seine Worte«, krächzte er. »Nicht meine!«

»Sage ihm, dass er bekommt, was er will. Aber er muss sich noch etwas gedulden.«

Der dämonische Bote begann, sich nervös zu winden. »Oh, nein, das kann ich nicht. Skelettwesen sind nicht gerade berühmt für ihre Geduld.«

»Dann solltest du dich besser beeilen«, erwiderte die Hexe kalt.

Der Dämon begann zu zittern. »Ich tue, was Ihr verlangt. Aber das wird meine letzte Tat sein, bevor Necron sich meine Lebensenergie einverleibt. Und dann wird er sich die Eure holen.«

Mit einem Aufblitzen verschwand der Bote. Die Seehexe blieb allein und verletzt zurück. Mit schwankenden Schritten ging sie zu der unterirdischen Lagune am Rand der Höhle, hob beschwörend die Hände und begann, eine uralte Zauberformel zu rezitieren.

»Wasser, steige aus dem Meer, bring die Geflohene wieder her. Folge ihr dorthin, wo die Winde wehen, sie soll ihrem Schicksal ins Auge sehen.«

Das Wasser in der kleinen Lagune begann zu brodeln und schließlich zu kochen. Heißer, schwefliger Dampf stieg auf.

Die Seehexe grinste. Dieses kleine, fischschwänzige Miststück würde ihr nicht entkommen.

3

Dunkle Wolken zogen über den Hochhäusern von San Francisco auf. Von irgendwoher, weit über dem Meer, grollte ein Donner über das Land.

Unruhig ging Mylie vor dem großen Springbrunnen auf und ab. Sie liebte es, auf dem Festland zu sein, aber sie fühlte sich immer besser, wenn fließendes Wasser in der Nähe war. Auch wenn sie aufpassen musste, dass nichts davon mit ihrer Haut in Berührung kam.

Sie blickte sich nervös um. Wo blieb er nur?

»Mylie!«, rief plötzlich jemand quer über den Platz.

Die junge Frau drehte sich um. Ein überaus gut aussehender Mann in einem eleganten grauen Anzug kam auf sie zu.

»Mylie!«, rief der Mann erneut und strahlte. »Da bist du ja! Du hattest gesagt, es wäre wichtig. Was gibt es denn?«

Obwohl Mylie sehr ernste Gedanken durch den Kopf gingen, musste sie lächeln, als sie Craig sah. Es tat einfach gut, ihn zu sehen. »Entschuldige, dass ich dich aus deinem Meeting geholt habe, Craig. Aber ich muss einfach wissen, was du für mich fühlst.«

Der junge Mann – Craig – lachte auf, und Mylie runzelte die Stirn. »Was ist daran so komisch?«

»Weißt du, was ich an dir so liebe?«, fragte Craig anstatt zu antworten.

»Nein, was denn?«

»Deinen Enthusiasmus.«

»Oh«, erwiderte Mylie irritiert. Das war zwar ein nettes Kompliment, aber sie hatte eine ganz andere Antwort erhofft. »Und was noch?«, hakte sie nach.

»Äh, na ja, dieses kleine Grübchen an deiner Wange, wenn du lächelst. So wie jetzt.« Craig beugte sich zu ihr herunter und küsste sie auf das Grübchen. Aber dann sah er den ernsten Blick in ihren Augen. Die beiden kannten sich noch nicht lange, doch Craig konnte sehen, dass der jungen Frau etwas auf der Seele lag. »Mylie, was ist los?«, fragte er besorgt.

Die junge Frau schluckte und blickte Craig aus ihren blaugrünen Augen an. Craig liebte diese Augen. Aus irgendeinem Grund erinnerten sie ihn an das Leuchten des Ozeans an einem Sommertag. Aber jetzt schimmerten sie tief und traurig.

»Wir haben doch schon einmal darüber gesprochen. Ich muss wissen, wie du tief in deinem Inneren für mich empfindest. Es ist wirklich sehr wichtig für mich.«

Craig nahm Mylies Hand und führte seine Freundin zu dem Tisch eines Straßencafés. Die beiden setzten sich.

»Hör zu, in zwei Stunden geht mein Flieger nach New York, und wenn ich zurückkomme, gehen wir beide aus und ...«

»Nein!«, fiel Mylie ihm ins Wort. »Ich muss es jetzt wissen. Ich kann es dir nicht erklären, aber wenn du mir nicht sofort sagst, was du für mich fühlst, dann bin ich vielleicht nicht mehr hier, wenn du zurückkommst.«

Craig runzelte die Stirn. »Was soll denn das nun wieder heißen?«, fragte er misstrauisch.

»Es tut mir Leid«, erwiderte Mylie. »Das soll keine Drohung sein. Es ist nur ... so ist es nun mal.«

Craig rutschte unruhig auf seinem Stuhl hin und her. »Hör mal, Mylie. Das hier ist kaum der richtige Ort und die richtige Zeit. Was immer ich für dich fühle, wird ans Tageslicht kommen, wenn die Zeit dafür reif ist.«

Mylie schüttelte den Kopf. »Aber wir haben keine Zeit mehr. Ich habe keine Zeit mehr. Craig, ich weiß, dass das, was ich von dir verlange, unfair ist – aber wenn du willst, dass ich bei dir bleibe, musst du mir auf diese Frage antworten.«

Ein Donnergrollen rollte über den Himmel. Schwere, dunkle Regenwolken hatten sich über ihnen aufgetürmt. Mylie blickte unruhig hinauf.

Craig holte tief Luft. »Okay, wenn dir so viel daran liegt ...«

Mylie nickte lächelnd. Ja, dachte sie. Sag es mir! Sprich es aus, und alles wird gut!

»... als ich dich das erste Mal gesehen habe, war es so, als stürzte eine Mauer ein, die vorher mein Herz umschlossen hat ...«

Ein einzelner, dicker Regentropfen stürzte herab und platschte auf Mylies Bein. Dort, wo das Wasser ihre Haut berührte, verwandelte sie sich in goldene Schuppen.

»... also, ich weiß nicht, wie ich es sagen soll ...«

Mylie sprang auf. Sie durfte auf keinen Fall zulassen, dass Craig etwas bemerkte. Wahrscheinlich wäre er schreiend davongerannt. »Ich muss gehen!«, rief sie.

Craig blickte sie fassungslos an. »Was? Jetzt? Wo ich gerade ...«

»Es tut mir so Leid!«, rief Mylie und zog sich den kurzen Rock so weit über die Beine wie möglich.

Ein Blitz zuckte über die Wolkenkratzer, und der Himmel öffnete seine Schleusen. Ein wahrer Wolkenbruch prasselte auf den Platz hinunter. Mylie schaffte es gerade noch, sich unter einer Markise in Sicherheit zu bringen. Wenn der Platzregen sie erwischt hätte, wären die Folgen verheerend gewesen.

Die anderen Gäste des Straßencafés stoben in alle Richtungen davon und wurden innerhalb von Sekunden vom Regen durchweicht. Craig warf Mylie noch einen verständnislosen Blick zu, dann verschwand auch er in der Menge.

Mylie blieb allein zurück.

Sie war so nah dran gewesen. Ein paar Sekunden noch, und Craig hätte ihr wahrscheinlich seine Liebe gestanden.

Dann wäre der Fluch von ihr genommen worden. Doch nun war alles verloren.

Oder?

Der Gewitterregen verging so schnell, wie er gekommen war. Schon bahnte sich ein Sonnenstrahl seinen Weg durch die Wolken. Fasziniert beobachtete Mylie, wie er ein riesiges Plakat auf einem Wolkenkratzer anstrahlte – wie ein himmlischer Scheinwerfer.

Das Plakat zeigte eine hübsche, sympathisch wirkende Frau. Darunter stand in riesigen Lettern: FRAGEN SIE PHOEBE... SIE HAT ALLE ANTWORTEN.

TÄGLICH IM BAY MIRROR.

Mylie lächelte.

Warum eigentlich nicht?

Paige betrat das Großraumbüro der Bay Area Sozialstation. Die junge Frau war es gewohnt, dass einige männliche Kollegen ihr hinterherstarrten, aber heute war es besonders schlimm. Vielleicht lag es daran, dass sie von dem Platzregen überrascht worden war. Der ohnehin schon dünne Stoff ihrer Bluse hatte durch den plötzlichen Regenguss eine ganz besonders durchscheinende Qualität bekommen.

Paige spürte die Blicke, aber heute war ihr das egal. Sie hoffte nur, dass keiner der Kerle eine anzügliche Bemerkung machte. In ihrer augenblicklichen Stimmung wäre sie in der Lage gewesen, ihn in einen Frosch zu verwandeln.

Paige wollte sich gerade in den Stuhl hinter ihrem kleinen Schreibtisch fallen lassen, als eine Stimme durch das Büro hallte: »Matthews! In mein Büro! Sofort!«

Die Stimme duldete keinen Widerspruch. Sie gehörte zu Mister Cowan, dem Chef und Leiter der Sozialstation.

Paige schluckte und betrat – ihre Bluse auswringend –

das abgetrennte Büro des Chefs. »Eine kleine Information bezüglich des Wetters«, sagte sie zur Begrüßung. »Gehen Sie besser nicht ohne Paddel raus.«

Mister Cowan blickte von seinem Schreibtisch auf. Paiges kleinen Scherz schien er gar nicht gehört zu haben. »Wo waren Sie?«, knurrte er nur.

»Ich musste die Mackenzie-Unterlagen zum Gerichtsgebäude bringen«, erwiderte Paige trotzig. Sie war nicht der Typ, der sich von einem grantigen Chef einschüchtern ließ.

»Sie waren über eine Stunde weg.«

»Haben Sie mal nach draußen gesehen? Da herrscht gerade die zweite Sintflut. Die halbe Stadt steht unter Wasser.«

Mister Cowan schüttelte den Kopf. »Sie hätten jemanden informieren müssen, wo sie hingehen. Sie haben die unmögliche Angewohnheit, zu kommen und zu gehen, wann Sie wollen.«

Wütend stemmte Paige die Hände in die Hüften. Ihre Haare hingen immer noch klatschnass herunter, und in den nassen Klamotten würde sie sich wahrscheinlich den Tod holen. Oder Schlimmeres. »Wie *ich* will?«, fauchte sie. »Nein, ich komme und gehe, wie es anderen Leuten passt. Das machen Assistenten nun mal so. Sie führen Botengänge aus. Und ich verrate Ihnen mal ein kleines Geheimnis: Spaß macht ihnen das nicht.«

Mister Cowan blickte Paige durchdringend an. »Sie sollten dringend Ihre Einstellung überdenken, Paige.«

»Okay. Ich werde sie überdenken, wenn Sie mich zur vollwertigen Sozialarbeiterin befördern.«

»Schon geschehen. Morgen früh fangen Sie an.«

»Er hat dich befördert? Das ist ja großartig, Paige!«, rief Piper in den Hörer. Ihre Assistentin Erica hatte das Gespräch zwischen zwei Terminen durchgestellt.

»Ja, ich glaube schon«, kam Paiges etwas unsichere Antwort durch den Hörer zurück.

Phoebe runzelte die Stirn. Was sollte das nun wieder bedeuten? »Du *glaubst* es? Paige, du hast so hart für diese Beförderung gearbeitet. Das war dein Traum.«

»Yeah, Cowan hat mir schon die große Verantwortungsleier gehalten«, antwortete Paige. »Du weißt schon, nicht mehr zu spät kommen, keine verlängerten Mittagspausen und so weiter.« Ihre Stimme klang nicht unbedingt begeistert. Irgendetwas schien Phoebes jüngerer Halbschwester durch den Kopf zu gehen. Aber dafür war jetzt keine Zeit. Soeben betrat Erica, die Assistentin, Phoebes Büro.

»Warte mal eine Sekunde, Süße«, sagte Phoebe in den Hörer und wandte sich dann Erica zu.

»Äh, ich habe Nancy O'Dells Produzenten am Telefon. Er will wissen, ob Sie einen Friseur und eine Visagistin brauchen.«

Phoebe schüttelte den Kopf. »Nein danke. Ich schminke mich selbst.«

Erica nickte und verließ das Büro wieder. Am anderen Ende der Leitung schluckte Paige. »Nancy O'Dell? Die Talkshow-Moderatorin?«

»Volltreffer, sie will mich morgen in ihrer Show interviewen«, erklärte Phoebe nicht ohne Stolz.

»Wow, Plakatwände in der ganzen Stadt, Radio-Interviews, TV-Auftritte ... was kommt als Nächstes? Phoebes Welttournee?«

Phoebe lächelte, nahm eine dünne Mappe vom Schreibtisch und steckte sie in ihre Handtasche. »Viel besser. Phoebe vor dem Scheidungsgericht.«

»Was? Du hast trotz deinem ganzen Stress noch die Zeit gefunden, deine Scheidung mit Cole durchzuboxen?«

»Ich will einfach nur zurück ins Leben. Und ich möchte nicht ständig über die Schulter gucken und Angst haben, dass Cole einen Weg gefunden hat, aus dem dämonischen Niemandsland zu entkommen.«

»Glaubst du, das schafft er?«

»Weißt du was? Das ist mir egal. Denn selbst wenn er es schafft – heute werde ich wieder frei sein!«

Phoebe verabschiedete sich von Paige und legte auf. Dann packte sie noch ein paar Sachen zusammen und verließ die Redaktion.

Sie hatte ihr Auto in der Garage des Gebäudes geparkt. Zum Glück war diese halb offen und zu ebener Erde; Phoebe hasste dunkle Tiefgaragen, in denen sich oft seltsame Gestalten herumtrieben. Der Nachteil war, dass die Garage des Redaktionsgebäudes schon seit Monaten undicht war. Wasser strömte aus den Abflussrohren, und überall auf dem Asphalt hatten sich tiefe Pfützen gebildet.

Wo ist denn jetzt dieser verflixte Schlüssel?, dachte Phoebe und kramte in ihrer Handtasche. Irgendwo musste er doch sein! Plötzlich bemerkte sie, wie von hinten ein Schatten über sie fiel. So etwas war für jede Frau in einer Garage schon unter normalen Umständen erschreckend genug. Aber Phoebe war eine der Zauberhaften – und es gab dutzende, wenn nicht hunderte von Dämonen und Hexen, die ihnen nach dem Leben trachteten. Und dann war da ja auch noch Cole, Phoebes dämonischer Ehemann. War er es?

Die junge Hexe schrie auf und wirbelte erschrocken herum. Hinter ihr stand eine wunderschöne, junge Frau mit halblangen, blonden Haaren. Ihre Augen schimmerten blau wie der Ozean.

Die junge Frau erschrak mindestens ebenso sehr wie Phoebe. Auch sie schrie auf. Beide starrten sich ein paar Augenblicke panisch an.

»Es tut mir Leid!«, sagte die junge Frau dann. »Mein Name ist Mylie. Ich wollte dich nicht erschrecken, wirklich. Aber ich habe dich auf diesen Plakaten erkannt. Ich brauche deine Hilfe!«

Auch das noch, dachte Phoebe. Ein durchgeknallter Fan. Na, wenigstens kein Dämon oder ein sonstiger Abgesandter der Hölle.

Sie setzte ein professionelles Lächeln auf. Es war nicht das erste Mal, dass sie auf der Straße von Lesern ihrer Kolumne bedrängt wurde. »Oh, das ist lieb von dir. Warum schreibst du mir nicht einfach einen Brief? Dann antworte ich dir in der Zeitung.«

Die junge Frau blickte Phoebe verwirrt an. »Was? Nein, du verstehst mich nicht. Ich habe dich erkannt. Du bist eine der Zauberhaften. Dort, wo ich herkomme, seid ihr sehr berühmt.«

Phoebes Muskeln versteiften sich. Vielleicht war ihre erste Angst doch begründet gewesen. Wenn diese Frau wusste, dass sie eine Hexe war, dann gehörte sie vielleicht doch zur dämonischen Halbwelt.

Mylie schien Phoebes Blick richtig zu deuten. »Oh, warte, ich bin nicht böse oder so«, beteuerte sie.

Phoebe wich dennoch ein paar Schritte zurück. »Das habe ich schon einmal gehört«, murmelte sie. Aber irgendetwas in Mylies Blick beruhigte sie. Die blonde Frau wirkte nicht gefährlich – eher gehetzt und ängstlich.

Mylie schluckte. »Du musst mir glauben. Ich bin ...«

In diesem Augenblick fuhr ein Auto an den beiden Frauen vorbei. Der Fahrer war rücksichtslos genug, die große Pfütze auf der Fahrbahn zu übersehen. Vielleicht war es ihm auch egal. Mit hohem Tempo raste er hindurch. Wasser spritzte auf – und traf die wohlgeformten Beine der blonden Frau.

Mylie schrie auf. Im selben Augenblick verlor sie das Gleichgewicht. Kein Wunder, denn ihre Beine verwandelten sich in einen Fischschwanz. Erst wuchsen sie blitzartig zusammen, dann bildeten sich große, goldglänzende Schuppen.

Paige riss die Augen auf. Sie konnte nicht glauben, was sie da sah. Der Schreck war so groß, dass sie zunächst nicht reagierte, als Mylie zu Boden fiel. Unter Wasser war so ein Fischschwanz vielleicht höchst praktisch, auf dem Festland jedoch eher ein Handicap.

Phoebe rannte zu Mylie und versuchte, ihr wieder auf die Beine zu helfen.

Ein ziemlich vergebliches Unterfangen, denn die junge Frau hatte ja keine Beine mehr.

Zu allem Überfluss zog auch noch eine plötzliche Sturmböe durch die Garage. Ein dunkles Tosen, das wie entfernte Brandung klang, rollte durch die Luft.

Mylie blickte sich ängstlich um. »Die Seehexe! Sie hat meine Spur aufgenommen!«

Wieder riss Phoebe die Augen auf. Eine Seehexe? Das hatte ihr gerade noch gefehlt!

»Kannst du deine Beine nicht irgendwie wieder zurückzaubern?«, fragte Phoebe hektisch.

»Nein, das geht nicht!«, rief Mylie voller Panik.

»Dann eben auf die harte Tour«, murmelte Phoebe. Sie packte die hilflose Meerjungfrau unter den Armen und zerrte sie zur Beifahrerseite ihres Autos. Mit einer Hand öffnete sie die Tür und versuchte dann, die zappelnde Mylie hineinzuhieven.

»Bitte beeil dich!«, drängte Mylie. Doch mit ihrer ängstlichen Zappelei machte sie alles nur noch schlimmer.

Plötzlich fegte ein eiskalter, salziger Wind durch die Garage. Phoebe hatte es geschafft, die Meerjungfrau halbwegs in den Wagen zu verfrachten. Die Spitze ihres Schweifes schaute noch zum Beifahrerfenster hinaus, aber das war jetzt nicht mehr zu ändern.

Phoebe hatte kein gutes Gefühl bei der Sache. So schnell

sie konnte, rannte sie um den Wagen herum, stieg ein und startete den Motor. Sie setzte so rasant aus der Parklücke heraus, dass sie sogar das Kunststück fertig brachte, die Reifen auf dem nassen Asphalt quietschen zu lassen.

Da geschah etwas Unglaubliches. Das Wasser einer kleinen Pfütze vor ihnen schoss plötzlich nach oben wie eine Fontäne. Noch in der Luft begann es, Gestalt anzunehmen. Erst war nur der durchsichtige, feuchte Umriss eines Menschen zu sehen. Doch schon Augenblicke später stand sie da: die Seehexe. Sie funkelte Phoebe mit einem Blick an, der so böse war, dass er der jungen Hexe bis in die Seele drang.

Aber Phoebe war nicht erst seit gestern im magischen Geschäft. »Halt dich fest!« Dann krampfte sie ihre Hände ums Steuer und drückte das Gaspedal durch.

Der Wagen machte einen Satz nach vorne und preschte in die überraschte Hexe hinein.

Wasser spritzte auf, und das Ungetüm war verschwunden.

Phoebe und Mylie atmeten erleichtert auf. Phoebe drückte das Gaspedal weiter durch. Es war ihr egal, wie viele Verkehrsregeln sie auf dem Weg nach Hause brechen würde.

Sie wollte nur hier weg.

In der Garage wirbelte das zerspritzte Wasser noch immer durch die Luft. Bevor es den Boden wieder erreichen konnte, verdichtete es sich erneut zu der Gestalt der Seehexe.

Böse blickte die Frau dem Wagen hinterher.

Du kannst weglaufen, dachte sie.

Aber du kannst dich nicht verstecken.

4

Leo und Piper beobachteten fasziniert, wie Phoebe das Bein der Meerjungfrau mit einem Föhn trocknete. Kaum hatte die heiße Luft das Wasser verdampfen lassen, verschwanden auch die letzten Schuppen. Mylies Beine waren wieder makellos.

Alle vier hörten, wie sich die Haustür geräuschvoll öffnete. Paige war nach Hause gekommen, und ihrer Stimme zufolge war sie nicht gerade bester Laune. »Okay, ich habe ausgerechnet am Tag meiner Beförderung blaugemacht, und dann musste ich auch noch durch ein Unwetter fahren, um hierher zu kommen«, schimpfte sie schon vom Flur aus. »Also, ich hoffe, das Ganze ist ... wichtig?«

Paige betrat das Wohnzimmer und erstarrte. Mit offenem Mund betrachtete sie die Szene: Eine überaus hübsche junge Frau saß auf dem Wohnzimmersofa und lächelte Paige etwas verlegen an. Phoebe kniete vor ihr und hantierte mit einem Föhn herum. Leo und Piper zuckten mit den Schultern.

»Phoebe hat eine Meerjungfrau gefunden«, sagte Leo nur.

»Genauer gesagt hat sie mich gefunden«, verbesserte Phoebe ihn. »Auf dem Weg zu einem sehr wichtigen Treffen mit meinem Scheidungsanwalt, möchte ich hinzufügen.«

Mylie stand auf und schüttelte Paige die Hand. »Hi, ich bin Mylie. Du musst Paige sein. Du hast eine ziemlich große Fangemeinde unter Wasser.«

Paige stand der Mund noch immer offen. »Du bist eine Meerjungfrau? Euch gibt es wirklich?«

Mylie nickte verlegen.

»Äh, entschuldige bitte«, warf Piper ein. »Als du vorhin gesagt hast, eine Seehexe würde dich verfolgen – meintest du damit eine fiese alte Frau oder eine böse, magische Seehexe? Ich bin nämlich heute nicht unbedingt in der Stimmung zu kämpfen, verstehst du?«

»Ähm, irgendwie ist sie beides«, sagte Mylie kleinlaut.

Doch Paige winkte ab. Sie fand die Vorstellung, eine echte Meerjungfrau vor sich zu haben, einfach faszinierend. »Vergesst das doch jetzt mal. Wie ist denn das Leben unter Wasser so? Verschrumpelt eure Haut da unten nicht? Und sind Algen wirklich ein hygienisches Problem?«

Leo räusperte sich. »Okay, Leute, warum lassen wir sie nicht erst mal ein bisschen zur Ruhe kommen?«

Aber Mylie lächelte nur. »Nein, schon okay. Das macht mir nichts aus. Wirklich. Also eigentlich ist es einfach großartig, eine Meerjungfrau zu sein. Man schwimmt den ganzen Tag im Meer herum, erforscht die endlosen Wunder des Ozeans und so weiter. Man lebt in totaler Freiheit.«

Phoebe blickte auf ihre Armbanduhr. Wenn sie sich beeilte, konnte sie es doch noch zu ihrem Termin beim Scheidungsanwalt schaffen. »Das klingt ja wirklich himmlisch. Du möchtest bestimmt so schnell wie möglich ins Meer zurück. Ich kann dich am Strand absetzen, wenn ich zum ...«

»Warte, ihr versteht immer noch nicht«, rief Mylie. »Mein Leben war einfach großartig. Für die ersten paar hundert Jahre.«

Paige runzelte die Stirn.

»Meerjungfrauen sind unsterblich«, erklärte Leo.

»Genau, wir können im Ozean die Ewigkeit verbringen. Denn unsere Herzen sind, na ja, manche sagen, so kalt wie das Wasser der Tiefe. Aber manchmal ist eine Meerjungfrau auch einsam. Ihr Herz erwärmt sich, und sie möchte mehr von diesem Gefühl kennen lernen.«

»Und das ist dir passiert?«, fragte Paige.

Mylie nickte. »Ja. Der Boden des Ozeans ist übersät mit

den Knochen von Sterblichen, die für die Liebe gestorben sind. Ich musste einfach wissen, warum sie das getan haben.«

»Könnte es nicht sein«, fragte Piper dazwischen, »dass dies die Knochen von Sterblichen waren, die von der Seehexe getötet wurden?«

»Piper!«, rief Paige und schüttelte den Kopf. Was für eine rüde Zwischenbemerkung. Immerhin hatte Mylie gerade ihr Seelenleben vor den Schwestern ausgeschüttet.

»Du wolltest dich also verlieben. Bist du deshalb zu der Seehexe gegangen?«, wollte Leo wissen.

Mylie nickte. »Ja. Wenn ein Sterblicher einer Meerjungfrau seine Liebe gesteht, wird sie ein Mensch. Die Seehexe hatte zugesagt, mir Beine zu geben. Aber wenn ich keine Liebe finden würde, bevor eine bestimmte Frist verstrichen ist, müsste ich ihr meine Unsterblichkeit dafür geben.«

Phoebe stand auf und schüttelte den Kopf. »Und das alles für einen Kerl? Da bist du aber ganz schön reingefallen.«

»Phoebe!«, rief Paige. Was war nur heute mit ihren beiden Halbschwestern los?

Mylie errötete ein wenig. »Aber ich habe die wahre Liebe gefunden. Glaube ich zumindest. Nur dass ich vielleicht schon tot bin, bevor ich das mit Sicherheit herausgefunden habe. Craig fliegt schon sehr bald nach New York.«

Piper klatschte in die Hände. »Aber das ist doch großartig. Dann müssen wir diesen Fischliebhaber ja nur noch finden, ein Liebegeständnis aus ihm herausprügeln – und wir sind die Seehexe los.«

»Piper!«, rief Paige empört.

»Was?«

»Wenn die Liebe deines Freundes dich menschlich machen kann, warum erzählst du ihm dann nicht einfach alles?«, fragte Paige.

Mylie lächelte bitter. »Du meinst, ich soll ihm sagen, dass ich ein genetischer Freak mit einem schleimigen Fischschwanz bin?«

»Guter Punkt«, sagte Leo.

Paige schüttelte den Kopf. »Aber zur Hälfte bist du doch auch eine Frau. Und Frauen wissen normalerweise, ob ein Mann in sie verliebt ist. Sogar noch, bevor er selber es merkt.«

Phoebe stöhnte auf. »Oh, bitte! Wenn ich in meiner Kolumne so platte Sprüche von mir geben würde, hätte man mich längst aus der Stadt gejagt!«

Paige funkelte ihre Halbschwester an. »Okay, das reicht jetzt«, zischte sie. »Kann ich euch beide bitte mal in der Küche sprechen? Allein!«

Piper und Phoebe zuckten mit den Schultern. Dann folgten sie Paige in die Küche.

»Okay, was ist los mit euch beiden?«, fragte Paige, als sie außer Hörweite waren.

Phoebe schüttelte wütend den Kopf. »Sorry, ich habe mich nur über diesen Spruch vorhin aufgeregt. Als ob eine Frau einen Mann braucht, um ein vollständiger Mensch zu sein. So ein Denken geht doch noch auf eine Zeit zurück, in der wir alle noch Schwänze hatten.«

Piper nickte. »Vielleicht hat Phoebe Recht, und wir sollten die Meerjungfrau einfach zurück in den Ozean werfen, damit dieses Haus hier eine seehexenfreie Zone bleibt.«

»Okay, wer seid ihr beiden und was habt ihr mit meinen Schwestern gemacht?«, fragte Paige. Sie blickte Piper und Phoebe entgeistert an. Was sie da hörte, passte überhaupt nicht zu ihren Halbschwestern. Zuerst wandte sie sich an Phoebe. »Beginnen wir mal mit dir: Was geht in deinem Kopf vor?«

»Ich denke die ganze Zeit an den Gerichtstermin, den ich gerade verpasse«, antwortete Phoebe etwas kleinlaut.

»Okay, und deshalb wirfst du deine Pflicht, Unschuldige zu schützen, einfach über Bord?«

Phoebe schüttelte den Kopf. »Nein, natürlich nicht. Aber Paige, versetz dich doch mal in meine Lage. Ich habe so lange darum gekämpft, mein Leben zurückzubekommen. Wenn Cole jetzt wieder auftaucht und wir noch verheiratet sind, dann war alles umsonst. Ich will meine Freiheit zurück.«

Paige konnte das gut verstehen. Aber für dieses Dilemma gab es eine relativ einfache Lösung. »Okay, das sehe ich ein«, erwiderte sie. »Dann zischt du jetzt ab zum Gericht, zieh dein Ding durch und kommst so schnell wie möglich wieder zurück, damit wir Mylie helfen können.«

Phoebe nickte nur und rannte aus der Küche. Mit etwas Glück konnte sie den Termin vor Gericht tatsächlich noch schaffen. Fast wäre die junge Hexe mit Leo zusammengestoßen, der in diesem Augenblick die Küche betrat. »Wo geht sie denn hin?«, fragte er verwundert. »Ist alles in Ordnung?«

»Alles klar, Piper und ich wollten gerade absprechen, wie wir diese Seehexe am besten vernichten können.«

Doch Piper schüttelte entschieden den Kopf. »Nein, warte mal! Du hast gesagt, wir müssen Mylie helfen. Von der Seehexe war nicht die Rede!«

»Seit wann sträubst du dich so dagegen, Dämonen zu vernichten?«, fragte Paige erstaunt und bemerkte, dass Leo seiner Frau einen seltsamen Blick zuwarf.

»Also: Wenn wir Mylie helfen können, ohne uns mit der Seehexe anlegen zu müssen, bin ich auf jeden Fall dafür.«

»Was ist denn plötzlich los mit euch?« Paige verstand nur Bahnhof. »Wir reden hier von der Seehexe, dem mysteriösen Monster der Weltmeere, dem Schrecken der Matrosen in aller Welt.«

»Da hat wohl jemand zu viele Dokus gesehen«, gab Piper trocken zur Antwort.

Paige schüttelte den Kopf. Tatsächlich hatte sie schon viel über Seehexen erfahren, allerdings nicht im Fernsehen, sondern im fast allwissenden *Buch der Schatten*. »Nein, aber ansonsten habt ihr Recht. Diese Seehexe ist ein sehr interessantes Wesen. Sie tötet auf wirklich faszinierende Art und Weise.«

»Paige!«, sagte Piper nur und blickte ihre Halbschwester seltsam an.

»Was?«, fragte Paige zurück. Sie verstand gar nichts mehr.

»Wir alle wissen, wie die Seehexe tötet«, fuhr Piper fort und senkte den Blick.

»Was ist denn? Was habe ich denn gesagt?«, fragte Paige.

Piper atmete tief ein. »Die Seehexe hat unsere Mum getötet.«

Paige errötete schlagartig. Was hatte sie da nur wieder gesagt.

»Schon okay«, nickte Leo. »Das konntest du nicht wissen.«

»Verstehst du, Paige«, erklärte Piper, »ich sehe einfach keinen Grund, warum wir gegen einen solchen Dämon kämpfen sollten, wenn es nicht absolut unvermeidbar ist.«

Paige dachte kurz nach. Wenigstens verstand sie jetzt, warum Piper so reagiert hatte. Diese Seehexe musste das persönliche Trauma ihrer Halbschwester sein. Und wahrscheinlich war sie auch deshalb nicht besonders gut auf andere Meeresbewohner zu sprechen.

Wie Mylie zum Beispiel. Aber die Meerjungfrau konnte schließlich nichts für die tragische Familiengeschichte der Halliwells.

»Okay, vielleicht bekommen wir Craig ja dazu, dass er seine Liebe zu Mylie gesteht. Ich frage sie mal, welchen

Flug er gebucht hat, und vielleicht kann ich ihn ja aufhalten«, sagte Paige und seufzte dann. »Aber falls das nicht klappt, brauchen wir einen Plan B, um die Seehexe zu vernichten.«

Piper senkte den Blick und nickte. »Ich weiß«, antwortete sie nach einer langen Pause. »Ich sehe im *Buch der Schatten* nach, ob ich etwas finde.«

Paige nickte und verließ die Küche. Sie hätte ihre Schwester gern etwas aufgemuntert, aber die Zeit drängte.

»Bist du okay?«, fragte Leo, als er mit seiner Frau allein war.

»Ja«, antwortete Piper.

Das war eine glatte Lüge.

Die Seehexe ging nervös in ihrer feuchten Höhle auf und ab. Die Wunde, die Mylie ihr beigebracht hatte, war fast verheilt. Aber nun hatte sie ganz andere Probleme.

Mit einem platschenden Geräusch materialisierte plötzlich Pinkus, der dämonische Bote, hinter ihr. »Dürfte ich noch einmal um Eure böse Aufmerksamkeit bitten?«, krächzte er ängstlich.

»Du lebst ja immer noch«, stellte die Seehexe fest. Sie war sich nicht sicher, ob das ein gutes oder ein schlechtes Zeichen war.

Pinkus wollte gerade etwas erwidern, als ein Donner durch die Höhle grollte. In einem fahlen Lichtblitz materialisierte ein neuer Besucher.

Die Seehexe, selbst ein mächtiger Dämon, wich ängstlich zurück. Vor ihr stand Necron.

Der Dämon der Tiefe blickte die Hexe verächtlich an. Sein grünliches, aufgequollenes Gesicht sah aus wie die Grimasse einer Wasserleiche. Augenblicklich erfüllte der Geruch von verdorbenem Fisch die Höhle.

»Vor sechs Monaten bin ich hierher gekommen, um dich

zu verschlingen«, kam Necron direkt zur Sache. »Und du hast mich angebettelt, dich zu verschonen. Im Gegenzug hattest du mir etwas versprochen. Was war das doch gleich?« Seine Stimme war voller Sarkasmus.

Und Ungeduld.

Die Seehexe schluckte. »Ich habe dir ein unsterbliches Lebewesen versprochen, damit auch du die Unsterblichkeit erlangst.«

»Ach ja, fast hätte ich's vergessen«, nickte Necron. »Du meintest damit eine Meerjungfrau, nicht wahr?« Dann hatte er das Theaterspiel satt. »Hast du sie gefangen?«, herrschte er die Hexe an.

»Nein, noch nicht!« Die Seehexe wich bis an den Rand der kleinen, brodelnden Lagune zurück. Eine Energiekugel formte sich in der Hand des Dämons. Sie sah ganz ähnlich aus wie die Feuerbälle, die normalerweise Dämonen schleuderten. Nur sehr viel energiegeladener und mächtiger.

Beschwörend hob die Seehexe die Hände. »Es ist noch nicht zu spät. Ich kann einen neuen Zauberbann sprechen und ein Unwetter heraufbeschwören, wie San Francisco es noch nie gesehen hat. Bedenke doch, was dir entgeht, wenn du mich tötest.«

Necron blickte die Hexe an und überlegte. Dann stieß er ein Knurren aus und nahm Pinkus ins Visier.

»Oh nein!«, keuchte der Botendämon. »Das ist nicht fair.«

Doch Necron kannte kein Erbarmen.

Nicht wenn er hungerte. Und er hungerte ständig.

Die Energiekugel in seiner Hand verformte sich. Wie eine knisternde, bläulich leuchtende Peitsche raste sie kurz darauf auf Pinkus zu.

Der kleine Dämon schrie auf, als sich die Energiepeitsche um seine Kehle schlang. Dann wurde er in die Luft gehoben, und sein Schrei war nur noch ein ersticktes Gurgeln. Magische Elektrizität brachte den Dämon zum Zucken. Dann wurde ihm die Lebensenergie aus dem Leib gesogen und floss in Necron. Der beißende Geruch von Ozon lag in der Luft, als sich der Bote in Staub auflöste.

Angewidert verzog Necron das Gesicht. »Ich habe es so satt, mich von niedrigen Lebensformen zu ernähren«, grollte er.

Die Seehexe schüttelte energisch den Kopf. »Die Meerjungfrau wird nicht entkommen«, versprach sie. »Diesmal nicht.«

»Das hoffe ich«, erwiderte Necron. »Um deinetwillen.«

5

Im Flughafengebäude von San Francisco herrschte der übliche Tumult. Heute war es – weil nach wie vor das Unwetter tobte – sogar noch hektischer als sonst. Flüge wurden storniert oder umgeleitet, und dutzende von Passagieren rannten hektisch von einem Gate zum anderen.

In dem ganzen Trubel bemerkte glücklicherweise niemand, wie eine Kabine der Damentoilette plötzlich aufleuchtete.

Sekunden später trat Paige in den Gang hinaus. Sie war die Einzige weit und breit, die keinen Regenmantel trug oder einen Schirm unter den Arm geklemmt hatte. Das magische Teleportieren hatte eben seine Vorteile. Man sparte Geld für das Taxi und wurde nur selten nass.

Paige blickte sich um. Es würde nicht leicht sein, hier die richtige Person zu finden. Doch zum Glück hatte sie sich von Mylie Craigs Namen und Flugnummer geben lassen.

Zielstrebig ging Paige auf den Schalter der Fluggesellschaft zu, die Mylie ihr genannt hatte.

Sie hatte Glück.

In eben diesem Moment gab die Mitarbeiterin am Schalter einem gut aussehenden, jungen Mann im Anzug und Mantel seine Tickets zurück.

»Vielen Dank, Mister Wilson. Und einen guten Flug.«

Craig Wilson. Das war er.

Paige räusperte sich und trat dann auf Craig zu. »Äh, Craig? Craig Wilson?«

Craig blickte Paige misstrauisch an. »Ja bitte?«

»Ich habe eine Mitteilung für Sie. Von Mylie.«

Craig lachte trocken auf. »Oh, lassen Sie mich raten. Sie sind eine singende Telegrammbotin. Oder nein, wahrscheinlich eine strippende Telegrammbotin, das passt noch besser zu Mylie. Sie liebt das Schockierende und Unerwartete.«

Ups, dachte Paige. Dieser Craig schien nicht besonders gut auf Mylie zu sprechen zu sein. Aber sie musste trotzdem alles versuchen.

»Ich bin eine Freundin von Mylie. Sie hat mich hergeschickt, weil sie mit Ihnen sprechen muss.«

»Und warum ist sie dann nicht selbst gekommen?«, blaffte Craig und blickte ungeduldig auf seine Armbanduhr.

»Das ist eine gute Frage. Und es gibt eine gute Antwort. Ich kann Ihnen das Ganze nur nicht so einfach erklären.«

Craig schüttelte den Kopf. »Moment mal. Sie sind angeblich eine Freundin von Mylie, aber ich habe Sie bisher weder getroffen, noch habe ich von Ihnen gehört. Und trotzdem wollen Sie mir weismachen, mehr über Mylie zu wissen als ich. Sehe ich das richtig?«

Der Kerl ist ein harter Brocken, dachte Paige. Aber sie durfte nicht aufgeben. »Nein, ich weiß nicht mehr über Mylie als Sie, aber ich kenne ein kleines Geheimnis. Na ja, ein großes Geheimnis.«

Craig schüttelte den Kopf. »Ich habe genug von Mylies Geheimnissen. Ich habe genug davon, dass sie erst meine Nähe sucht und dann wieder davonläuft. Ich ... ich kann das einfach nicht.«

»Aber ihr Verhalten hat einen guten Grund.« Paige ließ nicht locker. »Und eines Tages werden Sie beide in einem guten Fischrestaurant sitzen und über all das lachen. Aber bis es so weit ist, müssen Sie ihr vertrauen.«

»Ich muss jetzt nur noch eins: mein Flugzeug erwischen. Bitte entschuldigen Sie mich.« Damit ließ Craig Paige stehen und ging auf sein Gate zu.

Paige atmete tief durch und beschloss, alles auf eine Karte zu setzen.

»Craig, Mylies Leben ist in Gefahr.«

Der Richter blickte Phoebe skeptisch an. Mit jedem Blick, jeder Geste strahlte er die Autorität seines Amtes aus. Phoebe war froh, dass Darryl, ihr alter Freund von der Polizei in San Francisco, sie zu diesem Termin begleitet hatte. Da Cole auf keine der Vorladungen erschienen war (wie auch, wenn er in einer dämonischen Einöde schmorte?), konnte diese Scheidung knifflig werden, und Phoebe wusste Darryls Beistand sehr zu schätzen.

»Euer Ehren, ich habe einen Sheriff mit der Vorladung in sein Büro, in sein Apartment und sogar zu seiner Stammwäscherei geschickt. Ehrlich, ich habe alles Menschenmögliche getan, um meinen Ehemann über diesen Scheidungsprozess zu informieren.«

Der Richter nickte. »Aber um einen Scheidungsprozess zu führen, verlangt es das Gesetz, eine Anzeige in die Zeitung zu setzen, in der mitgeteilt wird, wo sich der vermisste Ehepartner zuletzt aufgehalten hat. Haben Sie das getan?«

Eine Zeitung, die in der Hölle erscheint, habe ich leider nicht aufgetrieben, dachte Phoebe. Dann zog sie eine Ausgabe des *Bay Mirror* aus ihrer Handtasche und präsentierte dem Richter eine extragroße Anzeige. »Die Anzeige ist sogar größer, als das Gesetz es vorschreibt, Euer Ehren. Und ich habe eine besondere Schriftart gewählt, die gleich ins Auge springt. Hier, sehen Sie?«

Der Richter runzelte nur die Stirn. Dann fiel sein Blick auf Darryl, der neben Phoebe am Schreibtisch saß. Es war nicht gerade üblich, dass eine Scheidungsklientin in Begleitung eines Polizeibeamten zu ihrem Termin erschien.

»Darf ich fragen, was Sie mit der ganzen Sache zu tun haben, Inspektor?«

Darryl räusperte sich. Ihm war gar nicht wohl in seiner Haut. »Ich habe die Untersuchungen zum Verschwinden von Mister Turner geleitet, Euer Ehren. Wir haben alles getan, um seinen Aufenthaltsort ausfindig zu machen. Vergeblich. Ich bin davon überzeugt, dass Cole Turner das Land verlassen hat.«

Nun ja, das stimmte nicht ganz – aber er konnte dem Richter ja kaum sagen, dass Cole nicht in einem anderen Land, sondern in einer anderen Dimension feststeckte. Trotzdem gefiel es Darryl gar nicht, den Richter so zu beschwindeln.

Dieser blickte prüfend zwischen Phoebe und Darryl hin und her. Irgendetwas stimmt hier doch nicht, schien sein Blick zu sagen. Dennoch griff er nach einem Dokument, das auf seinem Schreibtisch lag, und schob es zu Phoebe herüber. »Ich muss schon sagen, junge Dame, in all meinen Jahren als Richter ist mir noch keine Scheidung untergekommen, die mit so einem Tempo durchgeboxt wurde. Was soll's – bitte unterschreiben Sie hier.«

Phoebe konnte ihr Glück kaum fassen. Mit großen Augen blickte sie auf das Formular. Nur eine winzige Unterschrift, und endlich würde sie frei sein.

Rasch zog Phoebe ihren Kugelschreiber hervor und setzte ihn auf dem Papier an.

Plötzlich ertönte von draußen eine vertraute und gehetzt klingende Stimme. »Bin ich hier richtig? Danke.«

Ich fasse es nicht!, dachte Phoebe.

Die Tür öffnete sich.

Cole Turner trat ein.

In der Hand hielt er die Ausgabe des *Bay Mirror* mit Phoebes Anzeige. »Ich bin Cole Turner, Euer Ehren«, begrüßte er den Richter. Dann wandte er sich Phoebe zu und lächelte. »Schicke Anzeige. Ich fühle mich geschmeichelt.«

Der Richter räusperte sich.

Vorerst war die Scheidung geplatzt.

Phoebe, Cole und Darryl traten in den Flur des Gerichtgebäudes.

»Du verdammter, bösartiger Bastard«, zischte Phoebe. »Warum konntest du nicht einfach bleiben, wo du hingehörst?«

»Hey, warte mal«, erwiderte Cole. »Ich bin nicht mehr böse!«

»Hast du eigentlich eine Ahnung, was du da drin angerichtet hast?« Darryl war außer sich.

Doch Cole ignorierte den Polizisten. Er hatte nur Augen für Phoebe. »Hey, warte mal, ich bin nicht mehr böse. Ich bin jetzt einer von den Guten!«

Phoebe schüttelte den Kopf. »Du bist nur gut darin, meine Träume zu zerstören.«

»Aber ich bin hier, um alles wieder gutzumachen.«

Darryl tobte immer noch. »Du hast mich vor dem Richter wie einen Idioten aussehen lassen.«

»Du benimmst dich wie ein tollwütiger Pitbull-Terrier«, versuchte Phoebe ihn zur Vernunft zu bringen.

»Ich sollte dich verhaften. Aus Prinzip!«

Da machte Cole eine Handbewegung. Im selben Augenblick verwandelte sich Darryl in einen Wasserspender. Luftblasen blubberten in seinem Inneren hoch.

Phoebe blickte ihren Noch-Ehemann finster an. Cole zuckte entschuldigend mit den Schultern. »Er ging mir auf die Nerven.«

»Siehst du, Cole, genau das meine ich. Jemand, der gut ist, verwandelt seine Mitmenschen nicht in Wasserspender.«

»Aber ich wollte doch nur, dass du mir zuhörst.«

»Ach, fahr zur Hölle!«

Cole grinste. »Da komme ich gerade her. Eigentlich wollte ich schon viel früher wieder zurück sein, aber ich brauchte Zeit, um genügend Kräfte zu sammeln. Damit ich ...«

»Ja? Was?«, fragte Phoebe ungehalten. »Die Welt erobern kann?«

Cole schüttelte den Kopf. »Damit ich meinen Plan ausführen und Wiedergutmachung leisten kann.«

Phoebe glaubte ihren Ohren nicht zu trauen. Wollte er sich über sie lustig machen? »Vorsicht, Freundchen«, zischte sie. »Du begibst dich da auf ein verdammt schmales Brett.«

»Da bin ich doch schon längst, Phoebe. Ich habe meinen Job in der Kanzlei zurück. Und ich werde meine neuen Kräfte einsetzen, um den Menschen zu helfen – und damit für meine Vergangenheit büßen. Früher oder später wirst du einsehen, dass wir beide immer noch zusammengehören.«

Phoebe kniff die Augen zusammen. »Cole, wenn du das noch einmal sagst, dann schreie ich. Ich will, dass du aus meinem Leben verschwindest.«

Cole blickte Phoebe in die Augen. »Ich werde Abstand halten, aber ich werde nicht verschwinden. Meine Gefühle für dich haben sich nicht geändert, Phoebe. Sie haben mich in der Hölle am Leben gehalten und zurück zu dir geführt.«

Warum musste er so etwas sagen? Außer sich vor Wut griff Phoebe nach einem Brieföffner, der zufällig in der Nähe auf einem Tisch lag. Cole sah reglos zu, wie Phoebe die Spitze an seinen Hals führte.

»Du wirst ihn nicht benutzen. Ich weiß, dass du mich noch immer liebst, tief in deinem Inneren.« Vorsichtig umschloss Cole die Klinge mit der Hand und führte sie von seinem Hals weg.

Ohne darüber nachzudenken, stieß Phoebe den Brieföffner ruckartig zurück, und Cole zuckte zusammen. Ein paar Blutstropfen spritzten auf eine Ablage mit Schriftstücken.

»Du machst einen großen Fehler, wenn du immer noch glaubst, ich würde dich lieben«, zischte Phoebe.

Cole blickte auf seine Handfläche, wo eine beachtliche Schnittwunde klaffte. Aber plötzlich glomm die Verletzung auf und begann zu heilen. Nach wenigen Augenblicken war nicht einmal mehr eine Narbe zu sehen. »Ich hatte ja nicht erwartet, dass du mir gleich in die Arme fällst, aber findest du diese Reaktion nicht ein wenig übertrieben?«, wollte Cole wissen.

Fassungslos starrte Phoebe auf seine geheilte Hand. Dann hörte sie es auf dem kleinen Schreibtisch neben sich zischen. Die Blutstropfen von Coles Hand brodelten vor sich hin. Wie eine aggressive, ätzende Säure.

»Bleib mir bloß vom Hals«, flüsterte Phoebe entsetzt und rannte davon. »Was immer du bist!«

»Warte!«, rief Cole ihr hinterher, aber die junge Hexe war schon hinter einer Ecke des Ganges verschwunden.

Der Ex-Dämon blieb allein zurück.

Neben ihm blubberte der Wasserspender. Mit einer Handbewegung verwandelte Cole ihn wieder zurück in Darryl. Verwirrt blickte sich der Polizist um. »Was ist passiert? Wo ist Phoebe?«, fragte er und blickte Cole misstrauisch an.

»Sie ist weggelaufen«, antwortete Cole nur.

Darryl schüttelte den Kopf und bedachte Cole mit einem bösen Blick. »Du hast Glück, dass das alles ist.«

Sprach's und ließ Cole allein im Gang zurück.

Piper, Leo und Mylie saßen im Wohnzimmer des Halliwell-Anwesens und starrten auf den Fernseher. Eine Sondersendung berichtete von dem außergewöhnlichen Unwetter, das San Francisco immer noch heimsuchte. Auch wenn die Stadt am Meer für ihr wechselhaftes Wetter berüchtigt war: Was da draußen tobte, schlug alle Rekorde.

Piper ging unruhig auf und ab. »Im *Buch der Schatten*

steht, dass die Seehexe Macht über die Elemente hat. Schließt das auch solche Wolkenbrüche mit ein?«

Mylie nickte. »Leider ja. Wolkenbrüche, Hurrikane ...«

»Hurrikane?«

»... sogar Flutwellen.«

Piper blieb wie angewurzelt stehen. »Leo, sie hat Flutwellen gesagt!«, machte sie ihrem Entsetzen Luft. »Wie weit reicht so eine Flutwelle?« In Gedanken sah sie schon, wie das Halliwell-Haus von einer gewaltigen Woge erfasst wurde.

Leo antwortete nicht direkt, sondern lächelte Mylie an. »Entschuldige uns bitte einen Augenblick.«

Die beiden entfernten sich ein paar Schritte. »Was ist nur in dich gefahren?«, fragte Leo.

»Ich weiß auch nicht«, erwiderte Piper kopfschüttelnd. »Irgendwie bin ich nicht mehr ich selbst.«

»Aber zu unserem Job gehört nun mal auch, die Unschuldigen zu beruhigen. Meinst du, du schaffst das, während ich den *Rat* aufsuche und frage, ob sie ein gutes Mittel gegen die Seehexe kennen?«

»Klar«, entgegnete Piper mit gespieltem Selbstvertrauen, und Leo verschwand in einer Lichtwolke.

Fast im gleichen Augenblick öffnete sich die Haustür. Mylie blickte auf. Im Eingang stand Craig, begleitet von Paige. »Hey«, begrüßte er sie. Die Meerjungfrau sprang auf.

»Du bist gekommen!«

Craig ging vorsichtig ein paar Schritte auf sie zu. »Ja, weil Paige mir gesagt hat, dass dein Leben in Gefahr ist. Was ist hier los?«

Mylie schluckte. »Ich muss wissen, was du für mich empfindest.«

Craig schüttelte resigniert den Kopf. »Das gibt's doch nicht. Geht das schon wieder los?« Hilfe suchend wandte er sich an Piper und Paige. »Ist das hier eine Art Witz, oder was?«

Paige schüttelte den Kopf. »Das ist absolut kein Witz. Du musst ihr sagen, was du für sie empfindest. Ihr Leben hängt davon ab.«

»Ich kann diesen Satz nicht mehr hören«, erwiderte Craig nur. »Mylie, sag mir endlich, was das soll!«

»Ich kann nicht«, flüsterte Mylie.

»Du kannst nicht? Du reißt mich aus einer Geschäftsbesprechung, deine Freundin überfällt mich am Flughafen, ich verpasse meinen Flieger nach New York – und du kannst mir nicht einmal sagen warum?«

»Nein«, antwortete Mylie nur.

Piper platzte langsam der Kragen. Dieser verdammte Trottel musste nur einen einzigen Satz sagen, und die Seehexe sah alt aus. War das denn so schwer? »Hör zu, Kumpel«, rief sie, »du wärst doch gar nicht hier, wenn du nichts für sie empfinden würdest. Also, warum sagst du ihr nicht einfach, dass du sie liebst, verdammt?«

»Piper, entspann dich!«, zischte Paige ihrer Halbschwester zu. Das war wohl kaum die richtige Taktik.

»Warum sollte ich? Wenn er nicht endlich den Mund aufmacht, dann blüht uns ein Kampf mit der See ...«

»Piper!«

»... äh, mit einer sehr bösen Person.«

Craig blickte die drei Frauen verständnislos an. Dann schüttelte er den Kopf. »Das reicht. Ich verschwinde!« Damit drehte er sich um und ging in Richtung Haustür.

»Craig, warte!«, flehte Mylie. »Du willst wissen, was ich vor dir verstecke? Okay!«

Kurz entschlossen griff sie nach einer kleinen Blumenvase auf dem Wohnzimmertisch, nahm die Blumen heraus und warf sie beiseite. Dann legte sie sich auf das Sofa. Craig starrte sie mit offenem Mund an.

»Mylie! Tu das nicht!«, rief Piper. Doch Paige hielt sie zurück. Irgendwann musste Craig die Wahrheit erfahren.

Mylie atmete tief durch – dann schüttete sie sich das Wasser aus der Vase über die Beine. Den Bruchteil einer Sekunde später hatten ihre perfekten Beine die Gestalt eines goldenen Fischschwanzes angenommen.

Craig riss die Augen auf und taumelte zurück.

Was er da sah, war eine Monstrosität. Er wollte nur noch raus, weg von diesem Wahnsinn.

»Craig, warte! Hab keine Angst. Ich bin immer noch Mylie!«

»A... aber was bist du?«, stammelte Craig. »Mein Gott!«

Der junge Mann schluckte und lief zur Tür. Dass draußen ein Unwetter tobte, störte ihn nicht.

Dann war er fort.

Aber an seiner Stelle erschien jemand anders.

Urplötzlich fegte eine kalte, feuchte Windböe durch das Wohnzimmer. Die drei Frauen sahen sich entsetzt um. Aus einer Wassersäule kam die Seehexe zum Vorschein. Sie warf einen kurzen Blick in die Runde, entdeckte Mylie und grinste triumphierend. Die Meerjungfrau lag noch immer auf dem Sofa. Mit ihrem Fischschwanz war es ihr unmöglich, aufzustehen.

»Piper, hast du einen Vernichtungszauber gefunden?«, rief Paige voller Panik.

Aber Piper starrte die Seehexe nur mit weit aufgerissenen Augen an. Das war das Monster, das ihre Mutter getötet hatte. Verstört wich die junge Hexe zurück.

»Piper!«, rief Paige, doch ihre Schwester blickte auf die Hexe wie das Kaninchen auf die Schlange. Kurz vor dem Todesstoß. Dann hob sie die Hände, um das Monstrum in der Zeit gefrieren zu lassen.

Nichts passierte. Absolut nichts.

Wortlos hob auch die Seehexe eine Hand. Darin formte sich eine Kugel aus Wasser. Bevor Paige reagieren konnte, schleuderte sie ihr diese Kugel auch schon entgegen, und sie zerplatzte an der Brust der jungen Hexe. Instinktiv holte Paige tief Luft, und das rettete ihr das Leben.

Eine Wassersäule schoss hoch und hüllte Paige von Kopf bis Fuß ein.

Piper schüttelte nur panisch den Kopf, als die Seehexe auch ihr eine Wasserkugel entgegenschleuderte. Im letzten Augenblick sprang sie hinter dem Sofa in Deckung. Die Wasserkugel zerplatzte hinter ihr an der Wand. Ängstlich kauerte sich Piper zusammen. Sie hörte nur, wie Mylie um Hilfe rief. »Piper! Hilf mir! Bitte!«

Dann verstummten die Schreie der Meerjungfrau in einem erstickten Gurgeln.

Mit einem Mal war ein platschendes Geräusch zu hören, und Piper wagte einen vorsichtigen Blick über den Rand des Sofas. Mylie und die Seehexe waren verschwunden. Mitten im Wohnzimmer stand eine klatschnasse Paige, schnappte nach Luft und starrte ihre Halbschwester ungläubig an. »Piper, was war los mit dir?«

Piper schüttelte nur den Kopf.

Sie wusste es selbst nicht.

6

Ein stürmischer Wind fegte über das Halliwell-Anwesen hinweg und ließ die Fensterläden klappern. Aber wenigstens vertrieben die Sturmböen die schwarzen Gewitterwolken. Erste Sonnenstrahlen blitzten auf.

Im Haus war die Stimmung trotzdem düster. Piper stand in eine Decke gehüllt am Fenster und blickte hinaus.

Sie zitterte immer noch.

»Sie hat tatsächlich Mylie geraubt?«, fragte Phoebe ungläubig. »Wie konntest du das zulassen, Piper?«

»Ich habe keine Ahnung«, antwortete Piper leise. »Ich hatte eine Panikattacke oder so etwas. Ich konnte nicht mehr atmen, mich nicht mehr bewegen.«

Piper schauderte. Sie erinnerte sich nur zu gut daran, wie sich das Ganze angefühlt hatte: so, als ob ihr ein zentnerschweres Gewicht die Luft aus den Lungen reißen würde.

Phoebe nickte. »Okay, verstehe. Aber trotzdem: Die Seehexe hat Mylie geraubt.«

Leo trat einen Schritt vor und stellte sich beschützend neben seine Frau. »Hey, seid nicht so streng mit ihr, okay?«

Aber Piper schüttelte nur den Kopf. »Nein, sie hat Recht. Mylie ist weg, und es ist allein meine Schuld.«

Leo legte Piper den Arm um die Schulter. »Es ist nicht deine Schuld. Das waren deine Hormone. Deine mütterlichen Instinkte haben sich eingeschaltet.«

»Du meinst, die Alleinherrschaft übernommen«, bemerkte Paige sarkastisch.

»Es ist doch ganz normal für eine Mutter, ihr Baby zu schützen«, verteidigte Leo seine Frau.

Phoebe runzelte die Stirn. »Aber sie hat schon öfter

gegen Dämonen gekämpft, seit sie schwanger ist. Was war denn heute anders?«

»Ich weiß es nicht«, seufzte Piper.

Diese Diskussion brachte gar nichts. Paige strich sich eine Haarsträhne aus der Stirn – ihre roten Locken waren noch immer klatschnass. Sie würde bestimmt eine Woche brauchen, um diesen fauligen Salzwassergeruch herauszuwaschen. »Konzentrieren wir uns einfach darauf, Mylie zu finden. Hast du irgendetwas über die Seehexe herausgefunden, Piper?«

»Es gibt einen Vernichtungsspruch, der bei ihr wirken müsste. Ich habe ihn irgendwo gelesen.«

Paige nickte. Das war doch schon mal was. »Okay, aber wie finden wir die Hexe? Steht darüber auch etwas im Buch?«

Piper zuckte nur mit den Schultern. Es fiel ihr immer noch schwer, sich zu konzentrieren.

»Der *Rat* hat mir gesagt, dass sie in einer versteckten Höhle auf einer einsamen Insel haust«, sagte Leo. »Die Höhle wird durch einen Zauberbann vor den Augen der Welt verborgen. Nur eine Meerjungfrau kann sie finden.«

»Tja, leider sind uns die Meerjungfrauen soeben ausgegangen«, warf Phoebe vorwurfsvoll ein.

»Okay, und wo warst du, als das alles passiert ist, Phoebe?« Piper wusste selbst, dass sie versagt hatte, und sie war es leid, dass alle auf ihr herumhackten.

»Ich musste mich um meinen eigenen Dämon kümmern«, erwiderte Phoebe.

Paige setzte der Diskussion ein Ende. »Das Gute ist«, erklärte sie, »dass die Seehexe Mylies Unsterblichkeit nicht einfach stehlen kann. Mylie muss sie ihr freiwillig überlassen.«

»Was allerdings jede Sekunde passieren könnte«, ergänzte Leo.

Paige nickte nachdenklich. »Stimmt, wenn sie ihre Hoffnung verloren hat, wird sie vielleicht freiwillig sterben wollen.«

Leo seufzte. »Okay, ich versuche noch einmal, Craig zu finden. Vielleicht brauchen wir ihn.«

»Versuch es am Flughafen«, riet Paige. »Er wollte nach New York fliegen.«

Leo nickte und verschwand in einer Lichtwolke. Sie hatten keine Zeit mehr zu verlieren.

»Und ich versuche, die Seehexe zu finden«, beschloss Piper. Sie versuchte, ihrer Stimme etwas Zuversicht zu verleihen, allerdings mit wenig Erfolg.

Phoebe blickte ihrer Schwester ins Gesicht und schluckte. »Oh Schatz, ich war viel zu streng mit dir. Warum überlässt du die Seehexe nicht Paige und mir und ruhst dich etwas aus?«

»Nein, ich muss . . .«

»Du musst dich schonen. Wenn nicht für dich selbst, dann für meine Nichte.« Phoebe blickte auf Pipers Bauch. »Der ganze Stress kann nicht gut für die Kleine sein.«

»Sie hat Recht«, nickte Paige.

Piper seufzte. Widerstrebend ließ sie sich auf der Wohnzimmercouch nieder. Erst als sie lag, spürte sie, wie erschöpft sie eigentlich war.

Piper fragte sich, wie sie dieses Abenteuer bis zum Ende durchstehen sollte.

»Ich habe dich unterschätzt«, sagte die Seehexe in ihrer Höhle. Ihre Stimme klang fast zärtlich. Dann ließ sie sich neben Mylie auf einer Holplanke nieder. »Normalerweise kommen sie alle mit gebrochenem Herzen zurück und flehen mich geradezu an, ihr Elend zu beenden. Aber du hast wirklich beinahe die wahre Liebe gefunden.«

»Ich *habe* sie gefunden«, erwiderte Mylie trotzig.

Die Seehexe lächelte verständnisvoll und griff nach der magischen Muschel. Die ersten Tentakel schlängelten sich bereits hungrig heraus. »Vielleicht hast du tatsächlich die Liebe gefunden, mein Kind, aber ich fürchte, damit ist Schluss – jetzt, wo er weiß, was du wirklich bist. Es wird Zeit, dein Schicksal zu akzeptieren.«

Langsam führte die Seehexe ihre tödliche Muschel an Mylies Brust. Einen Augenblick verharrte die Meerjungfrau bewegungslos, dann schlug sie der Hexe die Muschel aus der Hand.

Die funkelte ihr junges Opfer böse an. Schließlich verzerrten sich ihre Gesichtszüge wieder zu einem gespielten Lächeln. »Dein Schmerz wird niemals vergehen. Und du bist eine unsterbliche Kreatur. Kannst du mit diesem Schmerz leben? Bis in alle Ewigkeit?« Die Seehexe warf Mylie einen letzten viel sagenden Blick zu und verschwand in einer Wassersäule.

Mylie blieb allein in der kalten Höhle zurück.

Eine salzige Träne lief ihr über die Wange.

7

»Das ist das letzte Mal, dass ich in diesem Restaurant esse«, knurrte Darryl. Dann zog er den Kopf ein und suchte fluchtartig hinter einer Sitzreihe Deckung.

Die Kugelsalve aus der halb automatischen Waffe zersiebte das Polster. Holzspäne und Schaumstoff rieselten dem Polizisten ins Gesicht.

Vor nicht einmal zehn Minuten war er nach einem Polizeinotruf in diesem Lokal eingetroffen. Irgendein durchgeknallter Verrückter mit einer dicken Knarre hatte versucht, es zu überfallen und mit der Tageskasse zu flüchten. An sich schon eine ziemlich dämliche Idee, aber der Verbrecher hatte sich dabei auch noch reichlich ungeschickt angestellt. Wahrscheinlich hatte er gehofft, seinen fehlenden Verstand mit einer fetten Waffe wettzumachen.

Der Polizei war es mittlerweile gelungen, das Lokal zu evakuieren und zu umstellen. Doch der Räuber hatte sich im Inneren des Restaurants verschanzt und strikt geweigert, aufzugeben. Darryl war hineingegangen, um mit dem Mann zu verhandeln – doch die Antwort des Spinners war eine Kugelgarbe gewesen.

Darryl zuckte zusammen. Eine neue Salve hämmerte auf die Rückenlehne der Sitzbank. Wenn das so weiterging, würde der Räuber die dünnen Lehnen in null Komma nichts zersiebt haben.

Und dann war Darryl dran.

Der Polizist atmete tief durch. Wenn er hier lebend rauskommen wollte, musste er handeln.

Und zwar sofort!

Kurzerhand sprang Darryl auf. Der Mann – ein glatzköpfiger Bodybuilder in einem Muskelshirt – stand kaum zehn Schritte von ihm entfernt am anderen Ende des Restaurants.

Darryl gab einen Warnschuss ab, um ihn einzuschüchtern. Der Kerl sollte wissen, dass er es nicht mit einem hilflosen Opfer zu tun hatte. Doch seine Strategie ging nicht auf: Der Verbrecher zuckte nicht einmal zusammen, als die Kugel aus der Waffe des Polizisten hinter ihm in die Wand einschlug. Offensichtlich hatte der Mann schon vor dem Überfall mit seinem Leben abgeschlossen.

Darryls Widersacher grinste nur und richtete seine Waffe auf den Polizisten. Es war eine *Mac 10*, eine unter Ganoven sehr verbreitete, kleine Maschinenpistole. Leicht zu beschaffen, einfach in der Handhabung, pflegeleicht und absolut tödlich.

Als Darryl seinen Fehler erkannte, war es schon zu spät, und der Verbrecher zog den Abzug durch. Darryl hörte das leise Klicken, bevor das Stakkato der Schüsse durch den Raum hallte.

Mit einer Waffe wie dieser brauchte der Schütze nicht großartig zu zielen. Die *Mac 10* spuckte pro Sekunde ein Dutzend Geschosse aus – zwei oder drei davon würden ihr Ziel schon treffen.

Darryl schloss die Augen und wartete auf den Ruck der einschlagenden Kugeln.

Nichts passierte.

Plötzlich war es absolut still in dem Lokal.

Verwundert öffnete der Polizist die Augen. Der Todesschütze stand wie versteinert da, die Waffe immer noch im Anschlag. Doch am erstaunlichsten waren die Kugeln. Im Zeitlupentempo krochen sie durch die Luft, ja sie flogen so langsam, dass Darryl genau hinsehen musste, um überhaupt eine Bewegung zu erkennen. Bei diesem Tempo konnte er noch einen Kaffee trinken, bis sie ihn erreicht hatten.

»Ich dachte mir, du könntest ein wenig Hilfe gebrauchen.«

Darryl fuhr herum. Hinter ihm stand Cole Turner. Er hatte die Arme vor der Brust verschränkt und lächelte.

Darryl musste erst einmal nach Luft schnappen. »Ja, richtig gedacht«, antwortete er dann.

»Gut, dann schnappen wir uns den Bösewicht!« Cole ging auf den Verbrecher zu, der immer noch versteinert in der Ecke stand.

»Was hast du gemacht?«, fragte Darryl. Er folgte Cole, wobei er einen weiten Bogen um die Kugeln machte. Sie mochten sich zwar nur noch im Zeitlupentempo bewegen, aber trotzdem ...

»Oh, ich habe uns nur etwas Zeit verschafft«, antwortete Cole, als ob das die normalste Sache der Welt wäre.

»Schon klar, das sehe ich. Aber warum?«

»Du meinst abgesehen davon, dass ich deinen Hintern retten wollte? Na ja, Phoebe soll endlich merken, dass ich jetzt einer von den Guten bin. Und du machst eine gute Figur, wenn du diesen Spinner hier überwältigst. So haben wir beide etwas davon.«

»Und was, wenn ich deine Hilfe gar nicht will?«

»Dafür ist es wohl zu spät«, erwiderte Cole lächelnd. »Und im Notfall kann ich dich ja immer noch in einen Wasserspender verwandeln. Hast du Handschellen dabei?«

Darryl griff in seine hintere Hosentasche und reichte sie ihm.

»Danke«, sagte Cole, nahm dem versteinerten Schützen die Maschinenpistole aus der Hand, übergab sie Darryl und legte dem Verbrecher die Handschellen an. »Also, wenn du mal wieder Hilfe bei einem Fall benötigst, lass es mich einfach wissen. Ich bin da, wenn du mich brauchst. So kann ich allen beweisen, dass ich nicht mehr böse bin.«

Er schnippte mit den Fingern. Im selben Augenblick zischten die Kugeln wieder los. Sie schlugen in ein Weinregal ein. Ein halbes Dutzend kostbarer Flaschen explodierte.

Vor einer Minute hatte Darryl noch an dieser Stelle gestanden.

Erstaunt riss der Schütze die Augen auf. Cole lächelte ihn an – und verpasste ihm einen krachenden Kinnhaken. »Ich bin jetzt einer von euch«, erklärte er. »Ob es euch passt oder nicht.«

»Sie will dich aber nicht mehr«, erwiderte Darryl. »Warum gibst du nicht einfach auf?«

»Weil ich sie liebe. Vergiss nicht, ihr von meiner Tat zu erzählen.« Dann nickte Cole dem Polizisten noch einmal zu und löste sich auf.

Draußen heulten Polizeisirenen.

Kopfschüttelnd blickte Darryl auf den bewusstlosen, gefesselten Schützen.

Was sollte er nur in seinen Bericht schreiben?

Paige ging nervös auf dem Dachboden des Halliwell-Hauses auf und ab. Phoebe saß an einem kleinen Tisch. Vor ihr lagen dutzende von Büchern über Magie und Beschwörungen. Manchmal reichte sogar das fast allwissende *Buch der Schatten* nicht aus, um ein Mittel gegen einen Dämon zu finden. Aber nach stundenlanger Suche war Phoebe schließlich fündig geworden.

»Ah, das hört sich gut an. Wenn wir östliches Denken mit westlicher Magie kombinieren, bekommen wir vielleicht einen Zauber zusammen, um diese Seehexe auszulöschen.«

Da klingelte Paiges Handy schrill auf.

»Dieser Spruch müsste den Schutzzauber der Seehexe eigentlich durchbrechen«, fuhr Phoebe fort. Dann blickte sie auf. »Willst du nicht drangehen?«

Paige warf einen Blick auf das Display und schüttelte den Kopf. »Nein, das ist mein Boss. Ich war den ganzen Nachmittag nicht im Büro.«

»Kannst du es dann nicht wenigstens abstellen? Dieses Piepen geht mir auf die Nerven.«

Paige reagierte gar nicht auf Phoebes Bitte. »Meinst du, es ist möglich, am selben Tag befördert und gefeuert zu werden?«

Phoebe runzelte die Stirn. »Paige, bitte schalte dein verdammtes Telefon aus!«

»Weißt du, vielleicht ist es gar nicht meine Bestimmung, diesen neuen Job anzunehmen.«

Phoebe knurrte lauf auf, riss Paige das Handy aus der Hand und knallte es auf die Tischplatte. Das Telefon gab noch ein trauriges Piepsen von sich, dann verstummte es.

Paige blickte erst ihr Handy, dann ihre Schwester an. »Okay, interessante Reaktion. Also, Phoebe ...«

»Mmh?«

»... was ist los mit dir?«

Phoebe schluckte. »Er ist wieder da«, sagte sie nur.

»Wer?«

»Cole.«

»Was? Im Ernst?«

Statt einer Antwort griff Phoebe in ihre Handtasche und zog einen Brieföffner heraus. Ein paar getrocknete Blutstropfen klebten noch an der Klinge. Das Metall um die Tropfen herum war geschmolzen. Als ob es verätzt worden wäre.

»Das ist sein Blut. Und Blut sollte Metall eigentlich nicht zum Schmelzen bringen.«

»Du hast auf ihn eingestochen?«, rief Paige.

Phoebe nickte. »So ist es.«

»Bravo.«

»Er will mich zurückhaben, Paige. Er will mich zurück, und ich möchte am liebsten weglaufen. Wenn ich deine Kräfte hätte, würde ich mich auf eine einsame Insel orben.

Ich habe wegen ihm so viel durchgemacht. Noch mal packe ich das nicht.«

Paige schüttelte den Kopf. »Aber weglaufen ist keine Lösung. Gib ihm nicht so viel Macht über dich. Du hast dir eine großartige Karriere aufgebaut. Lass dir das nicht kaputtmachen.«

»Aber ich bin zu müde, gegen ihn zu kämpfen. Außerdem weiß ich gar nicht, ob das einen Sinn hätte. Er hat doch jetzt diese neuen dämonischen Kräfte.«

Paige legte ihrer Halbschwester die Hand auf die Schulter. »Weißt du was? Du solltest deine Wut erst einmal auf die Seehexe konzentrieren. Und wenn wir die erledigt haben, analysiere ich Coles Blut, und wir finden einen Weg, um ihn von dir fern zu halten.«

Ein kleines Lächeln erhellte Phoebes Gesicht. »Danke, Paige. Schauen wir mal, ob der Zauber gegen die Seehexe funktioniert. Wo steckt eigentlich Piper?«

»Um Piper mache ich mir auch Sorgen«, seufzte Paige. »Sie hat sich den denkbar schlechtesten Zeitpunkt für ihre Dämonophobie ausgesucht. Meinst du, sie ist schon so weit, gegen die Seehexe anzutreten?«

Phoebe zuckte mit den Schultern. Sie teilte die Bedenken ihrer Halbschwester. »Schwer zu sagen. In einer Schwangerschaft spielen die Hormone verrückt. Da kann alles Mögliche passieren.«

»Macht euch keine Sorgen. Lasst uns loslegen, wir haben einen Job zu erledigen.«

Paige und Phoebe fuhren herum. In der Tür stand Piper. Sie sah aus wie ein Häuflein Elend. Aber ein entschlossenes Häuflein Elend.

»Bist du sicher, dass du dir das zumuten willst?«, fragte Paige besorgt.

»Mir bleibt wohl kaum eine Wahl, oder? Der Spruch funktioniert nur mit der Macht der *Drei*.«

»Sollten wir nicht warten, bis Leo Craig gefunden hat?«
Piper schüttelte entschlossen den Kopf. Durch ihre Schuld war Mylie der Seehexe in die Hände gefallen. Sie würde sich niemals verzeihen können, wenn der Meerjungfrau etwas zustieß. »Nein. Mylie braucht uns jetzt.«
Phoebe nickte und verteilte jeweils einen kleinen Zettel an Paige und Piper. Darauf hatte sie die Beschwörungsformel notiert. »Okay, wenn dieser Spruch funktioniert, sollte er uns direkt zum Versteck der Seehexe bringen.«
Die drei Hexen blickten auf ihre Zettel. Dann begannen sie mit dem magischen Singsang.

Erhebe dich, oh magische Kraft,
finde die Seehexe, die Böses nur erschafft.
Schöpfe aus den Mächten des Guten
Finde ihr Versteck in den endlosen Fluten.

Nichts passierte.
Die drei Hexen blickten sich ratlos an.
Plötzlich taumelte Phoebe und stürzte zu Boden.
Erschrocken rissen Paige und Piper die Augen auf.
Dort, wo gerade noch Phoebes Beine gewesen waren, zappelte jetzt ein golden glänzender Schweif.
Der Schweif einer Meerjungfrau.
»Oh«, sagte Paige nur.

8

Die Wellen des pazifischen Ozeans schlugen ans Ufer. Seit Jahrmillionen hatte sich an ihrem ewigen Rhythmus nichts geändert.

Aber manchmal passierte selbst hier etwas Neues: Plötzlich glühte inmitten der Brandung ein blaues Licht auf. Drei Gestalten materialisierten. Es waren Piper, Paige und Phoebe.

Paige fasste Phoebe an den Schultern, Piper versuchte, ihren Fischschwanz zu halten. Aber er war zu glitschig.

Mit einem Aufschrei klatschte Phoebe ins Wasser.

»Hey!«, schrie sie. »Das Wasser ist kalt!«

»Tut mir Leid, ich konnte dich nicht mehr halten«, entschuldigte sich Piper.

Phoebe warf ihrer Schwester einen bösen Blick zu und versuchte, aufzustehen. Das Wasser des Ozeans reichte ihr bis zur Hüfte, und es war tatsächlich sehr kalt. Außerdem trug sie nichts als einen Bikini aus Muscheln und Seetang am Leib.

Paige schüttelte den Kopf. »Phoebe, Aufstehen bringt nichts. Du hast keine Beine mehr.«

Wütend schlug die frisch gebackene Meerjungfrau mit den Handflächen auf das Wasser. »Warum ich?«, rief sie trotzig. »Warum habe ausgerechnet ich diesen dämlichen Fischschwanz bekommen? Wir haben den Spruch doch alle gemeinsam aufgesagt!«

Paige zuckte mit den Schultern. »Vielleicht, weil du die beste Schwimmerin von uns bist?«

»Ja, in der Badeanstalt. Aber das hier ist der Ozean. Er ist lausig kalt, und gegen Schalentiere bin ich auch allergisch!«

»Okay, vergiss das jetzt mal«, rief Piper. Sie musste ihre

Stimme erheben, um das Tosen der Wellen zu übertönen.
»Spürst du die Seehexe? Ist sie in der Nähe?«

»Woher soll ich das denn wissen?«, knurrte Phoebe.

»Na ja, vielleicht könntest du mal kurz mit dem Kopf untertauchen.«

»Und mir die Haare nass machen?«

»Phoebe, du bist eine Meerjungfrau«, rief Piper ihr ins Gedächtnis.

»Ja, du solltest eigentlich in der Lage sein, die Seehexe aufzuspüren«, ergänzte Paige. »Mein Zauberspruch hat funktioniert. Nur nicht ganz so, wie er sollte.«

Phoebe verdrehte die Augen. Dann hielt sie sich die Nase zu und tauchte widerwillig unter. Ihr Fischschweif platschte einmal auf die Wasseroberfläche, dann war sie verschwunden.

In diesem Augenblick materialisierte Leo. »Ich habe Craig gefunden«, sagte er. »Er war schon in seinem Flugzeug nach New York.«

Dann blickte der Wächter des Lichts nach unten. »Warum stehe ich im Ozean?«

»Phoebe ist jetzt eine Meerjungfrau«, sagte Piper nur.

»Oh. Das erklärt natürlich einiges.«

Etwa zehn Meter vom Strand entfernt tauchte Phoebe wieder aus den Fluten auf. Sie strahlte über das ganze Gesicht. »Juhuu! Kommt rein! Das Wasser ist herrlich!«

Piper stemmte die Hände in die Hüften. »Phoebe! Komm sofort wieder raus! Wir sind hier nicht zum Vergnügen!«

Phoebe tauchte wieder unter. Kaum eine Sekunde später kam sie unmittelbar vor Piper wieder aus dem Wasser. Sie schien ihre neuen Fähigkeiten schon perfekt zu beherrschen.

»Der Ruf des Meeres ist wirklich unbeschreiblich. Wie Mylie gesagt hat.«

»Dann ignoriere ihn gefälligst«, blaffte Piper. »Hast du die Seehexe spüren können?«

»Jetzt wo du es sagst: Da war so ein unangenehmer Gestank im Wasser.«

»Das könnte auch die Kläranlage da drüben sein«, meinte Leo.

»Dieses Risiko müssen wir eingehen. Folge diesem Gestank.« Piper deutete auf das Meer hinaus.

»Aber wie denn?«

»Keine Ahnung. Vertraue deinen Instinkten und nimm Kontakt zu deinem inneren Fisch auf ... oder wie auch immer. Wenn du ihr Versteck gefunden hast, rufst du Leo. Er wird uns dann dorthin orben.«

»Okay«, sagte Phoebe nur. Dann tauchte sie wieder in die Wellen.

»So viel Spaß hat Phoebe nicht mehr gehabt, seit Cole gestorben ist.« Paige lächelte.

»Das wievielte Mal meinst du?«, fragte Leo.

»Gute Frage. Aber jetzt zum Wesentlichen. Seid ihr bereit?« Paige blickte Piper an. »Piper, hast du den Spruch parat?«

Die älteste Halliwell-Schwester blickte auf das endlose Meer hinaus.

»Piper? Alles okay?«

Piper nickte. »Klar. Alles unter Kontrolle«, antwortete sie. Dann ging sie zurück an den Strand, als hätte sie plötzlich Angst vor dem Ozean.

Irgendwo in einer Felsenhöhle inmitten des Ozeans trat die Seehexe an Mylie heran. Die Meerjungfrau saß reglos und mit einem traurigen Gesicht auf einem Stapel Treibholz.

»Willst du nun, dass ich dich von deinem Schmerz erlöse?«, fragte die Hexe sanft. Sie brauchte die Antwort eigentlich gar nicht mehr abzuwarten. Mylies trübseliger, hoffnungsloser Blick sprach Bände.

»Ja.«

Die Seehexe reichte Mylie die Todesmuschel, und deren schleimige kleine Tentakel erwachten zum Leben.

»Necron wird erfreut sein. Nimm die Muschel. Es tut nicht weh, im Gegenteil. Die Todesmuschel bringt den ewigen Frieden.«

Ohne die Hexe anzusehen, nahm Mylie die Muschel entgegen und drückte sie auf ihre Brust. Sie hatte alles riskiert und alles verloren. Selbst der Tod war besser, als bis in alle Ewigkeit mit einem gebrochenen Herzen weiterleben zu müssen.

Die Todesmuschel glühte auf.

Die Seehexe grinste.

Und Phoebe, die Meerjungfrau, beobachtete alles aus der kleinen Lagune heraus. Sie schluckte und schickte einen telepathischen Hilferuf an Leo.

9

Leo, der Wächter des Lichts, blickte auf den Ozean. »Sie hat mich gerufen«, rief er. »Los geht's!«

Paige rannte zu Leo und griff nach seiner Hand. Damit sie alle drei gleichzeitig orben konnten, brauchten sie Körperkontakt. Piper zögerte.

»Los, komm! Auf was wartest du?«, rief Paige.

Unsicher trat Piper zu den beiden anderen und griff nach der Hand ihres Ehemanns.

Leo konzentrierte sich. Die Luft begann zu schimmern.

Im selben Augenblick ließ Piper Paiges Hand los. Sie wusste selbst nicht, ob sie das bewusst getan hatte oder ob das Ganze nur eine instinktive Reaktion war.

Das Ergebnis blieb das gleiche. Leo und Paige verschwanden.

Piper blieb alleine am Strand zurück. Taumelnd suchte sie an einem Felsen Zuflucht und schluchzte.

In der Höhle der Seehexe beobachtete Phoebe, wie Mylie immer schwächer wurde. Die Todesmuschel pulsierte. Wie eine magische Batterie saugte sie der Meerjungfrau alle Lebensenergie aus.

Wo bleiben die anderen nur?, dachte Phoebe. Allein war sie machtlos. Mit diesem verdammten Fischschwanz kam sie ja nicht einmal ohne fremde Hilfe aus dem Wasser.

Plötzlich schimmerte die Luft hinter der Hexe auf.

Endlich!

Aber irgendetwas stimmte nicht.

»Wo ist Piper?«, rief Phoebe aus dem Wasser heraus.

»Sie hat sich losgerissen!«, keuchte Paige.

Alarmiert fuhr die Seehexe herum und stieß ein gurgelndes Knurren aus. Dann formte sie eine magische Wasserkugel und schleuderte sie auf Paige zu.

Oh, nein! Diesmal erwischt du mich nicht, dachte die junge Hexe. Sie duckte sich, sodass die Wasserkugel über ihren Kopf hinwegschwirrte.

»Vorsicht, Muschel!«, rief Paige dann. Fast gleichzeitig löste sich die Todesmuschel an Mylies Brust auf und erschien in Paiges Hand. Die Seehexe stieß einen hasserfüllten Schrei aus. Sie richtete ihre Fingerspitzen auf Paige. Diese wurde von einem gleißenden Licht erfasst. Sekunden später materialisierten schleimige Stricke aus Seetang um ihren Körper herum und pressten der jüngsten Hexe die Luft aus dem Körper.

Paige stieß ein ersticktes Keuchen aus und ließ die Todesmuschel fallen. Das teuflische Lebewesen schlug auf dem Boden auf und rutschte dann in die Lagune hinein.

Ohne die Macht der *Drei* hatten sie kaum eine Chance gegen die Seehexe, das war Leo klar. Also mussten sie es mit konventionelleren Mitteln versuchen. Der Wächter des Lichts griff nach einem alten Schwert, das in der Ecke der Höhle lag. Wahrscheinlich hatte es einst einem Seefahrer gehört, bevor die Hexe ihn in den feuchten Tod gerissen hatte.

Mit einem Kampfschrei stürmte Leo auf die Seehexe zu.

Doch diese blieb ungerührt stehen. Erst als das Schwert auf sie zusauste, verflüssigte sie sich. Die Klinge durchdrang sie, ohne Schaden anzurichten.

Der Schwung des eigenen Angriffs brachte Leo ins Taumeln, und bevor er einen erneuten Vorstoß wagen konnte, ließ die Hexe eine Wassersäule um ihn herum entstehen.

Leo war gefangen.

Der Schrecken der Meere lachte triumphierend auf. Doch er hatte etwas vergessen: Phoebe.

Wie ein Racheengel schoss die junge Hexe plötzlich aus der Lagune hervor. In der Hand hielt sie die Todesmuschel und schleuderte sie mit voller Wucht auf die Seehexe.

»Neeeiin!«, schrie diese, doch es war bereits zu spät. Die Muschel war nichts als ein bösartiger Parasit. Ihr war es egal, wessen Lebensenergie sie aussaugte. Und Phoebe hatte perfekt gezielt. Die Todesmuschel prallte gegen die Brust der Seehexe und saugte sich augenblicklich dort fest. Mit einem gurgelnden Geräusch brach ihre Widersacherin zusammen. Verzweifelt versuchte sie, sich die Muschel von der Brust zu reißen.

Vergeblich.

Die Muschel pulsierte, und die Schreie der Seehexe wurden schwächer und schwächer.

Dann war es vorbei.

Die Seehexe zerfiel zu Staub.

Im selben Augenblick fiel auch die Wassersäule in sich zusammen. Der Wächter des Lichts war wieder frei.

»Seid ihr alle okay?«, fragte Phoebe aus dem Wasser heraus.

Paige versuchte angeekelt, sich aus den glitschigen Seetangfesseln zu befreien. »Wie man's nimmt.«

Leos Sorge jedoch galt Mylie. Die Haut der Meerjungfrau war ohnehin schon blass gewesen. Doch nun war sie kalkweiß.

»Sie stirbt!«, rief Leo.

»Kannst du sie denn nicht heilen?«

Der Wächter des Lichts legte der Meerjungfrau die Hand auf die Brust. Dann schüttelte er den Kopf. Das hatte er befürchtet. »Sinnlos. Sie ist kein Mensch.«

Da hatte Paige einen Geistesblitz. »Nein, *noch* nicht. Hol Craig her, schnell!«

Leo verstand augenblicklich, was Paige meinte. Das könnte die Lösung sein. Ohne eine Sekunde zu verlieren, löste er sich auf.

Phoebe schüttelte den Kopf. »Sie hätte einfach im Wasser bleiben sollen. Dann wäre das alles nicht passiert.«

10

Die Sekunden schienen sich zu Minuten zu dehnen. Paige kniete neben Mylie und hielt ihre Hand. Sie war eiskalt.

Wenn Leo nicht bald zurückkam ...

Plötzlich schimmerte die Luft auf. Mitten in der Höhle erschien Leo in einer Wolke aus Licht – mit einem aufgebrachten Craig im Schlepptau.

»Was soll das?«, rief der junge Mann wütend. »Nimm deine Hände weg, du ...« Dann verstummte er und blickte sich verwirrt um. Das magische Teleportieren konnte, vor allem beim ersten Mal, eine verwirrende Angelegenheit sein.

Und ganz besonders dann, wenn man in der Höhle einer Seehexe landete.

»Wo zum Teufel bin ich?«, stammelte Craig.

Phoebe grinste ihn vom Rand der Lagune aus an. »Irgendwo im Nordatlantik, würde ich sagen.«

Craig riss die Augen auf, als er Phoebe sah. »Wer ... was seid ihr?«

»Eine Hexe«, antwortete Paige.

»Ein Engel«, sagte Leo.

»Eine Meerjungfrau«, erklärte Phoebe.

Paige warf ihr einen verwunderten Blick zu. »Solltest du nicht besser ›Hexe‹ sagen?«

Craig schüttelte fassungslos den Kopf. Doch plötzlich war alles vergessen. Er hatte Mylie entdeckt. Sie lag noch immer auf dem Treibholz. Ein Blutfleck schimmerte an der Stelle, wo sich die Todesmuschel festgesaugt hatte.

»Ich weiß, dass das alles nur schwer zu akzeptieren ist. Aber jetzt zählt nur eins: Sie stirbt – und nur du kannst ihr helfen«, erklärte Paige.

Craig kniete sich neben Mylie. »Aber ... was kann ich tun?«

»Sag ihr, was du für sie empfindest. Deine Liebe kann sie retten.«

»Meine Liebe? Aber wie soll ich sie denn lieben? Ich meine, schaut sie euch doch an mit ihrem ... ihrem ...«

»... wunderbaren Herzen«, ergänzte Leo.

Phoebe nickte. »Du weißt jetzt, was sie ist. Aber wer sie ist, dass wusstest du schon immer«, sagte sie von der Lagune aus.

Craig zögerte. Dann blickte er in Mylies regloses Gesicht. Und sagte endlich den Satz, auf den alle gewartet hatten. »Ich liebe dich.«

Mylies Fischschwanz zuckte. Dann strahlte er hell auf. Einen Herzschlag später hatte er sich in ein Paar makellose Menschenbeine zurückverwandelt.

Mit Mylies Schweif hatte sich auch ihr Muschelbikini aufgelöst. Leo schluckte und zog sich rasch das Hemd aus. Etwas schüchtern legte er es Mylie über, um ihre Blöße zu bedecken.

Mylie war jetzt wieder ein Mensch. Und Menschen konnte der Wächter des Lichts heilen. Das war seine Aufgabe. Er hielt seine Handfläche über die Wunde an Mylies Brust. Blaues Licht strahlte auf, und die Wunde schloss sich von selbst.

Sekunden später schlug Mylie die Augen auf. Craigs Gesicht war das erste, was sie sah. Leo, Phoebe und Paige blickten mit einem viel sagenden Pfeifen weg, als das Liebespaar sich küsste.

»Danke«, sagte Mylie dann. »Danke für alles.«

Leo nickte nur. »Ich möchte ja nicht unromantisch erscheinen, aber ich kann Pipers Angst spüren. Wir sollten schnell zu ihr zurück und ihr sagen, dass alles gut gegangen ist.«

Paige nickte. Zusammen mit Leo ging sie zum Rand der Lagune, wo der Wächter des Lichts die Hand ausstreckte. »Ich helfe dir heraus, Phoebe. Dann orbe ich uns zurück.«

Aber Phoebe schüttelte den Kopf. »Nein, ich bleibe im Ozean.«

»Okay, warum nicht?«, erwiderte Paige. »So schnell, wie du schwimmst, bist du wahrscheinlich noch vor uns da. Wir treffen uns dann am Strand.«

»Nein, ich *bleibe* im Ozean. Ich gehe nicht wieder zurück.«

Paige runzelte die Stirn. »Ich verstehe nicht ganz. Was meinst du?«

»Paige, Mylie hat die Wahrheit gesagt. Hier im Ozean, das ist ... die vollkommene Freiheit!«

»Das ist der Ruf der See«, meldete Mylie sich zu Wort. »Wenn sie nicht dagegen ankämpft, wird er ihr Herz erkalten lassen!« Mylies Stimme war noch schwach – trotzdem war die Warnung mehr als deutlich.

Leo streckte Phoebe die Hand entgegen. »Okay, Phoebe, komm raus aus dem Wasser!«

»Nein!«, erwiderte diese und schwamm ein Stück zurück.

»Phoebe, du musst dagegen ankämpfen!«, rief Paige.

»Ich will nicht dagegen ankämpfen. Ich will nur frei sein. Endlich frei!«

Mit einer geschickten Drehung tauchte Phoebe unter. Noch einmal peitschte ihr Fischschweif auf das Wasser, dann war sie verschwunden.

»Phoebe!«, rief Paige verzweifelt.

Doch Phoebe Halliwell war schon längst in einer anderen Welt.

DER FLUCH
DER MEERJUNGFRAU

Teil 2

1

Leo, der Wächter des Lichts, materialisierte im Wohnzimmer des Halliwell-Hauses. Allerdings wurde sein Erscheinen von einem seltsamen, platschenden Geräusch begleitet. Und das lag daran, dass Leo nass war. Klatschnass.

»Leo! Der Teppich!«, stöhnte Piper. Sie saß mit Paige auf dem Sofa und hatte ihren Ehemann bereits erwartet.

Leo trat rasch zur Seite, sodass er nur noch das Parkett voll tropfte. »Ich habe Phoebe gefunden«, sagte er schließlich.

Die beiden Frauen sprangen auf.

»Wirklich? Und warum hast du sie dann nicht mitgebracht?«, wollte Piper wissen.

Der Wächter des Lichts blickte sie an wie ein begossener Pudel. »Sie ist einfach zu schnell ... und zu glitschig.«

»Dann ist es also amtlich«, seufzte Paige. »Phoebe hat sich aus dem Staub gemacht.«

»Wohl eher verflüssigt«, erwiderte Leo trocken.

Piper verstand die Welt nicht mehr. »Aber vor was läuft, äh, schwimmt sie denn davon? Überall in der Stadt sind Plakate von ihr zu sehen, sie gibt Fernsehinterviews, ihre Scheidung ist durch ... sie sollte doch rundherum zufrieden sein.«

Paige trat unruhig von einem Fuß auf den anderen. »Stimmt, ihr wisst es ja noch gar nicht«, sagte sie leise.

»Wir wissen was nicht?«, hakte Piper nach. Weniger leise.

»Na ja, ich wollte dich nicht beunruhigen ... du weißt schon.«

»Ja, hab verstanden. Wir wissen jetzt alle, dass ich mich im Augenblick der Gefahr wie der letzte Feigling verhalten habe, schon gut. Also, was wissen wir nicht?«

»Cole ist zurück.«

Der Satz saß wie ein Hammerschlag. Piper keuchte auf und fasste sich instinktiv an den Bauch.

»Was? Warum weiß ich davon nichts?«, fragte Leo, ebenso überrascht wie verärgert.

»Phoebe hat es mir ganz im Vertrauen erzählt.«

»Ja, aber ich bin euer Wächter des Lichts«, erklärte Leo kopfschüttelnd. »Als Hexe hast du die Pflicht, mir so etwas sofort mitzuteilen.«

Paige blickte Leo trotzig an. »Aber meiner Schwester gegenüber bin ich noch viel mehr verpflichtet.«

»Entschuldige mal bitte, aber Cole war die Quelle des Bösen. Das kann man doch nicht einfach unter den Teppich kehren.«

Paige wollte sich gerade verteidigen, als es plötzlich polterte. Piper war zu Boden gefallen und hielt sich den Bauch. Der Schock über Coles Rückkehr war einfach zu viel gewesen.

Sofort war Leo bei ihr. »Tief durchatmen, Piper, tief durchatmen.« Gemeinsam mit Paige hob er seine Frau vorsichtig auf das Sofa.

»Ist er hinter meinem Baby her?«, hauchte Piper tonlos. Sie war aschfahl geworden.

»Nein, Schatz, natürlich nicht«, sagte Paige beruhigend. »Er ist hinter Phoebe her. Also, ich meine, er will sie zurückerobern.«

Leo schnippte mit den Fingern. »Das ist es! Wenn Cole und Phoebe sich ihre Liebe gestehen, dann ...«

Paige schüttelte den Kopf. Das würde nicht funktionieren. »Cole ist die Ursache des Problems, Leo. Nicht die Lösung.«

»Paige, ich weiß, dass du Cole hasst«, meinte Piper. Sie hatte sich wieder etwas gefangen. »Aber wir sollten ...«

»Volltreffer, ich hasse und ich verachte ihn, aber darum geht es jetzt nicht. Mylie hat doch gesagt, dass Meerjungfrauen ein kaltes Herz haben. Vielleicht ist das der Grund, warum mein Zauberspruch sie überhaupt erst in eine Meerjungfrau verwandelt hat.«

Piper runzelte die Stirn. »Moment mal, wir sprechen hier von Phoebe. Seit wann ist sie kaltherzig?«

»Tja, vielleicht seit Cole zurückgekehrt ist.«

Leo seufzte. So kamen sie nicht weiter. »Was machen wir denn jetzt?«

»Keine Ahnung«, erwiderte Paige. »Wir müssen irgendwie herausfinden, wie wir Phoebes Fischschwanz wieder loswerden. Im *Buch der Schatten*, in der Nationalbibliothek, im Internet ...«

Piper und Leo tauschten einen viel sagenden Blick.

Das würde ein langer Tag werden.

Irgendwo, mitten im Ozean, lag die versteckte Höhle der Seehexe. Von hier aus hatte sie ihre Schreckensherrschaft ausgeübt, und hier war sie von den drei Zauberhaften vernichtet worden. Trotzdem war die Höhle alles andere als verlassen.

Inmitten der Wrackteile und Schätze, die von der Seehexe angehäuft worden waren, zuckte plötzlich ein Lichtblitz auf. Elektrisches Knistern erfüllte die Luft. Dann materialisierte Necron, der Dämon der Tiefe, in der Höhle. Er blickte sich ungeduldig um. »Seehexe! Ich will mein ewiges Leben! Oder deines ... die Wahl liegt bei dir!«

Niemand antwortete.

Wütend zertrümmerte Necron die alte Reling eines

gekenterten Schiffes. Wenn diese verdammte Hexe glaubte, sie könnte sich vor ihm verstecken, dann ...

Necron stutzte. Auf dem Boden der Höhle lag inmitten der zerlumpten Kleidung der Seehexe ein Häuflein Staub. Nach kurzem Überlegen bewegte der Dämon der Tiefe die Hand. Ein feuchter Windstoß wogte auf und wirbelte den Staub beiseite.

Darunter lag die Todesmuschel.

Necron bückte sich und hob sie auf. Er kannte diese Muschel – sie war ein magischer Parasit, ein Werkzeug, um die unendliche Lebensenergie aus dem Leib einer Meerjungfrau zu saugen. Es lag auf der Hand, was sich hier ereignet hatte. Die Seehexe war das Opfer ihrer eigenen Todesmuschel geworden. Und das bedeutete, dass auch Necrons Traum von der Unsterblichkeit zunichte gemacht worden war.

Da plätscherte es in der kleinen Lagune, durch die die Höhle mit dem offenen Meer verbunden war. Necron traute seinen Augen nicht. Die höllischen Götter meinten es vielleicht doch gut mit ihm.

Am Rand der Lagune schwamm eine Meerjungfrau. Offensichtlich hatte sie auf dem Grund des Ozeans Muscheln gesammelt, und jetzt betrachtete sie ihre Schätze mit kindlichem Vergnügen.

Necron wusste nicht, ob dies die Meerjungfrau war, die die Seehexe ihm versprochen hatte – und das war ihm auch egal. Wer immer sie war, sie trug die Unsterblichkeit in sich. Nur das zählte. Vorsichtig ging der Dämon auf die Lagune zu.

Die Meerjungfrau bemerkte ihn erst jetzt und schaute erstaunt auf. »Wer bist du?«

Necron war der Fürst der Tiefe. Er hatte es nicht nötig, auf Fragen anderer zu antworten. »Du hast etwas, das mir gehört«, knurrte er.

Die Meerjungfrau, die einst Phoebe Halliwell gewesen war, schluckte und griff nach ihren Muscheln. Sie wusste nicht, wer dieser hässliche Kerl mit dem Gesicht einer Wasserleiche war –

– aber er sah gefährlich aus. »Oh, bitte«, rief sie. »Du kannst sie alle haben!« Mit diesen Worten schleuderte sie Necron die gesammelten Muscheln ins Gesicht.

Der Dämon zuckte zurück. Phoebe hatte eine Sekunde Zeit gewonnen und nutzte sie. Blitzschnell tauchte sie ab.

Doch auch Necron war schnell. Wütend hob er die Hand und deutete mit den Fingerspitzen auf Phoebe, die nur noch ein Schemen unter Wasser war. Ein knisternder Blitz zuckte aus seinen Fingern. Die magische Energie züngelte unter Wasser und traf Phoebe am Schweif. Luftblasen zeugten davon, dass die Meerjungfrau aufschrie. Mit schmerzverzerrtem Gesicht tauchte sie in den Ozean und hinterließ eine lange Spur aus Blut.

2

*P*AIGE GING IN DER KÜCHE UMHER und redete auf das Telefon ein.

Am anderen Ende der Leitung war Mister Cowan, ihr Chef in der Sozialstation, der sie erst gestern zur vollwertigen Sozialarbeiterin befördert hatte. Paiges erster Tag nach der Beförderung war allerdings auch der erste Tag im neuen Job gewesen, an dem sie unentschuldigt gefehlt hatte.

»Es tut mir so Leid, dass ich gestern nicht da war, Mister Cowan. Es ging um meine Schwester, sie hatte, äh, einen Badeunfall. Was? Natürlich bin ich dankbar für die Beförderung. Und ich werde Ihnen beweisen, wie dankbar ich bin, sobald ich wieder zur Arbeit kommen kann und ... hallo? Mister Cowan?«

Aufgelegt.

Paige seufzte und legte den Hörer auf den Küchentisch.

In diesem Augenblick betrat Leo die Küche. Der Wächter wirkte abgehetzt – und nicht weniger genervt als Mister Cowan. »Ich habe Phoebe verloren.«

»Du hast Phoebe verloren?«, wiederholte Paige. Es war mehr als ungewöhnlich, dass ein Wächter des Lichts die Spur einer seiner Schützlinge nicht mehr aufnehmen konnte.

Leo zuckte mit den Schultern. »Ja, irgendwo im Golf von Mexiko. Es wird immer schwerer, ihre Spur zu verfolgen. Ich fürchte, die Meerjungfrau in ihr wird immer stärker.«

Seufzend ließ sich Paige auf einem der Küchenstühle nieder. »Wir müssen unbedingt einen Weg finden, sie wieder zurückzuverwandeln.« Dann deutete sie auf einen Bücherstapel, der vor ihr auf dem Tisch lag. Lauter dicke Wälzer über Magie oder genetische Mutationen und Märchenbücher. Alles, was Paige auf die Schnelle zu diesem Thema gefunden hatte. »Hier, schau dir die Bücher durch.«

»Du hast die ganze Nacht gelesen?«, fragte Leo anerkennend.

Paige nickte.

»Und was hast du herausbekommen?«

»Nur, dass Meerjungfrauen Kaltblüter sind, dass sie glänzende Luftblasen mögen, dass Shantys die einzige Musik sind, die sie kennen, und dass bei den Adoptionsunterlagen ein Dokument fehlt.«

»Alles klar, nur das Letzte verstehe ich nicht.«

Paige seufzte erneut. »Leo, heute ist mein erster Tag als Sozialarbeiterin, und schon bin ich dabei, alles zu vermasseln. Sehr wahrscheinlich wird die Adoption eines Kindes platzen – weil ich ein Dokument verbummelt habe.«

»Aber das kannst du nicht zulassen.«

»Schön, dass du das genauso siehst, Leo. Ich dachte mir, ich könnte vielleicht eine Zauberformel finden, um damit ein neues Dokument zu erschaffen und ...«

Leo schüttelte den Kopf. »So meinte ich das nicht. Geh zur Arbeit!«

Paige runzelte die Stirn. »Aber was ist mit ...«

»Womit? Wenn etwas passiert, kannst du dich doch jederzeit hierher orben.«

»Bist du sicher, dass du allein klarkommst?«

»Ich bin nicht allein. Ich habe Piper.«

Paige blickte Leo ernst an. Mit Piper war das zurzeit so eine Sache. »Leo, ich weiß nicht, ob sie bloß Angst vor dem Dämon hat oder Schuldgefühle wegen Phoebe – jedenfalls ist momentan nicht so viel los mit ihr. Ich musste mich hier in die Küche zurückziehen, damit überhaupt irgendjemand an der Sache arbeitet.«

»Was meinst du damit?«, fragte Leo besorgt.

»Geh hoch auf den Dachboden und sieh selbst.«

Leo zog die Stirn in Falten. »Geh zur Arbeit, Paige«, sagte er. »Ich rufe dich, wenn ich dich brauche.«

Mit einem unguten Gefühl verließ der Wächter anschließend die Küche und ging die Treppe zum Dachboden hinauf. Schon im Treppenhaus hörte er ein seltsames Geräusch. Es klang, als würde jemand mit Kreide auf eine Tafel schreiben. Leo betrat den Dachboden und blickte sich um. Er brauchte ein paar Sekunden, bis er Piper entdeckt hatte. Sie kauerte am Rand des Raumes. Mit einem Stück Kreide kritzelte sie fieberhaft Beschwörungsformeln an die Holzwand.

Dutzende davon.

»Schatz, was machst du da?« Besorgt kniete er sich neben seine Frau und legte ihr eine Hand auf die Schulter. Doch Piper schob sie weg, ohne Leo auch nur eines Blickes zu würdigen. Stattdessen kritzelte sie weiter auf der Wand herum.

»Lass mich, ich habe es gleich.« Ihre Stimme war hektisch, und sie schien kaum zu bemerken, dass Leo überhaupt da war.

»Piper, du brauchst eine Pause«, sagte Leo sanft.

»Nein, nur noch ein Vers. Dann bin ich so weit.«

»Piper, das bringt Phoebe auch nichts.«

Piper ließ die Hand mit der Kreide sinken. Dann blickte sie Leo endlich an. Ihre Augen schimmerten. »Leo, ich habe Angst«, sagte sie leise.

»Ich weiß.«

»Nein, tust du nicht. Ich habe die ganze Zeit über Angst«, erwiderte Piper mit einem Kopfschütteln.

Wieder legte Leo seiner Frau die Hand auf die Schulter. Diesmal ließ sie es zu. »Piper, du bist schwanger. Deine Hormone und dein Adrenalin laufen Amok. Es ist völlig okay, Angst zu haben.«

»Nein, das ist es nicht. Du hast doch gesehen, was ich

Phoebe mit meiner Angst angetan habe. Jetzt, wo ich schwanger bin, sollte ich stärker sein als je zuvor. Unserer Tochter zuliebe – und meinen Schwestern. Es ist mein Job, auf diese Familie aufzupassen.«

»Aber manchmal ist es auch der Job dieser Familie, auf *dich* aufzupassen. Und manchmal meine Aufgabe.«

»Aber was soll ich denn tun?«

»Du musst herausfinden, was hinter deiner Angst steckt.«

Piper lachte bitter auf. »Du meinst, eine Therapie? Aber so etwas dauert Jahre. Und Phoebe braucht mich jetzt.«

»Du kannst Phoebe nur helfen, wenn du deine Angst überwindest.«

Piper stutzte. »Was hast du da gesagt?«

»Ich sagte, du musst deine Angst überwinden. Und ich kann dir dabei helfen.«

»Ich glaube, das hast du schon.« Piper stand auf. »Aber jetzt muss ich allein weitermachen. Gib mir etwas Zeit.«

Leo blickte seine Frau an. Dann nickte er traurig und verließ den Dachboden. Es war alles gesagt worden.

Piper war schon wieder in Gedanken versunken. Dann griff sie erneut nach der Kreide und schrieb ein einziges Wort an die Wand.

FURCHTLOS.

Die Sonne ließ den alten Steg am Fischereihafen erstrahlen. Auf den Planken lag Phoebe und begutachtete voller Sorge ihren Fischschwanz. Dort, wo Necron sie mit seinem Energieblitz getroffen hatte, klaffte eine große Wunde.

Phoebe hatte keine Ahnung, was sie dagegen tun sollte. Selbst wenn sie Verbandszeug gehabt hätte, würde es unter Wasser niemals halten. Was taten Meerjungfrauen, wenn sie sich verletzten? Diese Geschöpfe der Meere waren zwar unsterblich – aber deswegen noch lange nicht gefeit gegen derartige Vorfälle.

Da wurde Phoebe von zwei Stimmen aus den Gedanken gerissen, und sie blickte sich alarmiert um. Zwei Männer mit Angelruten näherten sich dem Steg. Noch hatten sie die Meerjungfrau nicht gesehen. Und das sollte auch so bleiben. Mit einem Ruck schwang sich Phoebe über den Rand des hölzernen Stegs und tauchte zurück ins Wasser.

Die beiden Angler hörten das Platschen und rannten zum Steg. Alles, was sie noch sahen, war ein großer, goldener Fischschweif, der durch das Wasser peitschte, in der Tiefe verschwand und eine dunkelrote Blutspur hinterließ.

3

*P*AIGE DURCHQUERTE MIT SCHNELLEN Schritten das Großraumbüro der Sozialstation. Mister Cowan, ihr Chef, folgte ihr. »Und, wie geht es Ihrer Schwester nach dem Badeunfall?«, wollte er wissen.

Phoebe zögerte. »Äh, das wissen wir leider nicht. Wir haben sie noch nicht gefunden.«

Mister Cowan runzelte die Stirn. »Was denn? Ist sie etwa auf See verschollen?«

»Ja, könnte man so sagen«, erwiderte Paige vieldeutig.

Irritiert hielt Mister Cowan inne. Er hatte keine Ahnung, ob Paige die Wahrheit sagte oder ihn verulken wollte. Manchmal verstand er die junge Frau einfach nicht. Es kam ihm vor, als würde sie in einer anderen Welt leben.

Paige holte tief Luft. »Hören Sie, Mister Cowan, ich bin vielleicht manchmal etwas dickköpfig und komme oft zu spät zur Arbeit, und manchmal weiß ich auch nicht, wann ich besser die Klappe halten sollte – wie jetzt zum Beispiel –, aber glauben Sie mir bitte: Selbst, wenn ich Ihnen die Wahrheit sagen würde, würden Sie mir nicht glauben. Also wenn Sie mich bitte entschuldigen, ich muss eine Adoption retten.«

»Unverschämt«, entgegnete Mister Cowan. »Sie haben vergessen zu erwähnen, dass Sie manchmal auch unverschämt sind.«

»Stimmt. Kann ich jetzt gehen?«

Mister Cowan blickte Paige ernst an. »Bringen Sie mich nicht dazu, dass ich diese Beförderung bereue, Paige.«

Paige nickte. Sie würde ihr Bestes geben. Wenn ihr Chef doch nur ahnen würde, wie hart diese Doppelbelastung als Sozialarbeiterin und Hexe war.

»Warten Sie, Paige, ich gebe Ihnen noch ein paar Unterlagen. Moment.« Mister Cowan drehte sich um und ging zurück in sein Büro.

Paige nickte. Im selben Augenblick klappte ihr die Kinnlade herunter. Ein Mann in einem schicken, teuren Anzug hatte soeben das Büro betreten. Es war Cole.

Beschwörend hob er die Hände. »Warte, bevor du irgendetwas sagst.«

»Ich könnte dir auch wortlos deine Familienjuwelen weit, weit weg orben«, zischte Paige nur.

Cole schluckte. »Oh, das würde sicher wehtun. Aber du willst deine Kräfte doch bestimmt nicht vor den Augen deiner Mitarbeiter anwenden, oder?«

»Was willst du?«, fragte Paige kurz angebunden.

»Ich will beweisen, dass ich mich geändert habe. Nicht nur Phoebe, sondern auch Piper und dir.«

In diesem Moment kam Mister Cowan zurück aus seinem Büro. In den Händen hielt er einige Papiere. »So, hier habe ich Kopien von dem Adoptionsantrag und ein polizeiliches Führungszeugnis. Faxen Sie die Dokumente sofort los, Paige. Vielleicht kann das die Entscheidung der Adoptionsbehörde noch in unserem Sinne beeinflussen.«

Cole räusperte sich. »Ich kenne mich mit Familienrecht ganz gut aus. Vielleicht kann ich ja helfen?«

Mister Cowan blickte erst jetzt von den Unterlagen auf und sah Cole. »Haben wir Sie nicht gefeuert?«, fragte er erstaunt.

»Streng genommen habe ich gekündigt. Ich bin jetzt Partner der Kanzlei Jackman, Carter und Kline.«

»Und was tun Sie dann hier?«

Cole strahlte und legte Paige die Hand auf die Schulter. »Ich bin hier, um Paige zu helfen.«

Paige fegte seine Hand weg. »Dabei braucht Paige seine Hilfe ganz bestimmt nicht.«

Mister Cowan blickte Paige stirnrunzelnd an. »Ein guter

Sozialarbeiter weiß, wann er Hilfe von außerhalb gebrauchen kann. Und eine bessere Hilfe als Jackman, Carter und Kline werden wir wohl kaum finden«, erklärte er in belehrendem Tonfall. Dann ließ er Paige und Cole stehen und ging zurück in sein Büro.

Paige kochte vor Wut. Einen Augenblick dachte sie ernsthaft darüber nach, Cole und Mister Cowan gemeinsam auf eine einsame Insel zu orben – wo Mister Cowan doch so große Stücke auf Cole hielt.

»Du hast ihn gehört«, lächelte dieser, »eine bessere Hilfe als mich wirst du nicht finden. Also, lass mich dir helfen, okay? Ich werde auch keinen Ärger machen.«

»Keinen Ärger?«, fauchte Paige. »Du bist die Inkarnation des Ärgers. Phoebe war endlich glücklich – bis du hier aufgetaucht bist. Und jetzt ist sie ein ...«

»Fisch?«, fragte eine Stimme.

Paige fuhr herum. Neben ihr stand die Kollegin von der Kantine mit einem Plastiktablett Sushi in der Hand. »Ihr Mittagessen, Paige. Wie immer.«

Paige zog eine Grimasse. »Buuäärgh, keinen Fisch für mich. Nie mehr!«

Die Frau blickte Paige erstaunt an. Paige wiederum packte Cole am Kragen und zerrte ihn in die Kaffeeküche. Hier waren die beiden ungestört.

»Äh, Phoebe, ist *was*?«, fragte Cole irritiert.

»Sie ist jetzt eine Meerjungfrau! Und willst du auch wissen warum?«

»Entschuldigung, hast du gerade Meerjungfrau gesagt?«, fragte Cole ungläubig.

»Oh ja, allerdings. Mit Schuppen und Kiemen und allem drum und dran.«

Cole zuckte mit den Schultern. »Aber ihr könnt das doch wieder in Ordnung bringen, oder?«

»Nein, Cole, wir können das nicht wieder in Ordnung

bringen. Sie will nämlich eine Meerjungfrau sein. Weil du ihr das Herz gebrochen hast.«

»Ich wollte ihr niemals wehtun.«

»Oh, du wolltest vieles nicht, und trotzdem ist es passiert. Du bist ein Ein-Mann-Todeskommando. Leichen pflastern deinen Weg, egal wo du hingehst.«

Cole kratzte sich am Hinterkopf. »Nun ja, da mag etwas dran sein, aber das ist Schnee von gestern. Ich bin zurückgekehrt, um alles wieder gut zu machen und ...«

»Hey, wenn du Buße tun willst, dann geh nach Tibet. Oder in ein Kloster. Bete für deine Erlösung oder was auch immer. Aber lade deine Schuld nicht auf uns ab!«

»Du verstehst das nicht.« Cole schüttelte den Kopf. »Ich liebe Phoebe ...«

»Du liebst Phoebe? Oh, wie schön.« Paige stand kurz vor dem Explodieren. »Warum glaubt ihr Kerle eigentlich, alles dreht sich nur um *eure* Gefühle?«

»Aber Phoebe liebt mich auch!«

»Unsinn!«, rief Paige. »Sie liebt dich nicht. Für sie bist du ein bösartiger Freak mit höllischen Superkräften und Batteriesäure als Blut, und sie hat sich in einen Fisch verwandelt, um endlich Ruhe vor dir zu haben. Was glaubst du denn, was das bedeutet? Du willst uns helfen, unsere Schwester zurückzubekommen? Dann verschwinde aus unserem Leben, für immer!« Wie eine Furie stürmte Paige aus der Kaffeküche.

Cole blieb allein zurück. Paiges Worte hatten ihn tief getroffen.

Piper Halliwell stand noch immer auf dem Dachboden des Halliwell-Hauses. Sie hatte die Zeit völlig vergessen und wie von Sinnen an der Zauberformel gearbeitet, die jetzt an der Wand des Dachbodens prangte.

Das Kreidestück war nur noch ein Stummel. Piper warf

es weg und trat einen Schritt zurück. Dann rezitierte sie den Spruch:

> Angst und Panik halten mich gefangen,
> helft mir aus diesem Gefängnis herauszugelangen.
> Nehmt mir die Angst, macht mich wieder frei,
> damit ich denen, die ich liebe, wieder zu Nutze sei.

Direkt im Anschluss spürte Piper ein merkwürdiges Kribbeln in sich aufsteigen. Den Bruchteil einer Sekunde glühte ihr gesamter Körper hell auf. Dann war alles wieder ganz normal.

Piper trat vor einen alten Spiegel, der an der Wand des Dachbodens lehnte. Nichts schien sich verändert zu haben.

Jedenfalls rein äußerlich ...

4

Die Stimmen schienen vom Ende eines langen, langen Tunnels zu kommen. Phoebe stöhnte und öffnete mühsam die Augen.

Sonnenlicht schien ihr grell ins Gesicht. Schon allein das bereitete ihr Schmerzen. Nur noch schemenhaft erinnerte sie sich daran, was passiert war. Dieser hässliche Dämon hatte sie verletzt, dann war sie orientierungslos durchs Meer geschwommen. Dabei musste sie das Bewusstsein verloren haben.

Phoebe blinzelte. Langsam wurde ihre Sicht klarer.

Um sie herum standen drei Männer. Dem Aussehen nach waren es Fischer. Mühsam richtete die Meerjungfrau den Oberkörper auf und sah sich um. Sie befand sich tatsächlich an Bord eines kleinen, schäbigen Fischerbootes. Und sie lag inmitten von toten Fischen und Schalentieren in einem Netz. Diese Fischer mussten sie zufällig darin gefangen haben, als sie bewusstlos durch das Meer getrieben war. Einer der Männer, ein bärtiger, älterer Typ mit einer stinkenden Zigarre im Mundwinkel, starrte sie gierig an.

Schlagartig kam Phoebe zu Bewusstsein, dass sie außer ihrem Muschelbikini keine Kleidung trug.

»Du meine Güte«, rief der Bärtige. »Was glaubt ihr, was das ist?« Er packte Phoebe grob an den Schultern und versuchte sie umzudrehen, um einen besseren Blick auf sie zu erhaschen.

Empört ließ diese ihren Fischschweif durch die Luft peitschen.

Die Männer sprangen erschrocken zurück.

»Nehmt eure schmierigen Griffel von mir!«, fauchte Phoebe.

Die Männer starrten sie einen Augenblick lang an, dann lachten sie.

»Die Kleine hat ein ganz schön loses Mundwerk«, bemerkte einer der drei. Er trug einen roten Pullover, der wohl schon seit Monaten keine Waschmaschine mehr von innen gesehen hatte.

»Ihr Mund interessiert mich nicht«, gab der Bärtige zurück. »Aber ihr Fischschwanz.«

Der Fischer im roten Pullover verstand sofort, worauf sein Kamerad hinauswollte. »Was glaubt ihr, würden die Zeitungen zahlen, um ein Bild von ihr abzudrucken?«

Der alte Fischer strich sich über den struppigen Bart. »Ich weiß ja nicht, wie ihr das seht, aber ich will nicht den Rest meines Lebens auf diesem Kahn verbringen. Wir denken besser in einem größeren Maßstab.«

»Wie meinst du das?«, fragte der dritte Mann. Er hatte bis jetzt geschwiegen.

»Na ja, wenn wir sie so der Zeitung präsentieren, kriegen wir ein kleines Honorar, und das war's. Aber wenn wir behaupten, wir hätten sie tot gefunden, könnten wir ihren Körper für ein Vermögen verkaufen.«

Phoebe hatte die Unterhaltung atemlos mit angehört. Das durfte doch wohl nicht wahr sein! Grinsend kamen die drei Männer auf sie zu. Die Gier in ihren Augen war nicht zu übersehen.

Und Phoebe war wehrlos. Mit ihrem Fischschwanz konnte sie an Land nicht einmal aus eigener Kraft aufstehen.

Plötzlich erfüllte ein elektrisches Knistern die Luft. Erschrocken fuhren die Fischer herum. Der Geruch von verwestem Fisch erfüllte die Luft – noch intensiver, als er auf einem Fischerboot ohnehin schon war.

Von einer Sekunde auf die andere tauchte ein Mann mit einem blassen grausamen Gesicht und mittelalterlicher Kleidung an Bord des Schiffes auf.

Necron.

»Tut mir Leid«, grollte er, »aber ihr Leben gehört mir.«

Der Fischer im roten Pullover zögerte nicht lange. Offensichtlich war er nicht gewillt, sich seine Beute wieder abjagen zu lassen. Auch nicht von einem Mann, der aussah wie eine lebende Wasserleiche. Kurz entschlossen griff er nach seiner Harpune und feuerte sie ab. Das Geschoss sauste durch die Luft und traf Necron direkt am Hals. Problemlos bohrte sich die Spitze durch das aufgequollene, blasse Fleisch und blieb hinter dem Dämon in der Bordwand stecken.

Doch Necron knurrte nur gelangweilt. Er trat einen Schritt vor und befreite so seinen Hals von der Harpune. Die Wunde blutete nicht und heilte augenblicklich. Mit einer fast beiläufigen Geste deutete der Dämon der Tiefe dann auf die fassungslosen Fischer. Sofort schossen drei Lichtblitze aus seinen Fingerspitzen und schlängelten sich auf die Männer zu.

Diese schrien und zuckten, als würden sie unter Strom stehen. Dann verstummten ihre Schreie – eine Sekunde, bevor sie zu kläglichen Aschehaufen zerfielen.

Necron beachtete die Häuflein gar nicht. Langsam schwebte er auf Phoebe zu. »Meerjungfrauen sind solch arme, hilflose Kreaturen. Ich könnte fast Mitleid mit dir haben.«

»Das hast du besser mit dir«, knurrte Phoebe und ließ ihren Schwanz aufpeitschen. Sie traf den überraschten Necron damit an der Brust und schleuderte ihn einen Schritt zurück. Das Gesicht des Dämons verwandelte sich in eine hassverzerrte Fratze.

Phoebe wusste, dass sie nur einen Augenblick gewonnen hatte – und sie brauchte noch Zeit. Mit einem Ruck griff sie nach einem Tau, das über ihr hing, und zerrte daran.

Über eine Winde an der Takelage des Schiffes war das Seil mit einem schweren Bootshaken verbunden. Dieser sauste nun los und pendelte mit großer Geschwindigkeit quer über das Boot. Bevor Necron reagieren konnte, schlug er ihm mitten ins Gesicht. Diesmal wurde der Dämon gleich mehrere Meter zurückgeschleudert. Mit voller Wucht prallte er gegen die Kabine des Bootes, um kurz darauf mit einem hasserfüllten Schrei wieder auf die Beine zu kommen. Die Bekanntschaft mit dem Eisenhaken hatte nicht einmal eine Schramme hinterlassen.

Aber Phoebe hatte ein paar Sekunden gewonnen. »Leo!«, rief sie. »Ich würde jetzt gern wieder nach Hause zurück!«

Nur einen Herzschlag später materialisierte Leo an Bord des Fischkutters. Necron hatte er den Rücken zugewandt. »Gut, dass du endlich zur Vernunft gekommen bist.«

Was blieb mir anderes übrig, dachte Phoebe und deutete aufgeregt auf den Dämon. »Pass auf! Hinter dir!«

Erst jetzt drehte sich der Wächter des Lichts um. Als er Necron entdeckte, riss er erschrocken die Augen auf.

Der Dämon hob die Hände und schleuderte einen Blitz auf Leo und Phoebe. Doch Leo war den Bruchteil einer Sekunde schneller. Er packte Phoebes Hand und löste sich im gleichen Augenblick mit ihr zusammen auf.

Der tödliche Blitzstrahl zischte ins Leere.

»Nein!«, grollte Necron. Er war so nah dran gewesen.

Doch so schnell gab sich der Dämon der Tiefe nicht geschlagen. Rasch deutete er auf den Mast des Schiffes. Die Luft flimmerte auf und zwei große, schwarze Krähen erschienen aus dem Nichts. Necrons Macht schien wirklich unendlich zu sein.

»Findet die Meerjungfrau«, zischte er nur.

Die beiden Krähen flogen los.

5

»*A*UTSCH!«

Leos Hand zuckte zurück. Der Wächter des Lichts kniete neben Phoebe, die auf dem Wohnzimmersofa lag, und versuchte, ihre Wunde so gut zu verarzten, wie es ging. »Tut mir Leid«, erwiderte er. »Ich war Sanitäter, kein Tierarzt.«

Paige trat mit einem Becher und einer großen Karaffe Wasser an das Sofa. Phoebe riss ihr den Becher fast aus der Hand. Gierig schlang sie das Wasser herunter. »Ah, das tut gut. Aber es könnte noch ein wenig Salz hinein.«

Angeekelt verzog Paige das Gesicht.

Leo tupfte die Wunde an Phoebes Schweif noch einmal ab und stand dann auf. »So, das ist alles, was ich für dich tun kann.«

Seine Heilkräfte funktionierten leider nur bei Menschen.

»Okay, dann muss es reichen«, nickte Phoebe. »Könnte mich bitte jemand zurück in den Ozean orben?«

Paige runzelte die Stirn. »Warte mal, da ist doch dieser Dämon hinter dir her.«

»Dämon? Hat da jemand Dämon gesagt?«

Phoebe, Leo und Paige blickten auf die Treppe. Piper kam gerade herunter. Und irgendetwas in ihrer Stimme war anders als sonst.

»Äh, ja, er hat Phoebe zurück nach Hause gescheucht«, erklärte Leo.

»Oh, das war aber nett von ihm. Willkommen zu Hause, Phoebe«, sagte Piper und trat in das Wohnzimmer.

»Das hier ist nicht mehr mein Zuhause«, erwiderte Phoebe ungerührt.

Piper ignorierte diese Bemerkung. »Also, was hat es mit diesem Dämon auf sich? Wo steckt er? Ich möchte ihm gern danken und ihn dann zur Strecke bringen.«

Leo blickte seine Frau erstaunt an. Das waren ja ganz neue Töne. Auch Paige runzelte die Stirn. »Alles okay bei dir?«

»Ja! Mir geht es besser denn je. Ich bin bereit, meiner Angst ins Gesicht zu sehen. Fangen wir zum Beispiel mit diesem Gemälde an.«

Piper deutete auf ein kleines Ölbild an der Wand, das einen mittelalterlichen Schutzengel mit wallendem Gewand zeigte. »Ich habe es aufgehängt, obwohl ich es potthässlich finde. Ich hatte nur Angst, Leo zu verletzen, wenn ich das sage. Aber jetzt ...«

Piper machte eine Handbewegung. Das Bild explodierte mit einem lauten Knall und hinterließ ein hässliches Loch in der Wand. Leo, Phoebe und Paige klappten gleichzeitig die Kinnladen herunter.

»Nichts für ungut, Schatz«, sagte Piper nur und klopfte Leo auf die Schulter. »Also, wie sieht dieser Dämon aus?«

»Groß, dunkle Haare und aufgequollen. Verschießt elektrische Blitze«, antwortete Phoebe.

Piper nickte. »Wir müssen nachsehen, ob wir im *Buch der Schatten* etwas über ihn finden. Paige, kannst du es bitte runterteleportieren?«

Paige traute ihren Ohren nicht. »Du willst, dass wir unsere magischen Kräfte für Alltäglichkeiten einsetzen? Ich dachte immer, du hättest Angst, Magie für den persönlichen Nutzen zu verwenden?«

Piper lächelte. »Ah, schon wieder dieses Wort. Angst. Sie schränkt einfach zu sehr ein. Jetzt tu, was ich sage.«

Paige zuckte mit den Schultern und konzentrierte sich kurz.

»*Buch der Schatten*!«, rief sie. Einen Augenblick später materialisierte das alte Buch in ihren Armen.

Piper nahm es entgegen und schlug es auf.

»Okay, ich habe euch alles gesagt, was ich weiß«, quengelte Phoebe. »Kann ich jetzt bitte wieder nach Hause?«

»Du bist hier zu Hause«, ereiferte sich Paige. »Und du musst verrückt sein, wenn du glaubst, dass ich dich irgendwo anders hinbringen werde.«

»Ganz ruhig, Paige«, sagte Piper und blickte vom *Buch der Schatten* auf. »Alles wird gut.«

Leo beugte sich zu seiner Frau herunter. »Ich bin ja froh, dass du so entspannt bist. Aber *warum* bist du so entspannt, Piper?«, fragte er misstrauisch. Irgendetwas stimmte hier nicht.

»Na ja, ich habe einfach getan, was du mir vorgeschlagen hast, Leo, und fühle mich großartig. Können wir jetzt endlich Phoebe retten?«

»Hey, ich muss nicht gerettet werden!«, wandte Phoebe ein. »Ich brauche nur meine fischigen Freunde und kleine, glitzernde Gegenstände und einen Felsen, auf dem ich liegen und mein Haar kämmen kann. Und ich brauche Wasser!« Damit griff sie nach der Karaffe und trank in gierigen Schlucken. Gute Manieren gehörten offenbar nicht zu den typischen Eigenschaften von Meerjungfrauen.

»Ich habe ihn!«, rief da Piper und deutete auf eine Seite im *Buch der Schatten*. Auf dem vergilbten Papier prangte eine Zeichnung, die Necron erstaunlich ähnlich sah.

Piper hielt das Buch hoch, sodass Phoebe einen Blick darauf werfen konnte.

»Ja, das ist er«, gurgelte sie zwischen zwei Schlucken.

Leo beugte sich über das Buch und las die Beschreibung vor: »Necron ... ein Skelettgeschöpf, das auf der Grenze zwischen Leben und Tod existiert. Es hat die Macht, andere Lebewesen zu Asche zu verdampfen und ...«

»Bla, bla, bla«, murmelte Piper dazwischen. Die Details schienen sie nicht zu interessieren. Dabei war es normalerweise ihr Part, im Vorfeld eines Kampfes so viel Wissen wie möglich über den Gegner anzusammeln.

Nachdenklich runzelte Paige die Stirn. Alles passte

zusammen. »Kein Wunder, dass er hinter Phoebe her ist. Wenn Meerjungfrauen unsterblich sind und er auf der Grenze zwischen Leben und Tod herumturnt, dann würde ihn die Unsterblichkeit für immer auf die Seite der Lebenden befördern.«

»Aber meine Unsterblichkeit kriegt er nicht! Könnte mich jetzt bitte jemand in den Ozean zurückbringen, bevor ich hier ersticke? Ich brauche Wasser!«, nörgelte Phoebe.

Paige knurrte genervt auf. »Du willst Wasser? Das kannst du haben.«

»Hey, was soll das?«, protestierte Phoebe.

Vergeblich. Mit einem letzten Ruck hoben Leo und Paige sie in die Luft und ließen sie in die Badewanne fallen. Wasser spritzte hoch, und die Meer-Phoebe funkelte Paige böse an. »Das ist gemein! Ihr haltet mich hier gegen meinen Willen fest!«

Paige nickte nur. »Ja, so ist es. In der Tat.«

»Das könnt ihr nicht machen! Ich bin doch kein Goldfisch! Ich kann den Ruf der See nicht einfach ignorieren!«

»Tja, der Ruf der Badewanne wird fürs Erste reichen müssen.«

Wütend ließ Phoebe ihren Fischschwanz ins Wasser platschen und spritzte ihre Halbschwester nass.

6

Cole hatte das Telefon in seinem Apartment auf Lautsprecher geschaltet und ging unruhig auf und ab. »Warum machen Sie es mir so schwer?«, fragte er in den Apparat.

»Ich mache es Ihnen nicht schwer, Mister Turner«, antwortete der Beamte des Jugendamtes am anderen Ende der Leitung. »Ich halte mich nur an die Bestimmungen – und die sind in diesem Fall sonnenklar. Für eine Adoption brauchen wir das Gesundheitszeugnis im Original, keine Kopie. Und wir hätten es gestern gebraucht.«

Cole schnaufte. Diese Beamten mit ihren Vorschriften gingen ihm gehörig auf den Geist. »So geht das nicht«, murmelte er. Dann schnippte er mit den Fingern und deutete auf das Telefon.

Der Apparat glühte kurz auf.

»Sind Sie absolut sicher, dass die Faxkopie, die ich Ihnen geschickt habe, nicht ausreicht?«, fragte Cole.

Die Stimme aus dem Lautsprecher klang plötzlich viel freundlicher. »Aber natürlich reicht die Kopie, Mister Turner. Wir wollen uns doch nicht an solchen Kleinigkeiten festbeißen. Ich werde den Adoptionsantrag sofort freigeben.«

»Vielen Dank!«, sagte Cole.

»Gern geschehen.«

Cole drückte einen Knopf und beendete das Telefonat.

Darryl Morris hatte das ganze Gespräch schweigend mitverfolgt. Jetzt deutete er sprachlos auf den Apparat. »Was zum Teufel war das?«, wollte er wissen.

»Ich habe nur Paige ein wenig unter die Arme gegriffen.«

Darryl schüttelte ungläubig den Kopf. »Und sie findet es okay, dass du irgendeinen Voodoo-Zauber einsetzt, um die Regeln außer Kraft zu setzen?«

Cole lächelte schelmisch. »Oh, sie weiß ja gar nicht, dass ich ihr helfe. Und im Übrigen sind das keine Voodoo-Kräfte.«

Wenn ich dir erklären würde, wo diese Kräfte herkommen, dachte er, dann würdest du schreiend aus dem Zimmer laufen, mein Freund.

Darryl blickte ihn misstrauisch an. »Ach, und was für Kräfte hast du sonst noch? Kannst du vielleicht Menschen zu Staub verbrennen?«

»Was soll denn das nun wieder heißen?«, fragte Cole. Er hatte keine Ahnung, wovon Darryl da sprach.

»Heute Morgen sind drei Fischer am Hafen spurlos verschwunden. Sie haben nur etwas hinterlassen, was der Gerichtsmediziner als Knochenstaub identifiziert hat.«

Cole bedachte Darryl mit einem ärgerlichen Blick. »Und jetzt glaubst du, ich hätte diese Männer getötet? Ich, der dein Spatzenhirn gestern vor einer Kugel gerettet hat?«

Darryl schüttelte den Kopf. »Und du glaubst, ich wär so blöd zu denken, du hättest das für mich getan? Ich bin doch nur eine Schachfigur in deinem verrückten Plan, Phoebe zurückzugewinnen.«

Cole schüttelte den Kopf. Warum war es nur so schwer, alle davon zu überzeugen, dass er es wirklich gut meinte? Er hatte sein Leben komplett umgekrempelt. War das vielleicht nichts? »Ich weiß, dass mir ein gewisser Ruf vorauseilt, verdammt«, rief er. »Aber entgegen der landläufigen Meinung bin ich nicht mehr die Quelle allen Übels. Tatsache ist, ich bin überhaupt nicht mehr böse.« Müde ließ er sich auf einen Stuhl fallen. »Ich will doch nur meine Frau zurück.«

Darryl blickte den Ex-Dämon prüfend an. Die beiden kannten sich schon lange. Und Darryl hatte das Gefühl, dass Cole es wirklich ernst meinte. Er setzte sich neben ihn. »Nehmen wir einfach mal an – rein hypothetisch –, du hättest mir tatsächlich das Leben gerettet, weil du mein Freund bist«, begann er. »Darf ich dir dann als dein hypothetischer Freund einen Rat geben?«

»Sicher.«

»Tu dir das selbst nicht an.«

Cole schüttelte den Kopf. »Ich kann aber nicht anders.«

»Ja, du liebst sie, das habe ich jetzt verstanden. Und das auf ewig, okay. Aber sieh dir doch an, was mit dir passiert.«

Die beiden Männer tauschten einen Blick. Dann schlug Cole die Augen nieder und stand auf. »Paige sagt, dass Phoebe mich hasst. Sie sagt, ich soll für immer verschwinden. Du kennst Phoebe schon sehr lange, Darryl. Was denkst du? Soll ich gehen?«

Nun stand auch Darryl auf. Er holte tief Luft. »Ich weiß, du willst das nicht. Aber was du willst, spielt keine Rolle, oder?«

»Ja«, nickte Cole.

»Tja, da hast du deine Antwort, mein Freund«, sagte Darryl und ging zur Tür.

Cole blickte ihm lange hinterher. Er wusste nicht mehr, was er denken sollte.

7

*P*IPER STAND AUF DEM DACHBODEN und blickte in den Topf, in dem einige magische Zutaten brodelten. Dann nahm sie eine kleine, getrocknete Blüte zwischen die Fingerspitzen und ließ sie in den Kessel fallen.

Die Explosion war gewaltig.

Piper wurde einen glatten Meter zurückgeschleudert. Die Druckwelle ließ die Glastüren eines alten Schrankes zerspringen und ein paar antike Möbel zu Bruch gehen. Schwarzer, dichter Rauch erfüllte den Dachboden. Ein Lampenschirm hatte Feuer gefangen.

»Ups«, sagte Piper gerade, als eine entsetzte Paige hereinstürmte.

»Was ist denn hier los? Bist du okay?«

Piper nickte. Ihr Gesicht war rußverschmiert und ihre Haare zerzaust. »Nur ein kleiner Rückschlag, das ist alles.«

Paige griff nach dem Feuerlöscher an der Wand und löschte den brennenden Lampenschirm mit einigen gezielten Schaumstößen. »Ein kleiner Rückschlag? Der Dachboden brennt! Du solltest hier nach einem Mittel suchen, um Necron zu vernichten – nicht dich selbst!«

Doch Piper winkte ab. Es schien ihr nicht das Geringste auszumachen, dass sie sich gerade fast selbst in die Luft gejagt hätte. »Ach, komm«, sagte sie nur, »wir haben dieses ganze Gerümpel doch eh nicht gebraucht. Wo ist eigentlich unser Fischmädel?«

»Sie schmort in der Badewanne vor sich hin. Was hast du eigentlich hier oben gemacht?«

»Och, nur ein paar Kletten mit Molchaugen vermischt. Nicht weiter tragisch.«

Paige riss die Augen auf. Das war in etwa so, als würde man Nitroglyzerin mit Napalm mischen und dabei Kette rauchen. »Aber diese beiden Zutaten mischt man niemals! Das weiß doch jeder Zauberlehrling! Das ist viel zu gefährlich!«

»Na und? Necron ist ja auch ein gefährlicher Gegner. Um ihn zu vernichten, brauchen wir schon ein wenig Wumms. Weißt du überhaupt, dass im *Buch der Schatten* ausdrücklich vor Skelettwesen gewarnt wird? Die beiden letzten Hexen, die ein solches Wesen vernichtet haben – und es waren auch die Einzigen, die jemals eines vernichtet haben – sind dabei selber draufgegangen.«

Piper schien das aufregend zu finden. Doch Paige schüttelte nur den Kopf. »Na toll, und du willst die Dritte im Bunde werden, oder was? Du solltest wirklich etwas vorsichtiger sein!«

»Hey, lieber ein guter Plan, der um jeden Preis in dieser Woche ausgeführt wird, als ein perfekter Plan für die nächste Woche. General Patton hat das gesagt.«

Paige runzelte die Stirn. Patton war ein berühmter amerikanischer General während des Zweiten Weltkrieges gewesen. Berüchtigt für seine riskanten Alleingänge.

»Seit wann zitierst du Patton?«, fragte sie besorgt.

Anstatt zu antworten, bückte Piper sich nach ein paar verstreuten Zutaten. »Wenn wir doppelt so viele Molchaugen nehmen, vielleicht ...«

Paige packte ihre Halbschwester am Arm. »Finger weg! Ich will nicht, dass meine ungeborene Nichte mit diesem Teufelszeug in Berührung kommt. Außerdem kann dieser ganze Rauch nicht gut für das Baby sein.«

In diesem Augenblick klingelte es an der Haustür. Fast gleichzeitig kam auch Leo die Treppe hinauf. Verwundert blickte er auf das Schlachtfeld vor ihm. »Was ist denn hier passiert?«

»Wir bereiten uns nur darauf vor, diesem Dämon in den Hintern zu treten«, lachte Piper und gab ihrem Ehemann einen Klaps auf ebendiesen.

Unten klingelte es erneut. »Ich mache auf«, erklärte Piper und lief die Treppe hinunter. »Das sind wahrscheinlich die Typen, die Phoebe interviewen wollen.«

»Dann schick sie weg!«, rief Paige ihrer Halbschwester hinterher.

Leo blickte sie fragend an.

»Guck nicht so«, sagte Paige. »Sie ist deine Frau.«

»Findest du nicht, dass sie ihre Angst ein bisschen zu schnell überwunden hat?«, fragte Leo nachdenklich.

»Ich weiß nicht. Vielleicht. Aber das ist mir lieber als dieser Nervenzusammenbruch von heute Morgen ... Was suchst du?« Stirnrunzelnd beobachtete Paige, wie sich Leo auf dem Dachboden umsah. Einen besonders scharfen Blick warf er auf die Kritzeleien, die seine Frau an die Wand geschrieben hatte.

»Mich interessiert nur, ob sie bei ihrer ›Therapie‹ ein bisschen Hilfe hatte.«

»Magische Hilfe?«, fragte Paige entrüstet. »Doch nicht Piper!« Entschieden schüttelte sie den Kopf. Dabei fiel ihr Blick auf einen mit Kreide geschriebenen Vers, der auf der anderen Seite der Wand prangte. Deshalb hatte Leo ihn auch noch nicht entdeckt.

Paige wurde blass, als sie die Worte las. »Oh nein! Ein Furchtlosigkeitszauber. Piper hat einen Furchtlosigkeitszauber gewirkt.«

Das erklärte vieles. Und es war das Schlimmste, was Piper in ihrer Situation hatte tun können.

Plötzlich hallte ein verzweifelter Ruf von unten auf den Dachboden. Es war Phoebe.

8

*N*ANCY O'DELL, DIE BERÜHMTE Talkshow-Moderatorin, stand im Badezimmer des Halliwell-Hauses und staunte nicht schlecht. Neben ihr stand ein Kameramann, dessen Stielaugen fast das Objektiv gesprengt hätten.

»Meine Güte, tut mir Leid, dass wir hier so hereingeplatzt sind. Aber Ihre Schwester sagte, dass wir das Interview im Badezimmer machen.«

Phoebe lag splitternackt in der Badewanne. Neben ihr kniete Piper und verteilte notdürftig etwas Schaum an den pikanten Stellen.

»Tja, in jeder Familie muss es ein schwarzes Schaf geben«, erwiderte Phoebe und funkelte ihre Schwester böse an. Piper dagegen schien sich zu amüsieren.

»Ach, komm schon, Phoebe. Du wolltest doch berühmt werden. Also los! Pack die Gelegenheit am Schopf, äh, am Schweif!«

»Zum Totlachen«, zischte Phoebe.

Piper grinste nur noch breiter. »Ich tue dir doch nur einen Gefallen. Die Leute werden dich für extravagant und mutig halten. Was könnte aufregender sein als eine Prominente, die sich in ihrer Badewanne interviewen lässt?«

»Na, vielen Dank. Ich bin auch angezogen in einem Fernsehstudio aufregend genug.«

»Nicht ganz«, warf Nancy O'Dell ein. »Meine Show heißt ›Nancy O'Dell auf Hausbesuch‹.«

»Siehst du?«, strahlte Piper und verließ das Badezimmer. »Schießen Sie los!«

»Piper«, hauchte Phoebe – aber schon hatte ihre Schwester die Badezimmertür geschlossen und sich von außen vor das Schlüsselloch gekniet. Sie beobachtete das Interview vom Flur aus.

In diesem Moment kamen Paige und Leo die Stufen herunter.

»Was ist denn hier los?«, fragte Paige. »Wir haben Phoebe schreien gehört und ...«

Piper tippte sich auf die Lippen. »Psst ... sie gibt gerade ein Fernsehinterview.«

»In der Badewanne?«

»Keine Angst, der Schwanz bleibt unter Wasser.«

»Das kann nicht dein Ernst sein!« Leo war fassungslos. »Du riskierst damit, dass wir alle auffliegen.«

Piper schüttelte nur den Kopf. »Na und? Ein bisschen Risiko gehört nun mal zum Leben.«

»Piper, wir wissen, dass du einen Furchtlosigkeitszauber gewirkt hast«, erklärte Paige tadelnd und stemmte die Hände in die Hüften.

»Nein, keinen Furchtlosigkeitszauber – einen Befreiungszauber! Du hast selbst gesagt, Leo, dass ich mich von meiner Angst befreien muss. Und das habe ich getan.«

»Du hast dich nicht davon befreit, du unterdrückst deine Angst nur.«

»Na und? Was ist der Unterschied? Ich kann endlich wieder ich selbst sein und anderen helfen.«

Paige konnte nicht glauben, was Piper da sagte. Noch nie hatte sie ihre ältere Halbschwester so verantwortungslos erlebt. »Aber Phoebe ist jetzt eine Meerjungfrau. Und bald wird diese Nachricht landesweit in den Sechs-Uhr-Nachrichten ausgestrahlt werden, wenn wir nicht sofort etwas dagegen unternehmen!«

»Warum seht ihr immer nur die negative Seite?«, beschwerte sich Piper.

»Was ist denn die positive Seite?«, wollte Paige wissen.

»Die positive Seite ist, dass Phoebe ihren Job mehr als alles auf der Welt liebt. Und dieses Interview wird sie daran erinnern und vielleicht zur Vernunft bringen.«

Damit kniete sie sich wieder vor das Schlüsselloch. Im Badezimmer prangerte Phoebe gerade das Artensterben der Fischwelt an. »Der Mensch frisst eine ganze Spezies auf«, sagte sie in anklagendem Tonfall. »Nehmen Sie zum Beispiel den Chilenischen Seebarsch. Ich habe noch keinen einzigen gesehen. Oder den Schwertfisch – genauso gut könnten sie einen Weißkopfseeadler verspeisen.«

Nancy O'Dell, die Moderatorin, hatte mit diesem Thema offensichtlich nicht gerechnet. »Äh, ich wusste gar nicht, dass Sie so eine Leidenschaft für Fische haben, Phoebe.«

»Oh, die habe ich allerdings. Ich ...«

Paige, Leo und Piper öffneten die Badezimmertür.

»Okay, wir müssen leider für heute Schluss machen«, erklärte Paige in einem Tonfall, der keinen Widerspruch duldete.

»Nein, schon okay.« Phoebe schüttelte den Kopf. »Für eine letzte Frage ist noch Zeit.«

Nancy O'Dell nickte erleichtert. Nach diesem ganzen Gerede über Fisch konnte sie sich endlich nach etwas erkundigen, das für die Zuschauer wirklich interessant war. »In Ihrer Kolumne geht es oft um die Liebe und Liebhaber. Ihre Ratschläge wirken echt und einfühlsam, besonders in letzter Zeit. Gibt es einen glücklichen Mann in Ihrem Leben, dem Sie Ihre Inspiration verdanken?«

Phoebe zögerte. »Nein, den gibt es nicht.«

»Wirklich nicht?« Nancy war erstaunt. »Wieso schreiben Sie dann eine so gute Liebeskolumne?«

»Ich habe keine Ahnung«, erwiderte Phoebe, selbst etwas ratlos.

Paige stutzte. Die Erkenntnis traf sie wie ein Blitzschlag. Natürlich! »Ich glaube, ich weiß es«, sagte sie. »Aber das Interview ist beendet.«

Leo nickte. Er wollte diese Fernsehleute so schnell wie

möglich loswerden. »Kommen Sie, ich bringe Sie zur Tür.«

»Aber wir sind doch noch nicht fertig«, protestierte Nancy.

»Oh, ich denke schon«, erwiderte Leo höflich, aber bestimmt.

Nancy O'Dell gab auf. »Na schön«, seufzte sie, »dann machen wir eben einen neuen Termin aus. Meine Leute melden sich bei Ihnen, okay?«

»Danke«, nickte Phoebe von der Wanne aus.

Nancy verabschiedete sich und wurde zusammen mit ihrem Kameramann von Leo zur Tür gebracht.

»Und, wie fühlst du dich?«, fragte Piper gespannt, als das Team außer Hörweite war.

Phoebe lächelte. »Oh, dank dir fühle ich mich frei.«

Piper sah Paige triumphierend an. ›Siehst du, hab ich doch gesagt‹, drückte ihr Blick aus. Aber Phoebe war noch nicht fertig.

»Ich fühle mich frei von dem oberflächlichen, menschlichen Streben nach Ruhm und Reichtum. Ich möchte nur noch zurück in die Stille des Meeres.«

Paige lachte trocken auf. »Na, der Furchtlosigkeitszauber hat ja großartig funktioniert.«

Phoebe runzelte die Stirn. »Welcher Furchtlosigkeitszauber?«

Paige wollte gerade etwas antworten, als die drei Schwestern von einem heiseren Krächzen aufgeschreckt wurden. Suchend schauten sie sich um.

Zwei große, schwarze Krähen saßen am offenen Fenster. Ihr Fellkleid war zerrauft, so als ob sie lange unterwegs gewesen wären. Sie krähten aufgeregt. Fast schien es, als ob sie jemanden rufen würden.

»Was haben die denn für ein Problem?«, wunderte sich Piper.

Aus dem Flur war plötzlich ein knisterndes Geräusch zu hören. Wie bei einer elektrischen Entladung. Das konnte nur eins bedeuten: Necron war hier.

»Schnell, Paige. Du musst Phoebe auf den Dachboden orben!«, rief Piper hektisch.

»Und was ist mit dir?«

»Tu es einfach!«, zischte ihre Halbschwester.

Paige nickte widerwillig und griff nach Phoebes Hand. Einen Augenblick später verschwanden die beiden in einem Lichtblitz.

Piper wartete noch eine Sekunde, dann trat sie vorsichtig aus der Tür. Necron stand direkt vor ihr. Er war noch hässlicher als auf der Abbildung im *Buch der Schatten*.

Piper, furchtlos wie sie war, zögerte keine Sekunde. Sie hob die Hände und ließ Necron explodieren. Tausende von Wassertropfen spritzten durch den Flur.

Vorsichtig trat sie näher. Dort, wo Necron gerade noch gestanden hatte, züngelten ein paar statische Entladungen über den feuchten Teppich. »Okay, was du da machst, ist eine ziemliche Energieverschwendung, Freundchen«, fauchte Piper.

Plötzlich knisterte die Luft hinter ihr.

Piper wollte sich noch herumdrehen – aber zu spät!

Necron materialisierte hinter ihr und nahm sie in den Schwitzkasten. Dann knisterte ein erneuter Lichtblitz auf, und die beiden waren verschwunden. Piper hatte noch nicht einmal Zeit gehabt, um Hilfe zu rufen.

9

Das zischende Geräusch der Sprühflasche machte Paige wahnsinnig. Seit einer halben Stunde nebelte Phoebe sich schon damit ein. Die Meerjungfrau und Ex-Hexe lag auf einem alten Sofa inmitten der Trümmer des Dachbodens. Paige saß neben ihr an einem kleinen Tisch und blätterte im *Buch der Schatten*. Und sie versuchte verzweifelt, sich zu konzentrieren.

Dass Leo die ganze Zeit unruhig auf und ab ging, machte die Sache auch nicht gerade besser.

»Wie lange dauert es denn noch, bis du einen passenden Zauber gefunden hast?«, fragte der Wächter des Lichts. Zum vierten Mal.

»Keine Ahnung, das ist nicht so einfach«, antwortete Paige. »Ich muss eine Menge Faktoren berücksichtigen.«

»Warum können wir uns nicht einfach zu Necron orben und den Vernichtungszauber ausprobieren, den Piper zusammengebraut hat?«, fragte Phoebe genervt.

Paige schüttelte den Kopf und deutete auf die zertrümmerten Möbelstücke. »Weil Piper nicht sie selbst war, als sie dieses Teufelszeug zusammengebraut hat. Wie du vielleicht siehst, wenn du einen Blick auf die traurigen Überreste unseres Dachbodens wirfst.«

»Was ist hier eigentlich passiert?«, wollte Leo wissen. In der ganzen Aufregung war er noch gar nicht dazu gekommen, nachzufragen.

»Dank ihres Furchtlosigkeitszaubers hat Piper eine hochexplosive Mischung zusammengebraut. Aber ich glaube kaum, dass das die richtige Methode ist.«

Leo blieb stehen. »Warum eigentlich nicht?«

»Weil die letzten beiden Hexen, die ein Skelettwesen vernichtet haben, selbst dabei umgekommen sind. Deshalb. Ich denke, wir sind am besten bedient, wenn wir die Macht der *Drei* anwenden, um Necron zu vernichten – und dabei selbst am Leben bleiben.«

»Kannst du sie eigentlich spüren?«, fragte Phoebe zwischen zwei Sprühstößen.

Leo nickte. Als Wächter des Lichts war er auf magische Weise mit seinen Schützlingen verbunden. Und das seelische Band zu seiner Frau war natürlich besonders stark. Es machte ihn fast wahnsinnig, hier herumzustehen, während Piper in Gefahr schwebte.

»Ist sie verletzt?«

Leo zuckte mit den Schultern. »Ich weiß es nicht. Alles, was ich spüre, ist ihr Mut. Er überdeckt alles andere.«

»Mach dir keine Sorgen«, versuchte Phoebe ihn zu beruhigen. »Er wird ihr nichts tun. Er braucht sie lebend, um über sie an mich heranzukommen.«

Paige blickte besorgt vom *Buch der Schatten* auf. »Ja, aber wir müssen uns beeilen, bevor Piper irgendetwas Dummes tut – und zum Beispiel ein Interview zwischen Necron und Nancy O'Dell organisiert.«

Leo runzelte nachdenklich die Stirn. »Weißt du, so langsam frage ich mich, ob es überhaupt Sinn macht, die Sache mit der Macht der *Drei* anzugehen.«

»Wie meinst du das?«, fragte Phoebe irritiert.

»Na ja, zunächst mal werden wir die Macht der *Drei* nicht wirklich zusammenbekommen. Das Ganze läuft wohl eher auf die Macht der *Zweieinhalb* hinaus. Schließlich bist du nur noch zur Hälfte eine Hexe, Phoebe. Und außerdem fürchte ich, dass meine furchtlose Ehefrau versuchen wird, sich Necron allein vorzuknöpfen.«

Phoebe nickte. »Stimmt, sie neigt zurzeit ein wenig zu unüberlegten Handlungen.«

»Ich weiß nicht mal, warum sie diesen Furchtlosigkeitszauber überhaupt gewirkt hat«, sagte Leo nachdenklich. »Ich hätte ihr doch bei ihren Problemen geholfen.«

»Du musst versuchen, sie zu verstehen, Leo«, mischte sich Paige ein. »Sie war völlig durch den Wind – und voller Schuldgefühle wegen dem, was Phoebe zugestoßen ist.«

Phoebe runzelte verärgert die Stirn. »Was meinst du mit ›zugestoßen‹? Das hier ist das Beste, was mir passieren konnte. Ich tummle mich mit Tümmlern und wandere mit Walen. Ihr könnt euch gar nicht vorstellen, wie schön das ist.«

Paige warf Phoebe einen skeptischen Blick zu. Dann wandte sie sich an Leo. »Leo, ich glaube, wir müssen reden. Unter vier Augen.«

Leo nickte, und die beiden verließen den Dachboden.

»Seht ihr? Genau das meine ich!«, rief Phoebe ihnen hinterher. »Genau deshalb bin ich lieber eine Meerjungfrau. Unter Wasser gibt es keine Geheimnisse. Keine Mauern, die einen gefangen halten! Hört ihr? Hey!« Wütend richtete Phoebe sich auf, so gut wie eben möglich. Draußen im Flur hörten Leo und Paige ein rumpelndes Geräusch, als sie das Gleichgewicht verlor und vom Sofa purzelte.

Paige ignorierte Phoebes Flüche. »Wenn wir mit Phoebe zusammen in den Ozean orben, verschwindet sie auf Nimmerwiedersehen, sobald wir Necron vernichtet haben«, flüsterte sie.

»Haben wir denn eine andere Wahl?«, fragte Leo. Er wollte nur eins: seine Frau zurück.

»Vielleicht ja. Etwas, dass Nancy O'Dell während des Interviews sagte, hat mich auf eine Idee gebracht. Was ist, wenn Phoebes Herz gar nicht so kalt ist, wie wir dachten?«

Leo schüttelte den Kopf. »Wir haben aber keine Zeit, das herauszufinden.«

»Dann müssen wir uns die Zeit nehmen. Ich will auf keinen Fall eine Schwester retten, nur um die andere zu verlieren.«

Leo holte tief Luft. Er verstand Paiges Bedenken, und bis zu einem gewissen Punkt teilte er sie auch. Aber hier stand Pipers Leben auf dem Spiel. Wenn der Preis, sie zu retten, darin bestand, dass Phoebe für immer eine Meerjungfrau blieb, dann war er bereit ihn zu zahlen.

Paige blickte dem Wächter des Lichts in die Augen. Es war nicht schwer, seine Gedanken zu erraten. Sie nickte und betrat zusammen mit Leo wieder den Dachboden.

»Und? Habt ihr beiden gut über mich abgelästert?«, fragte Phoebe. Sie versuchte immer noch, wieder zurück auf das Sofa zu krabbeln.

»Ich habe Leo nur gesagt, dass du für immer davonschwimmen wirst, sobald wir Piper gerettet haben. Stimmt's?«

Phoebe nickte nur. »Klar.«

»Wie auch immer«, sagte Leo. »Wir müssen uns beeilen.« Er beugte sich zu Phoebe hinunter und reichte ihr die Hand. Dann hielt er Paige die andere hin.

Die junge Hexe ergriff Leos Hand und wartete.

Eine Sekunde später leuchteten die *Drei* in einer Lichtwolke auf. Doch bevor die magische Teleportation abgeschlossen war, zog Paige blitzschnell ihre Hand weg. Leo und Phoebe verschwanden, und sie blieb allein auf dem Dachboden zurück.

»Ich hoffe, das funktioniert«, seufzte sie.

Necron funkelte Piper böse an. Die junge Hexe hielt seinem Blick stand, ohne mit der Wimper zu zucken. Der Dämon der Tiefe hatte sie in der Höhle der alten Seehexe an ein Stahlgitter gefesselt. Das Gitter hing an einer rostigen Kette und baumelte einen halben Meter über dem Wasserspiegel der Lagune.

»Ich glaube, wir haben deinen Schwestern jetzt genug

Zeit gegeben, sich Sorgen über dich zu machen. Los, rufe deinen Wächter des Lichts!«, befahl Necron.

Piper grinste nur. »Sonst noch was?«

Statt einer Antwort legte Necron einen Hebel um. Die Kette knirschte, und das Eisengitter senkte sich langsam herab. Nach ein paar Sekunden berührten Pipers Füße das Wasser, kurz danach reichte es ihr bis an die Knie.

»Oh, bitte, bitte helft mir«, flehte sie ironisch. »Der böse Dämon taucht mich ins Wasser, und ich kriege kalte Füße.«

Wütend kniff Necron die Augen zusammen. Dann murmelte er nur einen kurzen Befehl. »Greift an!« Erst passierte gar nichts, doch dann sah Piper, wie unter ihr zwei große Zitteraale heranschwammen. Kleine, elektrische Blitze züngelten aus ihren Hinterteilen. Zielstrebig wanden sich die Aale um den Teil des Gitters, der bereits unter Wasser war.

Das Metall leitete die Elektrizität sofort weiter. Ein Stromschlag durchzuckte Pipers Körper. Die Hexe biss die Zähne zusammen und unterdrückte jeden Schmerzenslaut. Sie wollte dem Dämon gegenüber keine Schwäche zeigen.

Die Aale zogen sich wieder zurück.

»Mehr hast du nicht drauf?«, spottete Piper, als der Schmerz nachgelassen hatte. Sie ließ sich nicht anmerken, wie sehr die elektrische Attacke ihr zusetzte.

»Noch einmal!«, knurrte Necron nur.

Die Aale griffen erneut an. Diesmal tauchte das Aufblitzen ihrer Schwänze die ganze Höhle in zuckendes, blaues Licht. Es hatte keinen Sinn, die Zähne zusammenzubeißen. Der Schmerz war unerträglich.

Piper schrie auf.

10

Paige hatte sich in Coles Apartment georbt und blickte sich vorsichtig um. Jemanden, der über Coles Kräfte verfügte, sollte man nicht erschrecken, indem man unvermittelt hinter ihm auftauchte.

»Cole?«, rief sie leise.

»Paige, du brauchst nicht in mein Apartment einzubrechen.« Cole trat aus seinem Arbeitszimmer und blickte Paige an. »Ich befolge deinen Rat und verschwinde.«

Oh, nein, auch das noch, dachte Paige. Musste dieser Dickkopf denn ausgerechnet jetzt zur Vernunft kommen?

»Äh, besser nicht. Weißt du, ich bin bekannt dafür, dass ich ein miserabler Ratgeber bin.«

Cole runzelte die Stirn. »Wie bitte?«

»Phoebe braucht deine Hilfe!«

»Ja, ich weiß«, erwiderte Cole. »Deswegen mache ich mich ja auch aus dem Staub. So kann ich ihr am besten helfen. Wenn du mich jetzt bitte entschuldigst ...« Er ging zu seinem Schreibtisch und packte ein paar Unterlagen in einen Aktenkoffer.

Paige berührte ihn am Arm. »Nein, du musst bleiben!«

»Was soll das?«, fragte Cole irritiert und verärgert. »Was für ein Spielchen ist das nun wieder?«

»Ich spiele keine Spielchen, Cole. Ich sagte doch, Phoebe braucht Hilfe!«

Cole lachte bitter auf. »Ja, und du brauchst anscheinend einen Psychologen.«

Paige nickte. »Ja, vielleicht hast du Recht. Besonders, wenn man bedenkt, was ich dir jetzt sagen werde: Ich glaube, Phoebe liebt dich noch immer.«

Cole blickte die junge Hexe fassungslos an. Er brauchte

ein paar Augenblicke, um die Bedeutung dieser Worte zu verstehen. Doch dann schüttelte er entschieden den Kopf. »Unsinn. Wer hat mir denn heute Morgen noch gesagt, dass sich Phoebe in einen Fisch verwandelt hat, nur um mir zu entkommen?«

Paige zuckte mit den Schultern. »Okay, das war vielleicht eine etwas ungeschickte Formulierung. Ich dachte, Phoebe würde vor dir weglaufen, weil sie dich hasst. Aber inzwischen glaube ich, sie läuft weg, weil sie dich liebt.«

»Wirklich?« Cole sah der jungen Hexe ins Gesicht. In diesem Augenblick wirkte er nicht wie ein mächtiger Ex-Dämon, sondern wie ein verlorener Mann, der einen letzten Hoffnungsschimmer am Horizont erblickt.

»Na ja, das ist eine Theorie. Aber in ihrer Ratgeberkolumne dreht sich alles nur noch um das Thema Liebe, seit du weg bist.«

Cole schüttelte den Kopf. Er wollte sich nicht an eine absurde Hoffnung klammern. »Aber *du* hast mir gesagt, ich soll verschwinden. Phoebe hat gesagt, ich soll verschwinden. Darryl hat gesagt, ich soll verschwinden. Okay, ich hab verstanden. Und jetzt änderst du deine Meinung wegen einer verrückten Theorie?«

»Und was, wenn ich sie beweisen kann?«

»Nur Phoebe selbst könnte beweisen, dass sie mich noch liebt.«

Das war Paiges Stichwort. Im *Buch der Schatten* hatte sie einen Zauberspruch gefunden – und noch bevor Cole reagieren konnte, wendete sie ihn schon an.

Öffne Phoebes Herz,
zeige Cole ihren Schmerz.
Lass ihn Zeuge werden von ihren Gefühlen,
die noch immer ihr Innerstes zerwühlen.

Urplötzlich erschien ein golden glänzender Ring um Coles Kopf. Einen Augenblick lang hatte es fast den Anschein, als hätte er einen Heiligenschein. »Was hast du gemacht?«, fragte er verärgert. Er war nicht in der Stimmung für irgendwelche zweitklassigen Lasershows.

Doch dann begann der Lichtkranz immer schneller zu rotieren. Schließlich wurde er gleißend hell und schoss direkt in Coles Herz. Der Ex-Dämon keuchte, und seine Brust glühte golden auf. Mit einem Schlag erfasste ihn ein Sturm der Gefühle. Er spürte alles, was Phoebe für ihn empfand: Sehnsucht, Wut, Trauer, Hoffnung und auch Hass. Doch ein Gefühl überstrahlte alles andere: Liebe.

Cole schnappte nach Luft. Tränen schimmerten in seinen Augen, und nur mühsam hielt er sich noch auf den Beinen. »Phoebe!«, hauchte er.

Dann verlosch das Licht in seiner Brust so schnell, wie es gekommen war.

Paige hatte das ganze Schauspiel mit großen Augen beobachtet. Sie hätte nicht gedacht, dass ihr Zauber eine so gewaltige Wirkung haben würde. »Ich schätze, sie liebt dich doch mehr, als wir alle geahnt haben«, sagte sie leise.

11

*D*IE BRANDUNG SCHLUG GEMÄCHLICH gegen den Felsen, auf dem Phoebe die Sonnenstrahlen genoss. Neben ihr schimmerte die Luft auf und Leo materialisierte.

»Paige war nicht zu Hause. Ich habe keine Ahnung, wo sie steckt. Oder warum sie nicht mitgekommen ist.«

»Vergiss sie«, erwiderte Phoebe. »Konzentrieren wir uns lieber auf Piper.«

»Aber wir brauchen die Macht der *Drei*, um sie zu befreien.«

Leo stockte und blickte auf das Meer. Er konnte spüren, wie sehr seine Frau litt. »Er quält sie wieder.«

Phoebe richtete sich auf. »Er will *mich*. Ich werde alleine gehen.«

»Nein!«, rief Leo. Auch wenn er außer sich vor Sorge um seine Frau und ihr ungeborenes Kind war: Dass Phoebe dem sicheren Tod entgegenging, konnte er auf keinen Fall zulassen.

»Leo, ich kann nicht zulassen, dass ihr oder dem Baby etwas passiert.« Phoebe schien seine Gedanken gelesen zu haben.

»Ja, aber...«

»Kein Aber. Du wartest hier auf Paige. Ich verschaffe uns etwas Zeit.« Ohne auf Leos Protest zu hören, sprang Phoebe ins Wasser. Im nächsten Augenblick war sie bereits in den Wellen verschwunden.

»Phoebe! Komm zurück!«, befahl Leo. Aber die Wellen verschluckten seine Worte.

Der beißende Geruch von Ozon erfüllte die ehemalige Höhle der Seehexe. Piper war noch immer an das Eisengitter gefesselt. Ihr Körper zuckte krampfartig, während sie von elektrischen Entladungen getroffen wurde. Sie war bereits zu erschöpft, um noch zu schreien – trotz der Schmerzen.

Necron hatte das grausame Schauspiel langsam satt. Mit einer Handbewegung ließ er das Gitter wieder in die Höhe gleiten.

Piper keuchte. »Okay, das reicht. Ich finde es wirklich schockierend, wie du eine Dame behandelst. Schockierend, kapiert? Das war ein Witz.« Trotz der Schmerzen hatte sie ihr magischer Mut noch nicht verlassen.

»Bist du eigentlich lebensmüde?«, fragte Necron. Er hatte schon viele Lebewesen gequält, aber noch nie war ihm jemand untergekommen, der so trotzig war wie diese kleine Hexe.

»Du bist doch ein viel zu großer Schlappschwanz, um mich zur Strecke zu bringen. Wenn du wirklich Mumm hättest, dann wäre ich schon längst tot.«

Necron grinste. »Oh, ich war einfach noch nicht hungrig genug. Aber jetzt wird es Zeit für mein Mittagessen.« Er wusste, dass es keinen Zweck mehr hatte, die Hexe weiterzufoltern. Aber mit ihrer Lebensenergie konnte sie ihm wenigstens noch als kleiner Snack dienen. Der Dämon der Tiefe ließ das Gitter näher an sich herangleiten. Dann richtete er die Fingerspitzen auf Piper, um ihr das Leben auszusaugen.

In diesem Augenblick tauchte Phoebe aus der kleinen Lagune auf. Sie kam keine Sekunde zu früh. »Lass sie in Ruhe! Ich bin es, die du willst!«

Necron fuhr herum. Dann verwandelten sich seine überraschten Gesichtszüge in ein Grinsen. Die *unsterbliche* Meerjungfrau. Nun würde er sein Ziel doch noch erreichen.

Sofort erschien eine große Muschel in seiner ausgestreckten Hand.

»Uh, pass auf!«, schrie Piper.

Necron hielt die Muschel in Phoebes Richtung. »Du weißt, was das hier ist.«

Die Meerjungfrau schluckte. »Ja. Die Todesmuschel. Sie saugt einem das ewige Leben aus. Okay, ich gebe dir meine Unsterblichkeit, wenn du meine Schwester freilässt.«

»Aber gern«, knurrte Necron. Mit einer achtlosen Handbewegung fegte er das Eisengitter zur Seite, sodass es an die Höhlenwand krachte. Metall zersplitterte. Der Aufprall hatte Pipers Ketten gesprengt; die schwangere Hexe prallte auf den Boden und blieb regungslos am Rand der Lagune liegen.

»Nein!«, schrie Phoebe und schwamm zu ihrer Schwester.

»Ich werde sie töten, wenn du mir nicht gibst, was ich will!«, warnte Necron sie.

Phoebe beachtete ihn gar nicht. »Piper, bist du okay?«

Vorsichtig rappelte sich Piper auf. Durch den Aufprall hatte sie für ein paar Sekunden das Bewusstsein verloren. Ihr ganzer Körper schmerzte. Besonders der Bauch.

Entsetzt blickte sie an sich herab. Sie blutete. Mein Baby!, schoss ihr durch den Kopf. Hasserfüllt starrte sie Necron an. »Was hast du mit meinem Baby gemacht, du Mistkerl!«, schrie sie, außer sich vor Wut und Entsetzen.

Necron ließ die Todesmuschel aus seiner Hand verschwinden.

Im nächsten Augenblick tauchte sie an Phoebes Brust wieder auf. Die kleinen Tentakel saugten sich sofort an ihrer Haut fest. Blut quoll an den Rändern der Muschel hervor.

»Halte dein Versprechen, Hexe!«, zischte der Dämon.

Phoebe stöhnte. Sie spürte, wie die Muschel ihr bereits das Leben aus dem Körper saugte.

12

*L*EO WAR NOCH IMMER AM STRAND und ging unruhig auf und ab. Er hatte schon tiefe Furchen im Sand hinterlassen.

Plötzlich flackerte die Luft auf. Paige erschien. In der Hand hielt sie einen kleinen Zettel.

»Wo warst du?«, rief Leo.

»Ich, äh, habe den Vernichtungszauber auf dem Dachboden vergessen«, sagte Paige etwas verlegen und hielt den Zettel hoch. Leo musste ja nicht alles wissen.

Der Wächter des Lichts spürte, dass sie noch etwas anderes im Schilde führte, aber dafür war jetzt keine Zeit. Ohne ein weiteres Wort zu verlieren, griff er nach Paiges Hand. Augenblicklich lösten sich die beiden auf.

Der magische Sprung über den Ozean dauerte nur einen Herzschlag. Fast im selben Augenblick materialisierten Paige und Leo in der Höhle der Seehexe. Leo blickte sich um und entdeckte Piper fast sofort. Sie lag noch immer auf dem Boden und hielt sich den blutenden Bauch. »Piper«, rief er und rannte zu ihr. »Alles ist gut, ich bin bei dir!«

In seiner Sorge um Piper hatte der Wächter des Lichts Necron gar nicht bemerkt. Aber der Dämon der Tiefe war weniger unaufmerksam. Wütend ließ er einen Energieblitz aus seinen Fingern hervorzischen. Der Blitzstrahl traf genau und schleuderte Pipers Mann quer durch die Höhle. Wäre Leo als Wächter des Lichts nicht schon längst tot gewesen, dann hätte dieser Stromschlag ihn umgebracht.

Paige jedoch hatte ihr Leben noch zu verlieren. Erschrocken ging sie hinter einer alten Holzstatue in Deckung. Im selben Augenblick bohrte sich ein Blitzschlag in das alte Holz. Wo gerade noch das Gesicht der alten Kielfigur gewesen war, klaffte jetzt ein hässliches Loch.

Paige schluckte und blickte sich um. Phoebe lag immer noch am Rand der Lagune. Die Todesmuschel klebte an ihren Herzen und pulsierte. Ihre Halbschwester war bereits totenblass. Die Muschel musste weg, und zwar sofort.

»Todesmuschel!«, rief Paige. Die Muschel glühte auf und verschwand. Im selben Augenblick materialisierte sie direkt an Necrons Herzen.

Phoebe hatte denselben Trick bei der Seehexe probiert und damit Erfolg gehabt. Doch Necron war ein Wesen, das dem Tod näher war als dem Leben. Er verfügte über keine Lebensenergie, die man ihm aussaugen konnte. Wütend riss er sich die Muschel von der Brust. Immerhin hatte die ganze Aktion den drei Schwestern ein wenig Zeit verschafft.

»Piper! Du musst Phoebes Hand nehmen!«, rief Paige und sprang aus ihrer Deckung.

Sowohl Piper als auch Phoebe waren kaum noch bei Bewusstsein. Trotzdem fanden sie die Kraft, aufeinander zuzukriechen und sich die Hand zu geben. Paige sprang dazu und schloss die magische Verbindung. Dann zog sie den Zettel mit dem Zauberspruch aus der Tasche. »Macht euch auf den großen Knall gefasst!«, rief sie. Dann begannen die drei Hexen, den Spruch zu rezitieren:

Ihr Fluten aus dämonischer Macht,
spült fort, was die Tiefe hat ans Licht gebracht.
Mit aller Macht kämpfen wir dagegen an,
spült den Dämon fort mit eurem Bann!

Necron schrie auf. Seine Gesichtszüge verzerrten sich, sein ganzer Körper zuckte. Es sah aus, als würden unter seiner untoten Haut entsetzliche Wesen zum Leben erwachen. Der Körper des Dämons blähte sich grotesk auf.

Necron war mächtig, und ebenso gewaltig war sein Todeskampf. In einer gigantischen Explosion platzte er schließlich. Die Druckwelle raste durch die Höhle und schleuderte Phoebe ins Wasser zurück. Paige wurde gegen die Höhlenwand katapultiert.

Doch am schlimmsten erwischte es Piper. Das große Eisengitter, an das Necron sie zuvor gefesselt hatte, war durch die Luft gewirbelt und in die Lagune gestürzt. Es sank sofort in die Tiefe hinab. Eine der Eisenketten schnellte über den Boden, erfasste Pipers Knöchel und wickelte sich darum wie das Ende einer Peitsche.

Mit einem Ruck wurde Piper von den Beinen gerissen, und das Eisengitter zog sie in die Lagune hinein. Bevor sie Zeit hatte, noch einmal Luft zu holen, schlug das kalte Wasser schon über ihrem Kopf zusammen.

13

Phoebe tauchte an die Wasseroberfläche. Die Höhle sah aus wie ein Schlachtfeld. Nicht weit vom Rand der Lagune entfernt lag Paige. Sie war noch immer bewusstlos.

»Paige! Wach auf!«, rief Phoebe. Doch ihre Halbschwester reagierte nicht. Erst als die Meerjungfrau ihren Fischschweif auf die Wasseroberfläche peitschen ließ und einen Schwall kaltes Wasser in Paiges Richtung spritzte, schlug die jüngste der drei Schwestern die Augen auf.

Sie rieb sich den Hinterkopf und kam langsam hoch. »Diese Dämonen sollten alle Warnhinweise tragen«, beschwerte sie sich.

»Wem sagst du das!«, erwiderte Phoebe aus der Lagune heraus.

Paige blickte sich um. Auch Leo erhob sich gerade stöhnend aus ein paar zersplitterten Wrackteilen. Der elektrische Schlag des Dämons hatte ihn bewusstlos werden lassen.

»Bist du in Ordnung?«, wollte Paige wissen.

»Ich glaube schon«, antwortete Leo. Dann schaute er suchend in der Höhle umher. »Wo ist Piper?«

Pipers Lungen brannten. Verzweifelt versuchte sie, die Kette von ihrem Knöchel zu streifen. Vergeblich.

Unbarmherzig hielt sie das eiserne Gitter am Grund der Lagune fest. Und das war nicht alles. Die Wunde an ihrem Bauch blutete immer stärker.

Noch einmal zerrte die Hexe an der Kette. Die Wasseroberfläche war nicht mehr als ein paar Meter entfernt. Mit ein paar schnellen Schwimmzügen hätte sie sich retten können – aber die Glieder der Kette hatten sich fest ineinander verkantet.

Pipers Gedanken kreisten um Leo und ihr ungeborenes

Kind. Dann hatte sie das Gefühl, in einen tiefen, schwarzen Tunnel zu stürzen. Sie hatte keine Kraft mehr, dagegen anzukämpfen.

Dies war also das Ende. Ihre schlimmsten Ängste hatten sich bewahrheitet. Ich werde einfach den Mund öffnen und das Wasser in meine Lungen strömen lassen, dachte sie. Dann würde alles ganz schnell gehen.

Aber plötzlich leuchtete das Wasser vor ihr auf, und eine Gestalt formte sich. Sie schien aus purem Licht zu bestehen.

Es war Patty. Pipers Mutter.

»Piper, ich weiß, warum du solche Angst hast«, sagte die Erscheinung. »Du willst dein Baby nicht allein in der Welt zurücklassen, so wie ich dich zurückgelassen habe. Aber diese Angst kannst du nicht mit einem Zauberspruch vertreiben. Es gibt nur eins, was dagegen hilft: Vertrauen. Du musst darauf vertrauen, dass dein Schicksal ein anderes ist als meins.«

Patty streckte ihrer Tochter die Hand entgegen. »Komm.«

Piper spürte, wie jemand sie nach oben zog. Die Kette um ihren Knöchel löste sich wie von selbst. Ein paar Sekunden später hatte sie die Oberfläche erreicht. Die modrige Luft in der alten Grotte war das Wunderbarste, was sie je gekostet hatte.

»Mum«, murmelte Piper, als Phoebe ihr half, aus dem Wasser zu kriechen. Phoebe war an den Grund der Lagune getaucht und hatte ihre Schwester im letzten Augenblick gerettet. Das war jedenfalls ihre Version der Geschichte.

»Schon gut, mein Schatz«, sagte Leo sanft. »Wir sind es. Du bist in Sicherheit.«

Entsetzt deutete Phoebe auf Pipers Bauch, wo noch immer eine breite Wunde klaffte. »Leo, du musst ihren Bauch heilen! Schnell!«

Der Wächter des Lichts nickte und wollte gerade seine heilende Hand auf die Wunde legen, als etwas Seltsames passierte. Die Verletzung leuchtete auf – und heilte von ganz allein.

»W-Wie hast du das gemacht?«, fragte Paige verwundert. Leos Heilkräfte waren zwar erstaunlich, aber selbst er brauchte normalerweise länger, um eine Wunde zu schließen.

Der Wächter war nicht weniger überrascht. »Ich habe gar nichts gemacht.«

Piper lächelte. »Das war das Baby.«

»Wie bitte?«, fragte Phoebe.

»Sie kommt anscheinend ganz nach ihrem Vater«, erklärte Piper und lächelte Leo an. »Ich schätze, das hat Mum gemeint.«

»Mum?«, wiederholte Phoebe.

»Ja, sie ist mir unter Wasser erschienen. Sie hat mir geholfen zu verstehen, warum ich solche Angst hatte. Ich will nicht, dass mein Baby ohne seine Mutter aufwachsen muss.«

Leo lächelte. »Das wird nicht passieren. Du hast etwas, dass deine Mutter nicht hatte.«

»Und das wäre?«

»Mich«, sagte Leo und nahm Pipers Hand.

»Und mich.« Paige griff nach Pipers anderer Hand.

Phoebe schluckte. Dann ließ sie sich ganz leise zurück ins Wasser gleiten und verschwand. Trotzdem hörte Piper ein leises Platschen. Traurig blickte sie auf die schimmernde Lagune. »Aber was machen wir mit Phoebe?«

Ein unmerkliches Lächeln erschien auf Paiges Gesicht. »Gar nichts. Ich bin mir ziemlich sicher, dass sie zurückkommen wird.«

Leo runzelte die Stirn. »Wieso glaubst du das?«

»Sagen wir einfach, ich kann mir relativ gut vorstellen, was in ihrem Kopf vorgeht«, erwiderte Paige vieldeutig.

14

Cole Turner stand am Strand und blickte in die Wellen. Dann hob er die Hände und konzentrierte sich. Auch wenn seine neuen Kräfte stärker waren denn je: Das, was er jetzt vorhatte, war nicht gerade einfach.

Nach ein paar Sekunden flimmerte die Luft vor ihm auf. Eine Gestalt materialisierte im Sand.

Phoebe. Sie blickte sich verwirrt um. »Wie komme ich hierher?«, fragte sie sich selbst. Dann entdeckte sie Cole.

»Ich habe dich gerufen.«

»Das gibt's doch nicht!« Zornig blickte Phoebe den Ex-Dämon an. »Unglaublich. Ich wusste ja, dass du mir nachstellst, aber das geht zu weit.«

»Ich stelle dir nicht nach, Phoebe. Paige hat mich geschickt. Ich weiß jetzt, warum du wegläufst.«

Phoebe schüttelte wutentbrannt den Kopf. »Du weißt überhaupt nichts über mich.«

»Dachtest du wirklich, du könntest im Ozean vor allem davonlaufen? Dachtest du, die Wellen würden deinen Schmerz wegspülen? Das werden sie nicht. Erst wenn du zugibst, warum du ins Meer geflüchtet bist.«

»Ach, komm schon, du weißt genau, warum ich geflüchtet bin. Wegen dir!«

Cole nickte. »Ja, aber warum genau? Und sage jetzt nicht, weil du Angst vor mir hast. Wir wissen beide, dass das Unsinn ist. Willst du denn eine Ewigkeit damit verbringen, vor der Wahrheit wegzulaufen? Sei ehrlich. Wenn nicht mir, dann wenigstens dir zuliebe. Verleugne dich nicht wegen mir.«

Phoebe schluckte. Coles Augen schienen sie gefangen zu nehmen, so wie sie es vom ersten Moment an getan hatten. »Was soll ich denn sagen?«

Cole schüttelte den Kopf. »Du brauchst überhaupt nichts zu sagen. Du musst dir nur eingestehen, was du wirklich für mich fühlst. In deinem Herzen.«

Ein seltsames Gefühl durchströmte Phoebe. Es war gleichzeitig wunderschön und unendlich traurig. Warum sollte sie sich noch weiter selbst etwas vorspielen? Cole hatte Recht. Sie liebte ihn noch immer.

In diesem Augenblick schimmerte ihr Fischschweif auf. Sekunden später war er verschwunden, und im Sand lagen ihre nackten, menschlichen Beine. Cole hielt ihr die Hand hin und half ihr beim Aufstehen. Dann zog er seinen Mantel aus und legte ihn Phoebe über die Schulter.

»Wie konntest du so sicher sein?«, fragte sie.

»Oh, es war nur ein Gefühl«, erwiderte Cole.

Phoebe blickte ihm lange in die Augen. »Ich liebe dich«, sagte sie dann. »Und ich werde dich immer lieben. Aber das ändert nichts. Es ist vorbei.«

Cole schwieg.

Die Wellen schlugen an den Strand, wie sie es seit tausenden von Jahren taten.

EPILOG

*P*AIGE STAND IM BÜRO DER Sozialstation und blickte sich um. Es war längst nach Dienstschluss, und alle Kollegen waren bereits nach Hause gegangen.

Alle außer Mister Cowan. Mit langsamen Schritten kam er aus seinem Büro. »Paige, ich weiß, dass ich manchmal streng mit Ihnen war, aber ich möchte nicht, dass Sie kündigen. Sie haben ein Talent, Menschen zu helfen.«

Paige lächelte und verstaute ihr Namensschild in einem großen Umzugskarton. Dann ging sie um den Schreibtisch herum und umarmte ihren Ex-Chef. »Keine Sorge. Ich werde auch weiterhin anderen Menschen helfen. Ich werde mich nur noch mehr darauf konzentrieren. Danke für alles.«

Mister Cowan nickte nur verlegen und ging zurück in sein Büro.

Paige lächelte. Sie würde ihn und seine Wutanfälle vermissen.

Phoebe saß am Küchentisch, vor sich ein altes Foto. Sie und Cole strahlten in die Kamera. Sie konnte sich noch gut an den Frühlingstag erinnern, an dem das Bild aufgenommen worden war. Vor langer Zeit, in einem anderen Leben.

Phoebe legte das Foto zur Seite. Dann nahm sie einen Kugelschreiber und setzte ihre Unterschrift auf ein Formular.

Es war ein Scheidungsantrag.

Piper saß auf ihrem Bett und öffnete ein Fotoalbum. Es war für ihr ungeborenes Baby bestimmt. Sie nahm ein Foto zur Hand, das sie als kleines Kind auf dem Schoß von Patty, ihrer Mutter, zeigte. Lächelnd betrachtete sie das Bild und klebte es auf die erste Seite des neuen Albums.

Plötzlich erschien ein Schriftzug unter dem Foto, wie mit magischer Tinte geschrieben.

MAMA UND GROSSMUTTER.

Piper lächelte und schloss das Album. Es würden noch viele Fotos von ihr und ihrem Kind dazukommen.

Dessen war sie sich jetzt sicher.

MEISTER DER ANGST

1

Die Klimaanlage im Büro der Kanzlei lief auf Hochtouren. Cole Turner konnte hören, wie der Motor hinter der Wandverkleidung arbeitete. Er wusste, dass mit jeder Sekunde frische, kühle Luft in den Raum gepumpt wurde. Doch sein Körper fühlte sich an, als wäre er in ein Dampfbad getaucht. Es würde nichts nützen, die Klimaanlage noch weiter aufzudrehen. Das hatte er schon versucht und dafür ein Stirnrunzeln seiner beiden Klienten geerntet.

Mittlerweile musste es im Büro schon kälter als 17 Grad sein. Die beiden Männer in ihren Sommeranzügen fröstelten bereits.

Reiß dich zusammen, Cole, dachte er. Was ist nur mit dir los? Dabei wusste er genau, was mit ihm nicht stimmte. Er hatte dieses Gefühl schon heute Morgen, beim Aufstehen, gehabt. Wenn er ehrlich war, dann hatte er es schon seit ein paar Tagen gespürt. Bis jetzt hatte Cole es geschafft, das Gefühl zu ignorieren. Aber es kam zurück, wie ein wildes Tier, das immer wieder in seine alten Jagdgründe zurückkehrte. Man konnte es fortscheuchen, aber es war zu hungrig, um sich wirklich verjagen zu lassen. Und es wurde stärker, von Stunde zu Stunde.

Cole schluckte, wischte sich ein paar Schweißtropfen von der Stirn und versuchte, sich wieder auf seine Arbeit zu konzentrieren. Er blickte auf die Papiere in seiner Hand und umrundete den großen Konferenztisch.

»Werfen Sie bitte einen Blick auf Dokument ›W‹, das Lieferverzeichnis. Sie finden es in Ihrer Mappe auf Seite sechs. Wie Sie sehen können, bezieht sich dieses Dokument auf eine Schiffsladung, die bereits im September vergangenen Jahres ausgeliefert wurde.«

Die beiden Klienten am andere Ende steckten die Köpfe zusammen und blickten Cole hämisch an.

»Was will dieser Dämon eigentlich beweisen?«, flüsterte einer der beiden. Dieser Satz, obwohl nur geflüstert, dröhnte in Coles Ohren. Er brauchte ein paar Sekunden, um seine Bedeutung zu verstehen. Aber das war unmöglich. Er musste sich verhört haben.

»Entschuldigung, haben Sie etwas gesagt?«, fragte Cole.

Der Mann blickte erstaunt auf. »Nein, bitte fahren Sie fort.«

Falls das eine Lüge war, so ließ er sich nichts anmerken. Mit perfekter Unschuldsmiene lächelte er Cole aufmunternd an.

Cole spürte, wie ihm die Hitze immer stärker zu Kopfe stieg. Er hatte das Gefühl, heißes Gas einzuatmen. Cole schluckte erneut und zerrte an seiner Krawatte. Mühsam konzentrierte er sich auf seinen nächsten Satz.

»Der Transportmeister, ein gewisser Mister Peters, ist für diese Ladung verantwortlich. Dazu gehören auch, äh, achtundvierzig Fässer mit Giftmüll.«

Cole ließ sich in seinen Sessel fallen, als hätte ihm dieser Satz eine enorme, körperliche Anstrengung abgefordert.

»Er versucht, zu verleugnen, was er ist«, sagte der zweite Mann jetzt. »Du bist eine Schande für uns alle«, grollte er und warf Cole einen verächtlichen Blick zu. Im selben Moment fingen die Augen des Mannes an, rot aufzuglühen.

Ein Dämon!, durchfuhr es Cole. Er sprang so heftig auf, dass sein Bürosessel nach hinten rollte und fast umkippte.

»Was zum Teufel ist hier los? Was soll das?«, rief Cole.

Die beiden Klienten blickten ihn erstaunt an. Ihre Augen waren wieder völlig normal.

»Nun, so weit ich weiß, geht es um die Festsetzung einer

beeidigten Erklärung«, sagte der erste Klient. Dann warf er seinem Kollegen einen halb amüsierten, halb besorgten Seitenblick zu.

»Ist alles mit Ihnen in Ordnung, Mister Turner?«, fragte der andere.

Cole hatte das Gefühl, in Ohnmacht zu fallen. Hatte er das Aufleuchten der Augen tatsächlich gesehen, oder hatte er es sich nur eingebildet? Verlor er langsam den Verstand? »Entschuldigen Sie mich bitte«, stieß er hervor und drehte sich auf dem Absatz um. Durch die plötzliche Bewegung wurde ihm noch schwindeliger, als ihm ohnehin schon war. Cole stieß die Tür zum Flur auf und trat hinaus. Er konnte die erstaunten Blicke seiner Klienten beinahe im Rücken spüren, aber das war ihm jetzt egal. Sollten Sie ihn doch für verrückt halten. Wahrscheinlich war er es auch.

Hier im Flur war es etwas kühler. Cole atmete ein wenig auf. Was immer mit ihm los war, er würde heute ohnehin nicht mehr arbeiten können. Er würde nur noch schnell in sein Büro gehen, ein paar Sachen zusammenwerfen und nach Hause fahren.

Wo er endlich allein sein würde. Allein, um über alles nachzudenken.

Mit unsicheren Schritten erreichte Cole den Fahrstuhl. Zwei ältere Herren in teuren Business-Anzügen standen bereits in der Kabine. Der jüngere von ihnen war fast kahl und korpulent, der ältere hatte graue Haare und war eher hager. Beide waren in ihre Unterlagen vertieft.

Als Cole eintrat, blickten sie nur kurz auf und nickten ihm zu. Cole erwiderte den stummen Gruß und drehte den beiden den Rücken zu. Die Fahrstuhltür schloss sich. Cole war froh, dass es nur zwei Stockwerke bis zu seinem Büro waren. Länger würde er es nicht aushalten, hier eingesperrt zu sein. Sein Herz klopfte so laut, dass er fürchtete, die beiden könnten es hören.

»Sieh dir diesen Dämon an«, sagte einer der Männer plötzlich.

Cole riss die Augen auf und drehte sich um. Die beiden Geschäftsleute standen einfach nur da und blickten Cole voller Verachtung an. Ihre Augen glühten rot.

»Du bist eine Schande für uns alle, Cole. Und das weißt du!«, sagte der Grauhaarige.

Cole konnte es nicht fassen. »Was haben Sie da eben gesagt?«, fragte er ungläubig.

Der grauhaarige Mann lächelte nur. Aber es war nicht mehr als ein Verziehen der Mundwinkel. Seine glühenden Augen blieben voller Hass auf Cole gerichtet.

»Gib's auf, Cole. Du kannst nicht immer gut sein. Das ist gegen deine Natur.«

Tausend Gefühle gingen Cole gleichzeitig durch den Kopf. Erstaunen, Angst und Unsicherheit.

Und Wut.

»Das ist nicht wahr!«, rief er. Ohne zu überlegen, formte er zwei Energiekugeln in seinen Handflächen und schleuderte sie auf die Männer. Ihre Körper gingen sofort in Flammen auf. Eine Feuerzunge zuckte durch die enge Fahrstuhlkabine. Einen Augenblick lang dachte Cole, die Flammen würden auch ihn verschlingen. Schützend hob er die Hände vor die Augen und wich in die äußerste Ecke des Fahrstuhls zurück.

Als die Hitze etwas verebbt war, wagte Cole wieder einen Blick.

Die zwei Männer standen vor ihm und blickten ihn verwundert an. Die letzten zehn Sekunden waren nur in seiner Vorstellung passiert!

»Alles in Ordnung mit Ihnen?«, fragte der grauhaarige Mann besorgt. Cole nickte nur. Die Fahrstuhltür öffnete sich, und er stürzte fast in den Flur hinaus. Wie immer um diese Zeit war der Gang voller Menschen. Anwälte und

Geschäftsleute, Sekretärinnen und Notare. Sie alle gingen ihrer täglichen Arbeit nach – oder waren sie nur hier, um Cole zu beobachten? War das Ganze eine Verschwörung der dämonischen Unterwelt? Oder verlor er langsam den Verstand?

Cole torkelte auf seine Bürotür zu. Die schwere Holztür mit der Aufschrift »Cole Turner, Rechtsanwalt« schien der einzige Rettungsanker der Realität zu sein. Mochten diese Visionen behaupten, was sie wollten, er war Cole Turner, ein Mensch unter Menschen. Seine dämonische Hälfte hatte er längst abgelegt.

Aus Liebe zu einer Frau. *Seiner* Frau.

Cole konzentrierte seinen Blick auf die Tür. Endlich hatte er sie erreicht. Die Messingklinke fühlte sich angenehm kühl an. Cole drückte sie hinunter und stürzte in sein Büro.

Ihr Duft war das Erste, was er bemerkte. Er liebte ihr Parfüm, so wie alles andere an ihr.

Phoebe.

Cole blickte auf. Phoebe Halliwell saß hinter seinem Schreibtisch. Sie hatte die Beine übereinander geschlagen und trug ein strenges, blaues Kostüm. Sie sah darin reifer aus als sonst. Und noch begehrenswerter.

Und sie war zu ihm gekommen.

»Phoebe!«, rief Cole aus. »Gott sei Dank, dass du hier bist. Ich brauche deine Hilfe. Irgendjemand manipuliert meinen Verstand!«

Phoebe schenkte ihm ein sanftes Lächeln. »Hey, immer mit der Ruhe. Erzähl mir, was los ist.«

Cole schluckte und ging mit schnellen Schritten zum Schreibtisch hinüber. »Ich saß gerade in einer Konferenz wegen einer Giftmüllgeschichte, als ...«

Cole kam nicht dazu, den Satz zu beenden. Es war, als würde ihm etwas die Kehle zuschnüren. Ganz zufällig hatte er auf seinen Schreibtisch geblickt. Da lag ein Dokument, das dort nicht hingehörte. Ein Dokument, das einen Augenblick lang fremdartiger wirkte als alle Monster, die er in seinem Leben bekämpft hatte.

»Scheidungspapiere«, stand auf dem Titelblatt der schmalen Mappe. Cole hatte noch nie ein Wort gelesen, das einen so endgültigen Klang hatte.

Phoebe bemerkte seinen Blick und stand auf. »Die Unterlagen sind jetzt komplett, Cole«, sagte sie sanft. »Du musst sie unterschreiben.«

»Deswegen bist du hier?« Cole spürte, wie er den Boden unter den Füßen verlor. Sein Herz klopfte.

Phoebe nickte traurig. Trotzdem war da kein Hauch von Zweifel in ihrer Stimme.

»Yeah, es ist vorbei. Endgültig. Denn du bist böse, Cole.«

Cole schüttelte den Kopf. »Nein, du irrst dich!«, keuchte er.

Phoebe machte noch einen Schritt auf ihn zu und strich ihm mit der Rückseite ihrer Hand über die Wange. Die Berührung war so sanft und so endgültig wie ein Abschiedskuss.

»Nein, Cole, ich irre mich nicht. Es hat keinen Sinn, dagegen anzukämpfen. Du warst immer böse, und du wirst immer böse sein. Es ist deine Natur. Finde dich damit ab.«

Cole konnte fast spüren, wie etwas in seinem Kopf »klick« machte. Es war, als hätte jemand einen Schalter umgelegt. Oder einen Staudamm geöffnet. Seine Verzweiflung und seine Liebe wurden von einem anderen Gefühl fortgespült.

Wut und Hass. Warum glaubte ihm niemand, dass er seine dämonische Hälfte überwunden hatte? Warum nahm ihm niemand ab, dass er sich geändert hatte? Warum war die ganze Welt gegen ihn?

Ohne darüber nachzudenken, griff Cole nach Phoebes

Hals. Phoebe gab ein gurgelndes Geräusch von sich, als der Halb-Dämon sie an der Gurgel packte und in die Luft hob. Einen Sekundenbruchteil später zappelten ihre Füße über dem Boden.

»Ich bin nicht böse, verdammt noch mal!«, schrie Cole. »Warum glaubt ihr mir nicht endlich?!«

Aber Phoebe war nicht in der Lage, darauf zu antworten. Cole stieß ihren Hinterkopf so hart gegen die Wand, dass der Glasrahmen seines Anwaltsdiploms zersplitterte. Die Augen der jungen Frau traten aus ihren Höhlen.

Und noch etwas geschah: Phoebe schien sich zu verändern. Ihre Gesichtszüge verliefen, und ihre Haare wurden blond. Bevor Cole begriff, was hier geschah, zappelte nicht mehr Phoebe Halliwell in seinem Griff, sondern Lauren, seine Sekretärin.

Ihre Augen waren in Todesangst aufgerissen. Cole keuchte und ließ sie sofort los.

Was hatte er getan? Und was ging hier vor?

Lauren stieß ein ersticktes Schluchzen aus und rannte in wilder Panik zur Tür.

»Lauren!«, rief Cole noch. »Es tut mir Leid!«, aber die verängstigte Frau war schon verschwunden.

»Was passiert nur mit mir?«, flüsterte Cole zu sich selbst. Er vergrub das Gesicht in seinen Händen. Im selben Augenblick dröhnte eine Stimme durch den Raum. Cole wusste nicht, ob er sie wirklich hörte oder ob sie nur in seinem Kopf herumspukte. Und es spielte auch keine Rolle. Es schien keine Grenze zwischen Realität und Einbildung zu geben. Oder sollte er sagen, zwischen Realität und Wahnsinn?

»Du weißt ganz genau, was passiert, Cole. Du bist böse, das ist alles!«

Cole hatte noch immer die Hände im Gesicht vergraben, und so sah er nicht, wie neben ihm eine Gestalt materialisierte. Sie war hoch gewachsen, schlank und trug einen altmodischen, schwarzen Anzug. Die Haare des Mannes waren schlohweiß und bildeten einen interessanten Kontrast zu seinen kräftigen, dunklen Augenbrauen. Der Fremde blickte Cole fast mitleidig an. »Du bist böse, Cole«, wiederholte die Gestalt noch einmal, »das ist deine schlimmste Furcht. Und sie ist wahr geworden.«

Die Gestalt des Mannes schimmerte noch einmal auf, dann war er verschwunden.

Erst jetzt blickte Cole auf. Das Büro war leer.

Schwer atmend wischte er sich den Schweiß von der Stirn. Was immer hier passierte, er brauchte Hilfe. Und es gab nur einen Ort auf der Welt, an dem man ihm helfen konnte.

2

Das alte Halliwell-Anwesen lag friedlich in der Frühlingssonne. Von außen betrachtet war es ein ehrwürdiges, altes Haus, wie es sie in San Francisco noch zu hunderten gab. Ein ganz normales Haus in einer ganz normalen Nachbarschaft. Der Milchmann stellte morgens zwei Flaschen Milch vor die Tür, der Zeitungsjunge schleuderte kurz darauf die örtliche Zeitung in die Blumenbeete, und ab und an mähte eine der jungen Hausbewohnerinnen den Rasen. Würde man die Nachbarn befragen, so hätten sie sicherlich nichts Außergewöhnliches über die Bewohner dieses Hauses zu berichten.

Doch wahrscheinlich hätten sie ihre Meinung geändert, wenn sie in diesem Augenblick einen Blick durch das Wohnzimmerfenster des Anwesens geworfen hätten. Eine hübsche junge Frau stand vor einem kleinen Tischchen, auf dem Töpfe und Tiegel mit seltsamen Kräutern und Gewürzen standen. Neben einem gusseisernen Topf lag ein ehrwürdiges altes Buch mit vergilbten Seiten.

Die junge Frau warf noch einmal einen Blick in das Buch.

»Okay, aller guten Dinge sind sechzehn«, murmelte sie. Dann hob sie die Hände und schleuderte ein Bündel mit exotischen Kräutern in den Topf.

Eine gewaltige Stichflamme loderte empor, gefolgt von einer dichten, weißen Rauchwolke. Enttäuscht beobachtete die junge Frau, wie sich ein paar weiße Federn aus der Rauchwolke herauskristallisierten und sanft zu Boden segelten.

»Verdammt«, knurrte sie. »Schon wieder nichts.«

In diesem Augenblick betrat Leo das Zimmer.

»Was ist denn hier los, Paige?«, fragte er, halb besorgt, halb tadelnd.

Paige zuckte mit den Schultern. »Ich versuche nur, ein paar Tauben herbeizubeschwören.«

Leo, der Wächter des Lichts, blickte besorgt auf die Fenster, die zur Straße führten.

»Verstehe«, sagte er, »aber muss das ausgerechnet hier sein? Wo jeder hineinschauen kann?«

»Tja, weißt du, der Dachboden war mir auf Dauer ein bisschen zu eng. Und ich dachte, ein kleiner Ortswechsel würde vielleicht inspirierend wirken.«

Leo lächelte und ging hinüber zu dem kleinen Tisch. »Ah, du versuchst dich an Prues Tier-Beschwörungszauber. Der ist ziemlich schwierig.«

Paige lachte trocken auf. »Wem sagst du das? Wie lange hat sie denn gebraucht, bis sie ihn drauf hatte?«

»Ein paar Tage, soweit ich mich erinnere.«

»Gut«, erwiderte Paige, »dann muss ich mir ja nicht zu dämlich vorkommen.« Die junge Hexe versuchte, optimistisch zu lächeln. Es gelang ihr nicht besonders gut.

»Paige, was ist los mit dir?«, fragte Leo und sah ihr in die Augen.

Paige schüttelte den Kopf. »Nichts. Alles bestens.«

Leo schüttelte den Kopf. Als Wächter des Lichts war er darauf trainiert, die Wahrheit hinter einer Lüge zu erkennen. Aber man musste kein magisches Wesen sein, um zu erkennen, dass irgendetwas auf der Seele der jungen Frau lastete.

»Komm schon, was ist?«, fragte er noch einmal.

Paige zögerte einen Augenblick. »Versprichst du mir, dass du Piper und Phoebe nichts erzählst?«

»Natürlich.«

»Na schön«, seufzte Paige, »weißt du, Prue war eine erstklassige Hexe mit einem anstrengenden Beruf. Und ich habe meinen Job in der Sozialstation gekündigt, um mich darauf konzentrieren zu können, eine erstklassige Hexe zu werden. Und trotzdem kann ich ihr nicht einmal annähernd das Wasser reichen. Ich komme mir wie der letzte Versager vor.«

»Paige, ich dachte, du wärest darüber hinaus, dich ständig mit Prue zu vergleichen.«

Paige seufzte. »Ja, das dachte ich auch. Aber seit ein paar Tagen fühle ich mich irgendwie so unsicher. Ich weiß auch nicht, warum. Und diese blöde Beschwörung trägt auch nicht gerade dazu bei, mein Selbstvertrauen zu steigern.«

Trotzig nahm Paige ein neues Bündel Kräuter in die Hand und schleuderte es in den Topf. »Komm schon. Ein paar Täubchen bitte!«

Der Topf gab ein müdes Zischen von sich. Das war alles.

»Na toll«, grummelte Paige.

»Guten Morgen, Leute!«, sagte eine gut gelaunte Stimme. Paige und Leo blickten auf. In der Wohnzimmertür stand Piper, lächelnd, mit geröteten Wangen.

Das war neu. Seit ihrer Schwangerschaft hatte Pipers Gesicht am Morgen eher einen Stich ins Grünliche. Auch Leos Gesicht strahlte, als er seine Frau sah.

»Ich mache mich jetzt auf den Weg zum Yoga-Unterricht«, sagte Piper, »dann bin ich im Schönheitssalon für eine kleine Maniküre, in der Küche steht ein Kirschkuchen zum Abkühlen, und wenn irgendetwas ist, bin ich auf meinem Handy zu erreichen.«

Piper redete tatsächlich ohne Punkt und Komma. So aufgedreht hatte Paige ihre Halbschwester schon lange nicht mehr erlebt. Das konnte nur eins bedeuten: ein Koffeinrausch! Paige deutete tadelnd auf die dampfende Tasse in Pipers Hand. »Schwangerschaftsregel Nummer dreihundertsiebenundzwanzig, Lady! Stell sofort die Tasse weg! Striktes Kaffee-Verbot!«

Piper schüttelte nur den Kopf. »Das ist Kräutertee, okay? Meine gute Laune hat einen viel besseren Grund: Heute ist der erste Morgen seit Monaten, an dem ich mein Frühstück bei mir behalten habe. Es geht wieder aufwärts.«

Leos Grinsen wurde noch breiter. Noch etwas mehr, und seine Mundwinkel stoßen an die Ohrläppchen, dachte Paige.

»Glückwunsch, Schatz.«

Leo ging zu seiner Frau hinüber und nahm sie in den Arm.

»Danke. Auf geht's ins zweite Trimester der Schwangerschaft. Ich fühle mich großartig. Und ich habe mir gedacht, Leo, wenn ich zurückkomme, könnten wir für das zweite Kind trainieren ...«

Leo wusste genau, was sie damit meinte. Die beiden küssten sich leidenschaftlich.

»Igitt!«, rief Paige. »Ich bin auch noch hier. Schon vergessen?«

Mitten im Kuss öffnete Piper die Augen, um etwas zu erwidern. Sie kam nicht dazu. Eine dicke schwarze Spinne hatte sich an ihrem Faden von der Wohnzimmerdecke heruntergelassen. Jetzt pendelte sie einen Meter von Pipers Augen entfernt in der Luft.

»Iiihhh! Eine Spinne! Leo, mach sie weg, mach sie weg, mach sie weeeg!!!«

Leo machte einen erschrockenen Schritt zurück. Dann sah auch er die Spinne. Etwas überrascht von der Reaktion seiner Frau ließ er die kleine Spinne in seine Hand krabbeln und brachte sie zur Tür, die in den Garten führte. Dort setzte er sie vorsichtig wieder ab. Die Spinne krabbelte ängstlich durch den Türschlitz ins Freie und war verschwunden.

Piper stand noch immer im Wohnzimmer und versuchte, sich zu beruhigen.

Paige schüttelte nur den Kopf. »Moment mal, Piper, sehe ich das richtig? Du kämpfst ohne mit der Wimper zu zucken gegen Dämonen und Hexer – aber vor so einer kleinen Spinne hast du Angst?«

Piper schüttelte den Kopf. Darum ging es gar nicht.

»So eine Spinne ist ein böses Omen. Ich hätte wissen müssen, dass so etwas passiert.«

Leo trat wieder an ihre Seite. »Was meinst du damit?«

»Das passiert mir immer wieder«, antwortete Piper. »Wenn gerade alles großartig läuft, passiert irgendetwas, das alles wieder ruiniert.«

Paige schüttelte immer noch ungläubig den Kopf. »Und das alles wegen einer kleinen Spinne?«

»Wartet's nur ab. Irgendetwas wird passieren.«

Piper hatte den Satz kaum beendet, als die Luft im Wohnzimmer zu flimmern begann. Einen Sekundenbruchteil später stand Cole vor ihnen. Schweiß stand auf seiner Stirn. Er sah aus wie ein Mann, der einen Fiebertraum erlebt. Mit offenen Augen.

»Ihr müsst mir helfen!«, keuchte er.

Piper zuckte mit den Schultern.

»Seht ihr? Schon geschehen.«

Piper, Leo und Paige beobachteten fassungslos, wie sich Cole schwer atmend durch das Wohnzimmer schleppte. Er inspizierte jede Ecke wie ein wildes Tier, das befürchtet, in eine Falle geraten zu sein.

»Sind sie mir gefolgt?«, zischte er.

»Gefolgt? Wer?« Piper hatte die Fäuste in die Hüfte gestemmt und blickte Cole böse an. Was immer sein Problem war, sie waren nicht dafür zuständig.

Für Leo lag die Sache anders. Auch er hatte seine Probleme mit Cole, dem Ex-Dämon. Aber jetzt stand ein Individuum vor ihm, das definitiv Hilfe brauchte. Und als Wächter des Lichts war es seine Pflicht, anderen zu helfen. Er hob beruhigend die Hände.

»Cole, vielleicht solltest du ...«

Cole gab Leo keine Chance, den Satz zu beenden. Er wirbelte auf dem Absatz herum. Im selben Augenblick formte er einen Feuerball und schleuderte ihn auf Leo.

»Lass mich in Ruhe!«

Der Flammenball sauste durch das Wohnzimmer. Im allerletzten Moment konnte Leo sich ducken. Die Flammenkugel versengte ihm ein paar Haare und traf auf einen Blumentopf hinter ihm, der mit einem lauten Knall explodierte.

»Erwischt«, murmelte Cole. Eins war klar: Was immer er gesehen hatte, es war nicht Leo gewesen.

»Cole, was zum Teufel soll das?«, rief Piper, nachdem sie sich vergewissert hatte, dass ihrem Mann nichts passiert war.

Cole kniff die Augen zusammen. »Du gehörst auch dazu«, knurrte er. Langsam ging er auf die schwangere Hexe zu. Ein neuer Energieball formte sich knisternd in seiner Hand.

Ohne groß darüber nachzudenken, machte Paige einen Satz nach vorn und gab Cole einen kräftigen Schubs.

»Cole! Spinnst du? Was ist los mit dir?«

Der Halbdämon blickte Paige erstaunt an. Er sah aus wie ein Mann, der gerade aus einem Traum erwacht war. Einem sehr schlimmen Traum. Verwirrt blickte er sich um. Offensichtlich brauchte er ein paar Sekunden, um zu verstehen, wo er überhaupt war.

»Tut mir Leid«, stammelte er dann. »Habe ich jemanden verletzt?« Die Besorgnis in seiner Stimme klang echt.

Leo rappelte sich auf. »Du hast Glück, dass ich schon tot bin.«

Cole ließ sich schwer atmend auf das Sofa fallen. »Es wird immer schlimmer!«

»Schlimmer? Was wird schlimmer?«, wollte Paige wissen.

»Meine Kräfte. Erst habe ich mir nur eingebildet, dass ich sie einsetze. Und jetzt tue ich es wirklich.«

»Gegen wen?«, fragte Piper.

»Gegen Dämonen. Zumindest dachte ich das. Irgendjemand manipuliert meinen Verstand.«

Cole blickte sie flehend an. »Ihr müsst mir helfen. Sonst verletzte ich noch jemanden.«

Paige zog eine Augenbraue hoch. »Jemanden? Wen zum Beispiel?«

Cole senkte den Blick. Er musste gar nicht aussprechen, wen er damit meinte.

3

*P*HOEBE HALLIWELL SASS in der Sitzecke des *P3*. Ihre Finger trommelten auf das rote Leder des Sofas, ohne dass sie etwas dagegen tun konnte. Und es war nicht der wummernde Bass aus den Boxen, der sie dazu brachte.

Phoebe war nervös wie schon lange nicht mehr.

Ein gut aussehender junger Mann ging um das Sofa herum und lächelte sie an. Seine dunklen Haare passten gut zu dem dezenten, roten Hemd, das er trug. Phoebe kannte das Hemd. Er hatte es bei ihrem ersten Date vor ein paar Wochen getragen, und schon damals hatte es ihr gut gefallen.

Miles reichte ihr eine der kleinen Flaschen mit Mineralwasser, die er von der Theke geholt hatte. Phoebe griff dankbar danach. Nicht nur, dass sie vor Aufregung einen trockenen Mund hatte – endlich konnte sie etwas in die Hand nehmen, um ihre Finger ruhig zu stellen. Die Wasserflasche fühlte sich angenehm kühl an.

»Alles in Ordnung?«, fragte Miles und setzte sich neben sie. Er ließ noch immer eine Handbreit Abstand zwischen sich und ihr, aber dieser Abstand war von Verabredung zu Verabredung kleiner geworden.

»Yeah, mir geht es gut«, lächelte Phoebe. »Wieso?«

»Ach, es kommt mir nur so vor, als ob du ein wenig nervös wärst.«

Phoebe schüttelte entschieden den Kopf. Vielleicht ein wenig zu entschieden. »Echt? Nervös? Nein, gar nicht ... na ja, vielleicht ein bisschen. Weißt du, es ist lange her, dass ich ein Date hatte. Ganz zu schweigen von einem zweiten. Oder dritten.«

»Oh, da gibt es keine großen Unterschiede«, erwiderte Miles. Er blickte Phoebe tief in die Augen. »Außer natürlich dem Kuss.«

»Dem Kuss?« Phoebe wusste genau, was er meinte. Aber jede Verabredung war auch ein Spiel, und manchmal gehörte es auch dazu, sich etwas dumm zu stellen, um den anderen aus der Reserve zu locken.

Und ganz abgesehen davon – wem mache ich etwas vor?, dachte Phoebe – versuchte sie, etwas Zeit zu gewinnen. Sie mochte Miles, aber sie war sich noch nicht sicher, ob sie ihn auch genug mochte.

Miles lächelte. »Oh, ja, beim dritten Date ist der Kuss absolut notwendig. Das hat der Gesetzgeber so geregelt. Du hast es wahrscheinlich nur vergessen.«

»Na, dann danke, dass du mich daran erinnert hast.«

Beide mussten lachen. »Gern geschehen«, sagte Miles. Dann wurden seine Stimme und sein Blick ernster. »Hey, wie lange warst du verheiratet?«

Phoebe holte tief Luft. Fragen dieser Art waren unangenehm. Sie brachen nur die Erinnerung an Cole zurück. Aber natürlich hatte Miles ein Recht darauf, so etwas zu erfahren.

»Nicht besonders lange«, antwortete sie schließlich. »Aber wir waren alles in allem zwei Jahre zusammen. Am Anfang war es wirklich großartig, weißt du. Aber am Ende – die Hölle.«

Und zwar im wahrsten Sinne des Wortes, ergänzte Phoebe in Gedanken.

Miles nickte verständnisvoll. »Ja, bei mir und meiner Ex-Frau war es genauso.«

»Das kann ich mir nicht vorstellen«, erwiderte Phoebe. Es sei denn, Miles' Ex wäre eine Dämonin aus der Unterwelt gewesen.

Ihr Gegenüber blickte sie verwirrt an. Mit so einer Antwort hatte er nicht gerechnet.

»Oh, ich meine, weil so etwas jedes Mal ganz anders verläuft«, erwiderte Phoebe schnell. Sie sollte sich irgendwann einmal abgewöhnen, doppeldeutige Bemerkungen zu machen, die nur sie selbst verstehen konnte.

Miles nickte. »Er hat dich schlecht behandelt, oder? Ich werde dich immer gut behandeln.«

Phoebe hielt die Luft an. Das Dröhnen der Bassboxen war nur noch ein entferntes Hintergrundrauschen. Die beiden lehnten sich vor, und Phoebe schloss die Augen. Sie spürte, wie ihre Lippen in Erwartung eines Kusses vibrierten.

»Hi!«, sagte plötzlich eine Stimme.

Fassungslos riss Phoebe die Augen auf. Hinter dem Sofa stand ihre Schwester Piper und lächelte etwas verlegen.

»Äh, ist das ein unpassender Moment?«, fragte sie.

Unpassend genug, um dir den Hals umzudrehen, wenn du nicht meine Schwester wärst, dachte Phoebe. Aber vielleicht tue ich es trotzdem.

Kaum eine Minute später betraten Phoebe und Piper das kleine Büro des *P3*. Piper öffnete die Tür und ließ ihrer jüngeren Schwester den Vortritt.

»Ich habe keine Ahnung, was das soll, aber ich hoffe, es ist wichtig.«

Im nächsten Augenblick sah sie Cole. Er stand neben Paige und lächelte Phoebe unsicher an.

»Das ist nicht euer Ernst, oder?«, fragte Phoebe. Was sollte dieser Unsinn? Sie versuchte, endlich über Cole hinwegzukommen, und ihre Schwestern schleppten ihn hierher. Während sie selber gerade ein Date hatte.

»Tut mir Leid, Phoebe, aber es ist wichtig«, sagte Paige. Auch sie fühlte sich offenbar nicht wohl in ihrer Haut, aber sie blickte Phoebe fest an.

Piper schloss die Bürotür. »Verzweifelte Dämonen erfordern verzweifelte Maßnahmen. Hör dir bitte an, was er zu sagen hat.«

»Ich glaube, dass jemand versucht, mich in den Wahnsinn zu treiben«, sagte Cole. Seine Blicke wanderten unruhig hin und her, so als ob er es nicht fertig brächte, Phoebe in die Augen zu sehen.

»Tja, damit wären wir ja schon zu zweit«, erwiderte Phoebe bissig. Sie hatte keine Ahnung, was das wieder sollte, aber es war ihr auch egal.

Cole schüttelte den Kopf. Er sah schlecht aus. Schweißtropfen rannen ihm von der Stirn. »Du verstehst das nicht, Phoebe. Ich weiß nicht mehr, was Realität und Einbildung ist. Ich weiß nicht mehr, was in meinem Kopf vorgeht. Ich habe heute Vormittag beinahe meine Sekretärin getötet. Und dann Leo. Ich ...«

Phoebe sah, wie sich Coles Lippen weiterbewegten. Aber sie hörte seine Stimme nicht mehr. Unsichtbar für ihre Augen hatte ein hagerer Mann mit schlohweißen Haaren neben ihr materialisiert. Er war nur für Phoebes Unterbewusstsein erkennbar, aber seine Worte zeigten Wirkung. Sie krochen tief in ihr Innerstes und nisteten sich dort ein wie ein böser Zauberspruch.

»Phoebe, deine schlimmsten Alpträume werden wahr«, flüsterte die Stimme. »Cole versucht wieder, dich in seine verdorbene Welt hinabzuziehen.«

Der Fremde verschwand wieder und Cole stutzte. »Hörst du mir überhaupt zu?«, fragte er.

»Ja«, erwiderte Phoebe. »Aber ich werde nicht zulassen, dass du mich wieder in deine verdorbene Welt hinabziehst.«

Sie hatte keine Ahnung, dass sie nur die Worte wiedergab, die der weißhaarige Fremde ihr eingeflüstert hatte. Jetzt waren es ihre Gedanken, und sie fühlten sich richtig an.

Cole schnappte hilflos nach Luft. »Aber ich muss herausfinden, was mit mir los ist, bevor jemand verletzt wird.« Seine Stimme klang völlig verzweifelt.

Eine Sekunde lang wurde Phoebe von den unterschiedlichsten Gefühlen hin- und hergerissen. Sie wollte mit Cole nichts mehr zu schaffen haben, aber auf der anderen Seite hätte sie ihn am liebsten in den Arm genommen und getröstet. Er schien wirklich verzweifelt zu sein.

Der weißhaarige Mann erschien wieder, unsichtbar für die Augen dieser Welt. »Sei vorsichtig. Das ist wieder nur einer seiner Tricks, um dich zurückzugewinnen«, hauchte er in Phoebes Ohr.

»Woher soll ich wissen, dass dies nicht wieder nur einer deiner Tricks ist, um mich zurückzugewinnen?«, fragte Phoebe nur Sekundenbruchteile später.

Cole blickte seine Ex-Frau fassungslos an. »Einer meiner Tricks? Das ist kein Trick! Ich habe wirklich Angst vor dem, was ich tun könnte, und ich bitte dich um deine Hilfe.«

Phoebe holte tief Luft. »Es tut mir Leid, Cole. Irgendwann muss Schluss sein, und irgendwann ist genau jetzt.«

Sie hatte diesen Satz mit einer so erstaunlichen Härte ausgesprochen, dass selbst Paige und Piper ihre Schwester verdutzt ansahen.

Cole schüttelte nur traurig den Kopf. Dann verschwand er in einer Lichtwolke.

Phoebe, Paige und Piper waren wieder allein im Büro.

»Hör mal, es mag vielleicht weit hergeholt klingen«, sagte Paige und blickte ihre Schwester an, »aber was, wenn er die Wahrheit sagt?«

Piper nickte zustimmend. »Ich sehe das genauso. Wenn wir es hier wirklich mit einem Dämon zu tun haben, der genug Macht besitzt, um Coles Verstand zu manipulieren ...«

»... dann ist das sein Problem«, sagte Phoebe kühl. »Nicht mehr eures und ganz sicher nicht meins. Wenn ihr mich jetzt bitte entschuldigt, ich möchte versuchen, von meinem Date zu retten, was noch zu retten ist.«

Phoebe drehte sich um, öffnete die Bürotür und verschwand wieder im Hauptsaal des *P3*.

Piper und Paige blickten ihr fassungslos hinterher.

4

Piper und Paige beobachteten, wie Phoebe wieder zu der Sitzecke zurückging. Miles begrüßte sie mit einem Lächeln.

Piper winkte einen der Kellner heran und bestellte ein Sodawasser für sie und Paige.

»Was sollen wir denn jetzt machen?«, fragte Paige, nachdem der Kellner wieder gegangen war. »Wir können doch nicht einfach herumsitzen und nichts tun.«

»Nein. Cole ist einfach zu mächtig«, nickte Piper, »und wenn irgendein Dämon versucht, ihn zu manipulieren ...«

Der weißhaarige Mann materialisierte neben Piper. Weder sie noch ein anderer Gast des *P3* konnten ihn wahrnehmen. Aber er war nur allzu real. Mit seiner flüsternden Stimme hatte er keinerlei Mühe, die Musik aus den Lautsprecherboxen zu übertönen. Sein wohlwollend klingendes Flüstern drang direkt in Pipers Unterbewusstsein ein. »Wenn du Cole hilfst, könnte das deine schlimmsten Ängste wahr werden lassen. Vielleicht ist es besser, sich einfach herauszuhalten.«

Paige blickte ihre ältere Halbschwester fragend an. Sie war mitten im Satz verstummt und blickte in die Ferne, so als ob sie tief in Gedanken versunken wäre. »Piper? Hallo? Jemand zu Hause?«

»Vielleicht sollten wir uns aber einfach heraushalten«, sagte Piper.

»Heraushalten?« Paige traute ihren Ohren nicht.

»Es wäre nicht das erste Mal, das Cole nicht ehrlich zu uns ist. Vielleicht hat Phoebe Recht, und das ist alles nicht wirklich unser Problem.«

»Zumindest so lange nicht, bis er uns angreift.«

»Auch wieder wahr«, murmelte Piper. Paige hatte Recht.

Vielleicht war es doch keine so gute Idee, einfach den Kopf in den Sand zu stecken.

In diesem Augenblick erschien der Weißhaarige wieder. Er beugte sich dicht an Pipers Ohr. Diesmal klang seine Stimme bestimmter. »Er wird alles ruinieren, wie immer! Er hat auch in der Vergangenheit nichts als Schmerz und Elend über euch gebracht!«

Piper nickte, ohne eigentlich zu wissen, weswegen. Ohne es zu ahnen, gab sie die Worte des Fremden wieder. »Aber warum sollten wir ihm glauben? Er hat uns auch in der Vergangenheit nichts als Schmerz und Elend gebracht.«

»Sag mal, was ist mit dir los?«, fragte Paige verwirrt. »Spreche ich hier mit Dr. Jekyll oder Mister Piper? Kannst du dich mal entscheiden?«

»Je länger ich darüber nachdenke, Paige, umso mehr bin ich einer Meinung mit Phoebe. Wir haben es gar nicht nötig, nach Problemen zu suchen – die Probleme finden uns auch von ganz allein.«

So leicht wollte Paige nicht aufgeben. Nicht, dass sie für Cole besonders viel übrig gehabt hätte, aber es schien ihr einfach nicht richtig zu sein, untätig zu bleiben. »Warum besprechen wir das nicht . . .«

Ohne sie ausreden zu lassen, stand Piper auf. »Da gibt es nichts zu besprechen, Paige. Es steht zwei gegen einen, okay?«

Piper warf ihrer Schwester noch einen strengen Blick zu, dann ging sie zurück in das Büro des *P3*. Paige blickte ihr fassungslos hinterher. Es war nicht Pipers Art, ein so schwerwiegendes Problem einfach zu ignorieren. Aber was sollte sie tun?

Der weißhaarige Mann materialisierte noch einmal hinter Paige. Er lächelte. Die Saat war gesät. Er konnte beruhigt wieder zurückkehren, in . . .

... das Fegefeuer. Ein Ort, irgendwo in der Unterwelt. Noch nicht die Hölle – aber sehr nah dran. Zwei menschliche Gestalten befanden sich auf einem kleinen Felsvorsprung, der in einen langen, fast kreisrunden Schacht hineinragte. Weit unter ihnen loderte eine feurige Höllenglut.

Eine der beiden Gestalten saß im Schneidersitz auf dem Boden. Es war der Weißhaarige. Er war in tiefe Meditation versunken, bis sein Körper plötzlich zuckte. Der Oberkörper beugte sich nach vorn. Auf den Abgrund zu.

»Barbas! Vorsicht!«, rief der andere Dämon, ein glatzköpfiger Mann in einem zerschlissenen Mantel. »Es wäre doch ein Jammer, wenn du nach all der Mühe abstürzt!«

Der Weißhaarige, Barbas, riss die Augen auf. Seine Trance war vorbei. Geschickt sprang er auf die Beine. Sein Erfolg in der Menschenwelt hatte ihn so übermütig gemacht, dass er sogar einmal um die eigene Achse rotierte – ungeachtet der Höllenglut, die unter ihm waberte.

»Ich werde nicht fallen, ich werde aufsteigen!«, rief Barbas. Schon sehr bald würde er diesen verfluchten Ort verlassen können.

»Die Hexen tun also, was du willst?«, fragte der andere Dämon. Er blickte Barbas mit einer Mischung aus Optimismus und Furcht an.

»Sie werden. Das braucht Zeit. Die Zauberhaften sind keine gewöhnlichen Hexen.«

»Klar, ich weiß«, erwiderte der andere Dämon. »Aber, was glaubst du, wie lange es noch dauert? Du bearbeitest sie jetzt schon seit Wochen. Ich will ja nicht hetzen oder so, aber allmählich wird mir hier ein wenig warm, weißt du?«

Ängstlich blickte der Dämon über die Kante des Felsvorsprungs in die Tiefe. Ein Hitzeschwall schlug ihm ins Gesicht und versenkte die Spitzen seiner spärlichen Resthaare.

»Geduld!«, rief Barbas herrisch. Dieser Feigling ging ihm allmählich auf die Nerven. Aber er brauchte ihn und seine Fähigkeiten. Noch. »Hast du vergessen, dass ich deine schlimmsten Ängste heraufbeschwören kann? Selbst hier unten?«

Der Dämon lachte bitter auf. »Vergessen? Wie könnte ich das vergessen? Du hast ja an mir geübt. Aber vergiss unsere Abmachung nicht: Ich zeige dir, wie du deine Kräfte von hier unten in die Welt der Sterblichen projizieren kannst – und dafür hilfst du mir dabei, von hier fortzukommen.«

Barbas nickte. »Natürlich. Wenn es so weit ist, wirst du deinen Lohn bekommen.«

»Wirklich? Das ist gut, sehr gut. Denn weißt du, es geht mir allmählich ziemlich auf die Nerven, ewig in dieses Höllenloch verbannt zu sein. Ich hätte nichts dagegen, unseren Zwangsaufenthalt hier ein wenig abzukürzen.«

»Die Zauberhaften befinden sich schon im Streit«, murmelte Barbas, mehr zu sich selbst. »Schon sehr bald wird das Band zwischen ihnen reißen. Und wenn es so weit ist, werden sie mir mehr als genug Macht verleihen, um aus dem Fegefeuer zu entkommen – für immer!«

Barbas' Lachen hallte durch den Schacht. Der andere Dämon schluckte. Trotz der Höllenhitze spürte er, wie ihm eine Gänsehaut über den Rücken lief.

5

Paige lag auf dem Bett in ihrem Zimmer. Auf dem poppigen, rosafarbenen Bettlaken wirkte das ehrwürdige *Buch der Schatten* völlig deplatziert. Trotzdem blätterte Paige ganz selbstverständlich darin herum. Noch immer hatte sie großen Respekt vor dem alten Buch, aber sie hatte gelernt, damit umzugehen. Jetzt blätterte sie so selbstverständlich darin wie in einem Kochbuch.

Leo, Pipers Ehemann und Wächter des Lichts, trat durch die offene Tür.

»Ich habe mit dem *Rat* gesprochen«, sagte Leo. »Sie kennen auch keinen Dämon, der mächtig genug wäre, um Cole zu manipulieren.«

Paige blickte vom *Buch der Schatten* auf und lachte sarkastisch. »Der *Rat* weiß also auch nicht alles. Was für ein Schock.«

Leo seufzte. Paige zog ihn gerne damit auf, das er sich als Wächter des Lichts streng an die übernatürlichen Regeln hielt. »Steht denn irgendetwas im Buch?«, fragte er.

Paige schüttelte nur mit dem Kopf.

»Ich glaube fast, dass deine Schwestern in diesem Fall Recht haben, Paige.«

Paige schüttelte wieder den Kopf, aber diesmal entschlossen. »Nein, Cole könnte wirklich in Schwierigkeiten stecken. Ich würde nun wirklich nicht so weit gehen und ihn einen Unschuldigen nennen, aber irgendjemand ist hinter ihm her. Mein Instinkt hat mich bei so etwas noch nie getäuscht.«

»Deine Schwestern haben auch gute Instinkte«, gab Leo zu bedenken.

»Ja, schon klar. Wir sind zu dritt, ich bin überstimmt worden, und ich will mich auch nicht mit ihnen anlegen. Aber was kann es schon schaden, ein paar magische Nachforschungen auf eigene Faust anzustellen?«

Leo dachte kurz nach. »Als Wächter des Lichts würde ich sagen: Folge deinen Instinkten.«

Paige lächelte. »Siehst du?«

»Aber als dein Schwager muss ich sagen: Dich mit deinen Schwestern anzulegen ist reiner Selbstmord.«

»Na, danke«, grummelte Paige. »Du bist mir ja wirklich eine große Hilfe.«

Leo zuckte mit den Schultern und verließ Paiges Zimmer. Er hatte alles gesagt, was er zu dieser Sache sagen konnte.

Paige seufzte. Unschlüssig darüber, was sie tun sollte, blickte sie aus dem Fenster.

Eine weißhaarige Gestalt, Barbas, materialisierte hinter ihr. Paige spürte nicht mehr als ein leichtes Frösteln.

»Du hast also immer noch Angst, dass du nicht gut genug bist, stimmt's? Du hast Angst, der Macht der *Drei* nicht würdig zu sein?«, flüsterte Barbas in Paiges Unterbewusstsein. »Dann beweise, was du kannst. Rette Cole so, wie Phoebe ihn früher gerettet hat. Deine Schwestern werden stolz auf dich sein.«

Barbas verschwand wieder. Im selben Augenblick drehte Paige sich um. Sie hatte einen Entschluss gefasst. Mit einem feinen Lächeln wandte sie sich wieder dem *Buch der Schatten* zu. Sie würde einen Weg finden, um Cole zu helfen.

Ihre Schwestern würden ihren Fehler einsehen und stolz auf sie sein.

6

Cole Turner, der Rechtsanwalt, wohnte in einem der edelsten Apartment-Hochhäuser San Franciscos. Paige schritt den Flur zu seiner Zimmertür entlang. Es war schon fast Mitternacht, und außer ihr war kein Mensch mehr zu sehen. Der teure Teppich in dem Gang war so dick, dass er jedes Geräusch dämpfte. Paige kam sich vor wie der letzte Mensch auf der Welt.

Als sie die Tür zu Coles Apartment erreicht hatte, stutzte sie.

Die Tür stand auf.

Vorsichtig drückte sie dagegen. Die Wohnung war dunkel. Es schien niemand hier zu sein. Paige machte ein paar zögernde Schritte ins Innere der Wohnung. Sie war schon ein paar Mal hier gewesen und kannte sich zumindest gut genug aus, um nicht gegen irgendwelche Möbel zu laufen. Außerdem fiel etwas Mondlicht durch die Fenster.

»Cole?«, rief Paige in die Dunkelheit.

Nichts. Keine Antwort.

Er war wohl nicht zu Hause. Paige zuckte mit den Schultern und wendete sich zum Gehen um.

Urplötzlich löste sich ein hassverzerrtes Gesicht aus der Dunkelheit. Es war Cole.

»Keinen Schritt weiter, Dämon!«, knurrte er mit einer Stimme, die nicht mehr viel Menschliches an sich hatte.

Bevor Paige reagieren konnte, hatte sich Coles Hand um ihre Kehle geschlossen. Wie die Pranke eines Tieres.

»Cole, ich bin es, Paige«, keuchte die junge Hexe. Aber ihre Stimme war nicht mehr als ein ersticktes Gurgeln.

»Wer hat dich geschickt? Antworte mir!«

Der ist ja völlig wahnsinnig, dachte Paige. Ich komme

gegen den Willen meiner Schwestern hierher, um ihm zu helfen, und er bringt mich fast um!

Ohne lange darüber nachzudenken, holte Paige aus und verpasste Cole eine schallende Ohrfeige.

Die einfachen Mittel sind manchmal die besten.

Cole blickte sie erstaunt an. Es war, als hätte sich ein Schleier von seinen Augen gelöst. Sein Blick klärte sich.

»Oh, mein Gott!«, rief Cole und ließ Paige los. »Es tut mir so Leid! Bist du in Ordnung?«

Paige rieb sich den schmerzenden Hals. »Ja, aber das habe ich nicht dir zu verdanken.«

Cole wendete sich ab. Er brachte es nicht mehr fertig, Paige in die Augen zu sehen. Nicht, nachdem er sie gerade beinahe erwürgt hätte. »Ich weiß nicht mehr, wer ich bin«, keuchte der Ex-Dämon.

»Dafür hätte ich vielleicht eine Lösung.« Paige zog eine kleine Phiole aus der Tasche.

»Wie meinst du das?«, fragte Cole überrascht. Paige hielt das Fläschchen hoch. Es war mit einer blauen Flüssigkeit gefüllt, die Cole irgendwie bekannt vorkam.

»Ein Zauber, der dir die Kräfte nimmt. Phoebe hat dasselbe Zeug schon mal bei dir angewendet, erinnerst du dich? Ich habe es nur ein wenig verbessert und an deine neuen Kräfte angepasst.«

Cole schüttelte den Kopf. Er wusste, dass Paige es nur gut meinte (er hoffte es jedenfalls), aber das war keine Lösung. Im Gegenteil, es würde alles nur noch schlimmer machen.

»Du willst mir meine Kräfte wegnehmen? Aber dann wäre ich nicht mehr in der Lage, mich zu verteidigen«, erboste sich Cole.

»Aber du wärst auch nicht mehr in der Lage, jemand anderen zu verletzen. Auch Phoebe nicht«, sagte Paige ruhig.

Ohne dass Cole oder Paige es sehen konnten, materialisierte Barbas' Astral-Körper neben Cole. Der Dämon grinste höhnisch, als er in Coles Ohr flüsterte. »Du hast größere Angst davor, Phoebe zu verletzen, als dass du Angst davor hast, für immer böse zu bleiben. Beschütze Phoebe. Trenne dich von deiner Macht.«

Vielleicht hätte sich Cole anders entschieden, wenn Barbas ihn nicht manipuliert hätte. Vielleicht aber auch nicht.

»Ich tue es!«, rief er. Bevor er es sich anders überlegen konnte, riss er Phoebe die Phiole aus der Hand. Hastig öffnete er den kleinen Verschluss und ließ die blaue Flüssigkeit in seine Kehle rinnen.

Sie fühlte sich dickflüssig an und hatte einen bitteren Nachgeschmack. Eine Sekunde später setzte ihre Wirkung ein.

Coles Kräfte waren ein Bestandteil seiner Existenz. Sie waren nichts, das man abgab wie einen alten Mantel, den man nicht mehr wollte. Einen Augenblick lang fühlte sich Cole, als würde sein Innerstes auseinander gerissen. Der Schmerz war unbeschreiblich, und gleichzeitig war es unmöglich zu sagen, wo er aufbrandete. Der Ex-Dämon stürzte zu Boden. Der harte Aufschlag war nichts im Vergleich zu den Qualen, die in seinem Innersten tobten.

Im nächsten Augenblick war es vorbei. Cole spürte, wie irgendetwas aus ihm herausgerissen wurde. Er öffnete den Mund. Eine schwarze Wolke quoll aus seinem Mund.

Natürlich war es nicht wirklich eine Rauchwolke, aber nicht einmal der Verstand eines Dämons, der mit übersinnlichen Dingen vertraut war, konnte das wahre Wesen dieser magischen Kräfte begreifen. Was immer da Coles Körper verließ – sein und Paiges Verstand konnten es nur als schwarze Rauchwolke erfassen. Sie beide wären sonst wahrscheinlich wahnsinnig geworden.

Doch kaum hatte die Rauchwolke Coles Körper verlassen, passierte etwas noch viel Schlimmeres. Am anderen Ende des Raumes schimmerte die Luft auf. Ein dunkel gekleideter Mann mit langen, weißen Haaren erschien. Diesmal gab sich Barbas nicht mehr die Mühe, seine Anwesenheit zu verschleiern.

Cole und Paige rissen die Augen auf, als sie den Dämon sahen. Doch es war zu spät. Wie von Geisterhand gezogen, sauste die schwarze Rauchwolke durch den Raum und drang in Barbas Körper ein. Der Dämon zuckte kurz auf. Dann verzerrten sich seine Gesichtszüge zu einem grausamen Lächeln.

Er war am Ziel seiner Wünsche angelangt.

»Barbas!«, keuchte Cole. Er lag immer noch auf dem Boden.

»Äh, wer bitte ist Barbas?«, fragte Paige. Sie rannte zu Cole und half ihm auf die Beine, ohne den Fremden aus den Augen zu lassen.

»Der Dämon der Furcht«, stöhnte Cole.

»Oh, ich bin jetzt mehr«, lächelte Barbas. »Viel mehr.«

Cole kniff die Augen zusammen. Instinktiv wollte er in seiner Hand einen Feuerball formen und diesen gegen den Dämon schleudern. Aber seine erhobene Hand blieb leer.

Stattdessen formte sich eine Energiekugel in Barbas' Hand. Zufrieden betrachtete der Dämon der Furcht sie. »Suchst du das hier?«, fragte er höhnisch. Dann schleuderte er die Flammenkugel in Richtung Cole.

»Pass auf!«, rief Paige.

Aber Cole war durch Paiges Zauber noch zu geschwächt. Er versuchte noch, sich wegzuducken, aber seine eigenen Bewegungen kamen ihm vor, als würde er sie im Zeitlupentempo ausführen.

Die Feuerkugel hingegen raste mit ungeheurer Geschwindigkeit auf Cole zu.

Paige musste hilflos mit ansehen, wie die Energiekugel

Cole am Kinn traf. Wie von einer gewaltigen Faust getroffen, wurde der Ex-Dämon nach hinten geschleudert. Mit einem ohrenbetäubenden Krachen durchschlug Cole die Glastür zum Balkon. Scherben flogen wie kleine Geschosse durch den Raum. Paige schrie erschrocken auf und hob die Arme, um ihre Augen zu schützen. Als sie wieder hinsah, lag Cole stöhnend und halb bewusstlos auf dem Balkon.

»Was für ausgesprochen coole Kräfte«, lachte Barbas. »Ich kann es gar nicht abwarten, so schnell wie möglich zu lernen, richtig mit ihnen umzugehen.«

Paige rannte auf den Balkon und kniete sich neben Cole. Der Ex-Dämon stöhnte. Einen Augenblick lang dachte die junge Hexe, dass es ein Fehler gewesen war, dem Dämon den Rücken zuzukehren. Aber Barbas lachte nur und funkelte Paige an. Dann vollführte er die höhnische Parodie einer Verbeugung. »Vielen Dank, Paige, dass du mich befreit hast. Deine Schwestern werden wirklich sehr stolz auf dich sein.«

Dann löste sich Barbas in einer schimmernden Wolke auf.

Seine letzten Worte hallten wie ein höhnisches Echo durch das Apartment.

7

Cole lag bewusstlos auf dem Sofa im Wohnzimmer des Halliwell-Hauses. Paige, Piper und Phoebe standen um ihn herum. Piper warf einen kurzen Blick auf Paige, die sich ganz offensichtlich nicht besonders wohl in ihrer Haut fühlte.

»Barbas?«, fragte Piper, »ausgerechnet Barbas? Hättest du nicht Andras oder Shax oder sonst irgendjemanden zurückholen können, den wir auch vernichten können?«

Paige schüttelte nur den Kopf. Was war nur los mit ihren beiden Halbschwestern? Cole war vielleicht kein Engel, aber er war das Opfer eines dämonischen Angriffs geworden und brauchte ihre Hilfe. »Okay, wie wäre es, wenn wir zuerst Cole heilen und das Ganze dann später ausdiskutieren?«

Wie aufs Stichwort betrat Leo, der Wächter des Lichts, in diesem Augenblick das Wohnzimmer. Piper hielt ihn zurück.

»Leo kann keine Geschöpfe des Bösen heilen«, sagte sie kurz angebunden.

»Aber er ist nicht mehr böse«, erwiderte Paige. Am liebsten hätte sie mit beiden Füßen laut aufgestampft. Seit wann waren die beiden so begriffsstutzig? »Der Zauber hat gewirkt, ich habe ihm seine dämonischen Kräfte genommen.«

»Und sie dafür an Barbas weitergegeben. Herzlichen Glückwunsch.«

Leo war klug genug, sich bei dieser Diskussion nicht einzumischen. Und es gab einen ganz einfachen Weg, um herauszufinden, ob Cole noch böse war oder nicht. Leo kniete sich neben das Sofa und hielt seine Hand über Coles Gesicht. Dann konzentrierte er sich.

Tief in ihm, wie bei jedem Wächter des Lichts, ruhte die wunderbare Fähigkeit des Heilens. Er schloss die Augen und aktivierte sie. Ein Kribbeln lief durch seinen Körper, eine Ahnung der Energie, die ihn durchfloss. Leo hatte schon dutzende, hunderte von Menschen geheilt. Trotzdem war er immer noch von Ehrfurcht für diese Kraft erfüllt. Und wenn er noch tausend Menschen heilte – nie würde diese Gabe für ihn selbstverständlich werden.

Leos Hände begannen, bläulich zu glühen. Das Leuchten erfüllte die Luft und sprang dann auf Cole über. Der Ex-Dämon stöhnte leise auf.

Sekundenbruchteile später wusste Leo, dass Paige die Wahrheit gesprochen hatte. Die Schrammen und Schnittwunden in Coles Gesicht begannen zu heilen. Nur einen Atemzug später waren sie verschwunden.

Das war nur möglich, weil Cole kein Dämon mehr war. Bei einem Geschöpf des Bösen hätten Leos Kräfte versagt.

Paige atmete auf. Damit wäre wohl bewiesen, dass sie Recht hatte. »Ich habe es euch doch gesagt. Also erspart mir bitte eine Gardinenpredigt, okay?«

Piper schüttelte den Kopf. »So leicht kommst du nicht davon, Paige. Du hast keine Ahnung, was du da angerichtet hast.«

Auf dem Sofa schlug Cole die Augen auf. Er brauchte ein paar Sekunden, um zu begreifen, wo er sich befand. »Was ist passiert?«, fragte er mit heiserer Stimme.

»Oh, ich kann dir sagen, was passiert ist«, antwortete Phoebe. »Der schlimmste Dämon, mit dem wir es je zu tun hatten, hat dich und Paige ausgetrickst. Ihr habt ihn befreit, und er verfügt jetzt über deine dämonischen Kräfte.«

Paige schluckte. »Das tut mir echt Leid.«

Leo trat neben die junge Hexe. »Wir sollten nicht zu streng mit ihr sein. Sie hat nur ihren Instinkten vertraut.«

Piper holte tief Luft. Manchmal hasste sie es, nun die

älteste Schwester zu sein und immer die richtigen Worte finden zu müssen. Aber es half nichts. »Paige, wir wissen, dass es dir Leid tut. Und wir sind auch nicht sauer, weil du etwas vermasselt hast. Wir sind sauer, weil du nicht auf uns gehört hast.«

»Wir haben einfach mehr Erfahrung, Paige«, pflichtete Phoebe ihr bei. »Wir sind schließlich schon ein bisschen länger im Geschäft als du.«

»Schön. Ich verstehe, was ihr meint«, gab Paige kleinlaut zu. »Aber was macht denn jetzt dieser Barbas? Was ist seine Kraft?«

»Er lässt wirklich schlimme Dinge Wirklichkeit werden«, sagte Piper. »Und unsere Macht wird nicht ausreichen, ihn zu vernichten.«

»Er lässt deine schlimmsten Ängste Wirklichkeit werden, um genau zu sein«, erklärte Leo.

»Und wir haben keine Ahnung, was uns jetzt erwartet, wo er über Coles dämonische Macht verfügt. Dämonische Macht ist übertragbar«, fügte Phoebe hinzu. »Sie verschwindet nie völlig von dieser Welt. Und jetzt hätte sie kein schlimmeres Medium finden können.«

Cole stemmte seine Hände auf die Armlehnen des Sofas und erhob sich mühsam. Seine Wunden waren geheilt, aber sein Körper war noch immer geschwächt. »Ich werde alles tun, was in meiner Macht liegt, um euch beim Kampf gegen ihn zu unterstützen.«

Piper lachte bitter auf. »Tja, leider ist es mit deiner Macht im Augenblick nicht weit her, Cole.«

Der Ex-Dämon rang sich ein Lächeln ab. Piper hatte Recht, aber sie hatte auch etwas vergessen. »Aber ich bin der Einzige, der weiß, wie meine Kräfte funktionieren. Und wie er sie einsetzen könnte.«

Leo nickte, auch wenn er dem Ex-Dämon nur ungern zustimmte. »Er hat Recht.«

Paige trat unruhig von einem Fuß auf den anderen. Sie fühlte sich schuldig an der ganzen Situation. »Was wird er wohl als Nächstes unternehmen?«

»Rache nehmen, was sonst?«, knurrte Phoebe.

»Stimmt. Ich finde es sogar etwas seltsam, dass er das noch nicht längst versucht hat«, murmelte Cole nachdenklich. Er ahnte Schreckliches.

»Also, ich finde das nicht seltsam, sondern eigentlich ganz beruhigend.« Piper blickte Cole verständnislos an.

»Wenn ich das richtig sehe«, sagte Cole ernst, »habt ihr viel größere Probleme. Wenn er meine Kräfte erst richtig beherrscht, könnte er versuchen, die Unterwelt neu zu organisieren. Er könnte versuchen, zur nächsten *Quelle* zu werden. Ihr müsst ihn euch schnappen, bevor ihm das gelingt. Oder nichts und niemand wird ihn je aufhalten können.«

Die Zauberhaften und Leo schweigen. Coles Worte standen wie eine düstere Prophezeiung im Raum. Ohne darüber nachzudenken, strich sich Piper über ihren Bauch.

In was für eine furchtbare Welt würde ihr Baby hineingeboren werden, wenn sie es nicht schafften, Barbas zu stoppen?

8

*E*IN PAAR TAKTE VON BEETHOVENS Neunter Symphonie hallten durch den Salon. Der glatzköpfige Dämon – Barbas' Mitgefangener aus dem Fegefeuer – ließ seine Finger mit erstaunlichem Geschick über die Tasten gleiten. In seinem langen, dämonischen Leben hatte er viel Zeit gehabt, die Kunst des Klavierspielens zu erlernen. Er war Beethoven vor langer Zeit sogar einmal persönlich erschienen, aber das ist eine andere Geschichte.

Der Dämon stand von dem Klavierhocker auf und blickte sich um. Er bewunderte Coles Apartment. Nicht schlecht für den Unterschlupf eines Dämons.

»Sieht aus, als hätte die Unterwelt sich stilistisch weiterentwickelt, seit ich verbannt wurde.«

Barbas stand am Fenster und blickte in die Nacht hinaus. »Ziemlich clever, sich hier oben zu verstecken. Nirgendwo ist man so unbeobachtet wie vor den ahnungslosen Augen der Welt.«

Der Glatzköpfige nickte und ging zögernd auf Barbas zu. Barbas hatte Wort gehalten und ihn bei seiner Flucht aus dem Fegefeuer mitgenommen. Trotzdem hatte er Angst vor seinem neuen Gefährten.

Kein Wunder, wenn man es mit dem Dämon der Furcht zu tun hatte.

»Wenn wir die Unterwelt wieder vereinigen wollen«, gab der Glatzköpfige zu bedenken, »dann sollten wir sie aber vielleicht an einen etwas traditionelleren Ort einladen. Um den äußeren Schein zu wahren, meine ich.«

Barbas legte die Handflächen aneinander und rieb sie gegen sein Kinn. »Oh, der äußere Schein interessiert mich nicht. Mich interessiert nur eins: die Zauberhaften!«

Der Glatzköpfige schüttelte verständnislos den Kopf.

»Warum bist du so auf sie fixiert – wenn du doch die ganze Unterwelt beherrschen könntest?«

Barbas antwortete, ohne den Glatzköpfigen anzusehen. »Weil diese Hexen mich zu einem Schicksal verflucht haben, das schlimmer war als der Tod. Das Einzige, was mich da unten im Fegefeuer aufrechterhalten hat, war der Gedanke, es ihnen heimzuzahlen. Mit Zins und Zinseszins.

Der Glatzköpfige wagte sich noch näher an Barbas heran und zog demütig den Kopf ein. »Bei allem Respekt«, sagte er vorsichtig, »aber wenn die Zauberhaften schon einmal mächtig genug waren, dich zu besiegen, dann ...«

»Ich habe dich vor dem Fegefeuer bewahrt«, knurrte Barbas. »Aber strapaziere meine Geduld nicht.«

Der Glatzköpfige schluckte. »Ich meine ja nur, dass es vielleicht klug wäre, sich zunächst eine solide Machtbasis aufzubauen.«

Barbas antwortete nicht, sondern hob nur seine Hand. Eine bläulich schimmernde Energiekugel materialisierte in seiner Handfläche. Der Glatzköpfige wich einen Schritt zurück.

»Oohhh. Wo hast du denn das gelernt?«

Barbas' Stimme war sanft, aber die Drohung darin war nicht zu überhören. »Oh, das ist offensichtlich eine meiner neuen Kräfte. Diese Energiekugeln entstehen aber tatsächlich nur, wenn ich sehr verärgert bin.«

Der Glatzköpfige machte schnell zwei weitere Schritte zurück. Die Energiekugel strahlte und pulsierte in Barbas' Hand. Dann löste sie sich wieder auf.

»Aber vielleicht hast du Recht. Ich plane meine Rache nun schon so lange, dass ich auch noch ein wenig länger warten kann. Also ruf die Führer zusammen. Wir haben viel zu tun.«

Die drei Zauberhaften saßen im Wohnzimmer des Halliwell-Hauses und waren in verschiedene Bücher vertieft. Cole und Leo gingen nervös auf und ab. Es gab nicht viel, was die beiden Männer im Augenblick tun konnten. Nicht, dass die Bemühungen der drei Hexen erfolgreicher gewesen wären. Seit Stunden suchten sie jetzt bereits nach einem Zauber, der ihnen dabei helfen konnte, Barbas zu vernichten.

Vergeblich.

»Es muss doch eine Möglichkeit geben, diesen Kerl zu vernichten!«, rief Paige schließlich frustriert aus.

Phoebe blickte auf und schüttelte den Kopf. »Wir waren noch nie in der Lage, ihn wirklich zu vernichten. Wir konnten ihn immer nur neutralisieren.«

»Nicht wir, sondern Prue«, gab Piper zu bedenken.

Ein Hoffnungsschimmer huschte über Paiges Gesicht. »Dann können wir doch genau das machen, was Prue damals gemacht hat, um ihn auszuschalten.«

»Das wird nicht funktionieren.« Phoebe schüttelte den Kopf.

»Prue hat ihn damals nicht mit einem Zauber besiegt – sondern einfach dadurch, dass sie ihre eigenen Ängste überwunden hat«, erklärte Leo. Paige konnte das nicht wissen, denn sie war damals noch nicht dabei gewesen.

»Aber seine eigene Furcht zu überwinden, wird jetzt ohnehin nicht mehr ausreichen. Nicht, seit er nun auch über meine Kräfte verfügt.«

Phoebe nickte. Dann ging sie entschlossen zu Paige hinüber, die sich über das *Buch der Schatten* beugte. »Okay, deine Zeit ist um, Paige. Jetzt lass mich mal nachsehen, ob ich etwas finde.«

Etwas ungeduldig drängte sie ihre jüngere Halbschwester zur Seite.

»Okay, schon kapiert«, murmelte Paige. »Ich sehe schon, es reicht nicht, mich einhundertundzwölfmal entschuldigt zu haben. Also zum einhundertunddreizehnten Mal: Es tut mir Leid.«

»Paige, es geht nicht darum, dir ein schlechtes Gewissen zu machen«, erwiderte Phoebe. »Es ist nur so, dass du mich von meinem dritten Date mit Miles weggezerrt hast. Meinem *dritten* Date, du weißt, was das bedeutet?«

Paige verdrehte die Augen. Natürlich wusste sie, was das bedeutet. »Zum einhundertundvierzehnten Mal: Es tut mir Leid!«

Cole räusperte sich. Es tat ihm weh zu hören, wie Phoebe von einer Verabredung mit einem anderen Mann sprach. Und außerdem war da noch ein anderes Gefühl. Paige tat ihm Leid! Sie hatte sich diese Situation eingebrockt, weil sie ihm hatte helfen wollen.

»Seid ihr nicht ein bisschen zu streng mit Paige?«, fragte der Ex-Dämon. »Ich meine, sie hat doch nur aus den besten Absichten heraus gehandelt. Zählt das etwa gar nicht?«

Piper blickte überrascht auf. Ein solcher Satz aus Coles Mund? »Wo kommt denn diese plötzliche Anwandlung her?«, fragte sie.

»Aus seinem Herzen«, sagte Leo. »Cole ist jetzt gut.«

»Das ändert nichts«, murmelte Phoebe, mehr zu sich selbst. Doch Cole hatte sie trotzdem gehört.

»Wirklich nicht? Du bist die Einzige hier, die diese Seite von mir kennen gelernt hat. Und du hast dich in diese Seite verliebt.«

»Cole, das ist nicht der richtige Zeitpunkt. Fang jetzt bitte nicht wieder damit an«, erwiderte Phoebe.

Piper pflichtete ihr bei. »Außerdem hast du jetzt keine Kräfte mehr. Du schwebst in Gefahr. Leo sollte dich an einen sicheren Ort bringen.«

Cole schüttelte den Kopf. »Nein, ihr braucht mich, um gegen Barbas zu kämpfen!«

Paige runzelte die Stirn. Ihr war ein seltsamer Gedanke

gekommen. »Wenn Cole jetzt gut ist – gilt er dann nicht technisch gesehen als unschuldig? Heißt das nicht, dass wir ihn beschützen müssen?«

Phoebe schüttelte den Kopf. Daran wollte sie gar nicht denken. Wenn sie ehrlich war, fiel es ihr immer noch schwer, Cole um sich zu haben. »Piper hat Recht. Du solltest ihn von hier fortbringen, Leo. Bitte.«

Cole senkte den Blick. Er ließ es ohne ein weiteres Wort zu, dass Leo seine Hand ergriff. Sekundenbruchteile später schimmerten die beiden auf und waren verschwunden.

Phoebe atmete erleichtert auf. »Okay, zurück zur Arbeit. Im *Buch der Schatten* steht nichts Brauchbares. Wir müssen uns also selbst etwas ausdenken, um Barbas zu vernichten.«

Piper dachte nach. »Wir könnten zum Beispiel den Kristallkäfig ausprobieren, den wir schon bei der *Quelle* benutzt haben. Die beiden verfügen über dieselben Kräfte.«

»Das könnte funktionieren«, erwiderte Phoebe. »Wir müssen nur einen Weg finden, ihn hierher zu locken.«

»Ich könnte einen Zauber versuchen!«, rief Paige.

Ihre beiden Schwestern ignorierten sie völlig.

»Das sollte nicht so schwer sein. Wir brauchen ihn nur daran zu erinnern, wie sehr er uns hasst, dann kommt er von ganz allein«, schlug Piper vor.

»Stimmt«, nickte Phoebe. »Ich könnte ihn mit einer Astral-Projektion provozieren.«

»Oder ich könnte ihn einfach herbeiorben!«, rief Paige so laut, dass ihre Halbschwestern sie nicht mehr ignorieren konnten.

»Äh, nein, Paige. Es ist wohl besser, wenn Phoebe geht«, erwiderte Piper.

Paige blickte enttäuscht zu Boden.

»Es ist nur besser, wenn ich gehe, Paige«, sagte Phoebe tröstend, »weil ich meine größte Angst schon beim letzten Kampf gegen Barbas überwunden habe. Er kann mir nichts mehr anhaben, verstehst du?«

Paige nickte. »Was war denn deine größte Angst?«

»Eine Schwester zu verlieren.«

9

*T*AUSENDE UND ABERTAUSENDE JAHRE der Verdammnis saßen an dem breiten Marmortisch und blickten skeptisch auf Barbas. Der Dämon der Furcht hatte es tatsächlich geschafft, die verstreuten Führer der Unterwelt zusammenzurufen. Insgeheim verachtete er diese Gestalten. Er hielt sie für Versager, die es in Äonen nicht geschafft hatten, das höllische Reich endlich auf die Erde auszudehnen.

Doch das würde sich ändern. Er, Barbas, würde die Macht übernehmen. Er würde die Hölle endlich zum Sieg führen. Und dann würde er über die Welt herrschen.

Über eine Welt der Furcht.

»Ist damit alles geklärt?«, fragte Barbas und schritt zur offenen Balkontür. Unter ihm funkelten die nächtlichen Lichter der Stadt. Allein dort unten tummelten sich Millionen von Menschen – und jeder einzelne von ihnen besaß das Potenzial, unendliche Furcht zu verspüren.

Ein Dämon mit Vollbart stand wütend auf. Wie die meisten Dämonen schien er eine Vorliebe für schwarze Lederkleidung zu besitzen, wenn es darum ging, sich in menschlicher Form zu zeigen.

»Was soll das alles?«, fragte der aufgebrachte Dämon. »Du bringst uns hierher, in den ehemaligen Unterschlupf der *Quelle* und willst allen Ernstes, dass wir uns deiner Führerschaft unterwerfen? Nur, weil du angeblich über so fantastische Kräfte verfügst, die noch keiner von uns gesehen hat?«

Barbas drehte sich langsam um und grinste. Er hatte genügend Zeit gehabt, seine »angeblichen« neuen Kräfte zu trainieren. Ohne Vorwarnung stieß der bärtige Dämon einen Schrei aus. Im selben Augenblick loderten Flammen aus seinem Körper. Einen Wimpernschlag später war der Dämon verpufft.

Barbas hätte seinem Widersacher gerne einen längeren und qualvolleren Tod beschert. Doch die Beiläufigkeit, mit der er den Bärtigen vernichtet hatte, zeigte Wirkung. Die anderen dämonischen Führer sprangen auf und blickten Barbas entsetzt an.

Barbas genoss die Furcht, die er in ihren Augen aufblitzen sah. »Noch irgendwelche Fragen?«

Bevor die erschrockenen Dämonen antworten konnten, geschah etwas, das selbst Barbas überraschte.

Die Luft flimmerte auf. Eine geisterhafte Gestalt materialisierte in dem Salon.

Es war Phoebe Halliwell, eine dieser verfluchten Hexen. Oder genauer gesagt: ihre Astralprojektion.

Noch etwas verwirrt von dem plötzlichen Ortwechsel blickte die Hexe sich um. Die Dämonenfürsten blickten sie erschrocken an.

Phoebe winkte ihnen zu. »Störe ich?«

Dann wandte sie sich an Barbas. »Oh, hallo, auch hier? Kennen wir uns nicht?«

Einer der dämonischen Herrscher wollte auf die Hexe zustürmen, um sie zu überwältigen. Barbas machte eine herrische Handbewegung. Der Dämonenfürst blieb stehen.

»Nein, diese Hexe gehört mir«, knurrte Barbas. »Ich werde sie vernichten – denn ich kenne ihre furchtbarsten Ängste.«

Die Hexe hatte die Frechheit, ihn anzugrinsen. »Ach ja? Bist du dir da so sicher?«

Ich werde dir zeigen, wie sicher ich bin, dachte Barbas. Er öffnete seine Hand, um eine Energiekugel darin entstehen zu lassen. Nichts passierte. Trotz seines Trainings hatte er noch nicht genügend Zeit gehabt, seine neuen Kräfte vollständig zu meistern. Sie gehorchten ihm noch nicht so, wie er es wollte.

Die Hexe schüttelte den Kopf. »Na so was – hast du deine Kräfte verloren?« Dann drehte sie sich zu den Dämonenfürsten um, die alles beobachtet hatten. »Und von so einem Versager wollt ihr euch beherrschen lassen? Na, dann viel Spaß dabei.«

Das war zu viel. Seit Jahren hatte er keinen anderen Gedanken gehabt, als diese verfluchten Zauberhaften zu vernichten. Und jetzt stand eine von ihnen vor ihm und machte sich über ihn lustig. Kalte Wut stieg in Barbas auf. Bevor er sich darüber bewusst wurde, formte sich eine Energiekugel in seiner Hand.

Barbas triumphierte innerlich. Wenn er den Astralkörper dieser Hexe mit der Feuerkugel vernichtete, würde ihr materieller Körper nur noch eine seelenlose Hülle sein.

Die Feuerkugel sauste los. Im allerletzten Moment schaffte es Phoebes Astralkörper auszuweichen.

Stattdessen raste der Feuerball in eine Gruppe von Höllenfürsten. Mit einem gemeinsamen Aufschrei lösten sie sich in Flammen auf.

»Hey, ist es nicht schwer, die Unterwelt zu beherrschen, wenn du all ihre Mitglieder tötest?«, fragte die Hexe.

Im selben Augenblick löste sich ihr Astralkörper wieder auf.

Barbas wusste, wohin sie ging. Er konzentrierte sich, um ihr zu folgen.

»Nein! Das ist eine Falle!«, rief der kahlköpfige Dämon, mit dem Barbas seine Verbannung geteilt hatte. »Bleib hier!«

Barbas schüttelte nur den Kopf. »Das kann ich nicht.«

Dann löste er sich auf.

»Eine Falle?«, dachte der Dämon der Furcht, als seine Umgebung verschwamm. »Ganz recht. Es wird eine Todesfalle werden. Aber ganz sicher nicht für mich.«

Ein leichtes Zittern verlief durch den ansonsten regungslosen Körper von Phoebe Halliwell. Sie saß im Schneidersitz auf dem Boden des Wohnzimmers, umringt von Paige und Piper.

»Sie kommt zurück!«, rief Piper. »Mach dich bereit, Paige!«

Phoebe schlug die Augen auf. Ihr Astralkörper war wieder in ihren materiellen Körper zurückgekehrt.

»Er ist unterwegs!, rief Phoebe. Die junge Hexe war noch etwas wackelig auf den Beinen – wie immer nach einer Astralprojektion – aber sie hatten keine Zeit zu verlieren. Wenn ihr Plan funktionieren sollte, musste alles wie am Schnürchen klappen.

Paige und Piper hatten bereits fünf kleine Bergkristalle auf dem Wohnzimmerteppich platziert. Die Falle war aufgestellt.

Es dauerte nur Sekunden, und die Luft begann zu flirren. Barbas materialisierte – im Zentrum der aufgestellten Kristalle.

»Paige! Jetzt!«, rief Piper.

Paige hielt einen sechsten Kristall in der Hand. Sie ging blitzschnell in die Hocke und legte ihn an eine ganz bestimmte Stelle.

Der magische Kreis war geschlossen. Die Falle schnappte zu. Bevor Barbas reagieren konnte, schossen blendend helle Energiestrahlen aus den Kristallen empor. Sie bildeten einen Käfig, der sich um den Dämon schloss. Barbas schrie gellend auf.

»Prudence, Penelope, Patricia ...«, stimmte Phoebe an. Es waren die Namen ihrer Vorgängerinnen. Indem die drei Zauberhaften sie anriefen, verstärkten sie die Macht des Kristallkäfigs.

»Melinda, Astrid, Helena ...«, nahm Piper den Singsang auf.

»Laura und Grace!«, fügte Paige hinzu.

Dann fuhren sie gemeinsam mit der Beschwörung fort: »Ihr Halliwell-Hexen steht uns bei – verbannt dieses Böse aus Raum und Zeit!«

Barbas blickte die drei Hexen durch die Energiestrahlen des Kristallkäfigs entsetzt an. Er versuchte auszubrechen, aber es gelang ihm nicht. Im Gegenteil: Die Energiegitter des Käfigs zogen sich immer enger zusammen. Sie berührten die Haut des Dämons und versengten sie.

Barbas schrie auf.

Dann verging er in einer magischen Implosion.

Dunkler, nach Schwefel stinkender Rauch füllte den magischen Käfig, dessen Energiestäbe zu flackern und sich aufzulösen begannen.

Die drei Zauberhaften blickten sich durch die Rauchschwaden lächelnd an. Es war überstanden. Barbas war vernichtet.

»Das war ja einfach«, wollte Paige gerade sagen, als sie in der Rauchwolke eine Bewegung bemerkte. Sie riss die Augen auf.

Der Schwefeldunst verzog sich – und zum Vorschein kam Barbas.

Er grinste höhnisch.

»Ihr wolltet, dass ich wiederkomme?«, fragte er. »Nun, da bin ich!«

Der Dämon der Furcht machte eine fast abfällige Handbewegung. Piper erwartete eine magische Attacke und wollte schon in Deckung springen. Doch etwas ganz anderes passierte.

Wie in einem verrückten Zeichentrickfilm bildete sich plötzlich eine Mauer vor dem Wohnzimmerfenster. In rasendem Tempo fügte sich Stein auf Stein. In weniger als einer Sekunde war das Fenster vollkommen zugemauert.

Barbas begutachtete sein Werk und grinste. »Und jetzt sitzt ihr in der Falle«, knurrte er.

Dann verschwand er in einem Lichtblitz.

Zurück blieben die drei Hexen.

Eingemauert in ihrem eigenen Haus.

10

Phoebe Halliwell rannte zurück ins Wohnzimmer. Paige und Piper erwarteten sie bereits.

»Okay, die Fenster in unseren Zimmern sind ebenfalls zugemauert.«

»Die Kellerfenster auch«, sagte Piper. Sie hatte es kontrolliert, während ihre Schwester im ersten Stock nachgesehen hatte.

»Das heißt, wir sitzen in der Falle«, seufzte Phoebe.

Paige schüttelte trotzig den Kopf. Sie konzentrierte sich kurz und wurde Sekundenbruchteile später von einem bläulich schimmernden Licht eingehüllt.

Phoebe wollte ihre Halbschwester noch warnen. Sie war sich nicht sicher, ob das eine gute Idee war.

Aber Paige sauste schon los. Die Lichtwolke zog sich zusammen, bis von Paige nichts mehr zu sehen war. Dann raste die schimmernde Kugel auf das zugemauerte Wohnzimmerfenster zu. Piper und Phoebe hielten den Atem an.

Die Lichtkugel prallte gegen die magische Mauer und wurde zurückgeschleudert. Wie ein Querschläger raste sie durch das gesamte Wohnzimmer zurück, prallte gegen eine Wand, zerschmetterte ein Bild und sauste dann hinüber ins Nebenzimmer. Piper hatte dort das neue Kinderzimmer eingerichtet.

Phoebe zog den Kopf ein, als sie das Scheppern im Nebenzimmer hörte. Die Lichtkugel prallte noch einmal gegen die Decke und wurde dann auf den Fußboden zurückgeschleudert. Irgendetwas in der Kugel stöhnte auf, dann nahm der magische Energieball wieder Paiges Umrisse an.

»Okay, vielleicht sitzen wir doch fest«, seufzte Paige, als

die Verwandlung abgeschlossen war. Sie saß auf dem Boden des Kinderzimmers und hielt sich den Kopf.

So funktioniert das nicht, dachte Piper. Sie brauchten Hilfe. »Leo!«, rief sie.

Nichts passierte. Von dem Wächter des Lichts war weit und breit nichts zu sehen.

»Ich vermute, wenn ich nicht hinaus kann, dann kann er auch nicht hinein«, sagte Paige.

Piper wurde langsam nervös. »Oh doch, ich komme hier heraus!«, knurrte sie. Was sie vorhatte, war vielleicht nicht elegant, aber wirkungsvoll. Sie trat vor eines der zugemauerten Fenster. Dann hob Piper die Hände und stellte sich vor, wie die Ziegelmauer explodierte.

Tatsächlich gab es einen ohrenbetäubenden Knall. Ein Explosionsblitz leuchtete auf.

Aber die Ziegelwand blieb unbeschädigt. Nur ein kleiner Rußfleck deutete darauf hin, dass überhaupt etwas geschehen war.

Es hatte keinen Sinn mehr, es zu leugnen: Sie saßen in der Falle.

»Ich komme nicht raus!«, sagte Piper mit weit aufgerissenen Augen. »Wir kommen hier nicht mehr raus!«

Phoebe hob beruhigend die Hände. »Hey, nur keine Panik. Das ist genau das, was Barbas will, okay?«

»Warum bringt er uns dann nicht einfach um?«, fragte Paige.

Piper strich sich nervös eine Haarsträhne aus der Stirn. »Weil er will, dass wir vorher leiden.«

»Psychoterror. Darauf steht dieser Mistkerl«, nickte Phoebe.

Paige blickte sich nervös um. Hatte sie da nicht ein Geräusch aus dem Kinderzimmer gehört?

Vorsichtig ging sie hinein. »Leute, habt ihr das auch gehört?«

Dann erstarrte sie. Einen Augenblick lang dachte Paige, ihre Augen würden ihr einen Streich spielen. Aber dann war sie sich ganz sicher. Die Wände des Kinderzimmers bewegten sich aufeinander zu. Der ganze Raum schrumpfte!

Paige schrie erschrocken auf.

»Was ist denn?«, fragte Phoebe verwundert. Sie und Piper standen noch immer im Wohnzimmer.

»Seht ihr das denn nicht? Die Wände ... sie kommen immer näher! Ich muss hier raus!«

Paige wirbelte auf dem Absatz herum. Sie rannte auf die Tür zu. Das rettende Wohnzimmer war nur wenige Schritte entfernt.

In diesem Augenblick fiel die Tür des Kinderzimmers wie von Geisterhand bewegt ins Schloss.

»Nein!«, krächzte Paige entsetzt. Sie griff nach der Türklinke und rüttelte daran. Die Tür ließ sich nicht öffnen.

Mit panisch aufgerissenen Augen blickte Paige über ihre Schulter. Dann drehte sie sich um und drückte sich mit dem Rücken gegen die Tür.

Die gegenüberliegende Wand war nur noch ein paar Schritte entfernt.

Und sie kam immer näher. Sie konnte schon Details der kleinen blauen Schäfchen erkennen, die das Tapetenmuster bildeten. Normalerweise lächelten die Schäfchen freundlich, aber jetzt schien es Paige, als hätten sie ihre kleinen Mäuler zu einem Grinsen verzerrt.

»Holt mich hier raus!«, schrie Paige verzweifelt.

Aber niemand antwortete ihr. Ihre Halbschwestern schienen sie nicht mehr zu hören. Und die Wände rückten näher und näher.

11

*P*IPER UND PHOEBE STANDEN im Wohnzimmer des Halliwell-Hauses und blickten verwundert in das Kinderzimmer.

Alles war still und friedlich – abgesehen von Paige, die sich an die Wand drängte und wie am Spieß schrie.

»Was ist denn mit der los?«, fragte Piper. »Leidet sie etwa unter Platzangst?«

Phoebe zuckte mit den Schultern. »Keine Ahnung.«

Was immer Paige auch zu sehen glaubte, es war nicht real. Es war eine Vision, der Beginn von Barbas' kleinem Katz-und-Maus-Spielchen.

»Paige, ich weiß nicht, was du siehst, aber es ist nicht real!«, rief Piper.

»Ja, sie hat Recht«, pflichtete Phoebe ihr bei. »Es ist nur eine Halluzination!«

Aber auch wenn es eine Täuschung war, konnten die Folgen dieser Vision nur allzu real sein. Es kam vor, dass Menschen vor Angst starben – und dabei spielte es keine Rolle, ob die *Quelle* dieser Angst echt oder eingebildet war.

Piper und Phoebe stürmten los, um ihre Halbschwester aus dem Kinderzimmer zu holen.

Das heißt, sie wollten gerade losstürmen, als Piper plötzlich aufschrie.

Phoebe blickte sich um. »Was ist los? Was hast du?«

Piper brachte nur ein ersticktes Krächzen heraus. Panisch deutete sie auf den Fußboden. Dutzende, hunderte von fetten, schwarzen Taranteln krabbelten auf sie zu. Der Fußboden war schwarz von ihnen, ein einziges Gewimmel aus fetten Körpern und haarigen, zappelnden Beinen.

»Taranteln«, brachte Piper endlich hervor. »Jede Menge Taranteln!«

Phoebe blickte auf den Fußboden. Da war nichts. Nicht einmal eine einzige, kleine Hausspinne. Das war Barbas' Werk.

»Piper, da sind keine Taranteln, okay? Das ist nur eine Halluzination. Wie bei Paige, okay?«

Phoebe wollte gerade zu ihrer Schwester hinübergehen, als eine Gestalt das Wohnzimmer betrat.

Es war Miles. Er trug noch immer dieselben Klamotten wie bei ihrem Date im *P3*. Er schien völlig außer Atem zu sein, als wäre er den ganzen Weg gerannt.

»Phoebe!«, rief er.

Phoebe blickte ihn misstrauisch an. Sein Gesichtsausdruck gefiel ihr ganz und gar nicht.

»Ich muss mit dir reden. Ich muss dir die Wahrheit sagen.«

In diesem Augenblick durchliefen seine Augen eine Metamorphose. Zuerst verfärbten sie sich schwarz wie die Nacht. Dann brach ein flammendes Rot aus ihnen hervor.

»Ich bin böse, Phoebe«, sagte Miles. Seine Stimme klang noch immer freundlich und liebenswürdig, auch wenn seine Augen etwas ganz anderes ausdrückten. »Ich bin böse – und deshalb fühlst du dich zu mir hingezogen.«

Phoebe stockte der Atem. Ihr Puls beschleunigte sich.

Aber nicht vor Angst, sondern vor Wut. Sie hatte das schon einmal durchgemacht. Sie hatte sich schon einmal in einen Mann verliebt, der seine böse Seite nicht unter Kontrolle hatte. Wie konnte dieser Barbas es wagen, mit dieser Erinnerung zu spielen? Was zu viel war, war zu viel. Ohne lange darüber nachzudenken, holte Phoebe aus und versetzte »Miles« einen Kinnhaken, der selbst die Klitschko-Brüder zu Boden geschickt hätte. Alle beide.

Das Abbild von Miles wurde von einer Schockwelle

erfasst und verblasste innerhalb von Sekundenbruchteilen.

Der Spuk war vorbei.

»Okay, Leute«, rief Phoebe. »Zeit, eure Ängste zu überwinden. Und bitte sofort!«

»Du hast leicht reden«, keuchte Piper. Ihre Stimme war kurz davor, in Panik überzuschlagen. »Du bist ja auch nicht von hunderten von Spinnen umzingelt.«

»Das bist du auch nicht, Piper«, erwiderte Phoebe und blickte ihre Schwester aufmunternd an.

Piper schluckte. Dann zuckte sie zusammen, als eine besonders fette Spinne von der Decke auf ihre Schulter fiel. Sie war so groß, dass Piper dutzende von kleinen Augen erkennen konnte, die sie anstarrten.

Das ist nur Einbildung, Piper!, sagte sie zu sich selbst. Nur ein Trick! Nur ein Trick!

Mit einer angeekelten Handbewegung fegte sich Piper die Spinne von der Schulter. Mit einem hörbaren Klatschen landete die Tarantel auf dem Boden – und wurde eine Sekunde später von Pipers Stiefelabsatz zertreten.

Die Tarantel löste sich auf. Es blieb nicht einmal ein Matschfleck übrig. Wie auch – sie war ja nie wirklich da gewesen.

»Gut gemacht«, lächelte Phoebe stolz.

Piper blickte sich um. Auch die anderen Spinnen waren verschwunden.

Jetzt mussten sie sich nur noch um Paige kümmern.

Paige hatte es aufgegeben, ihre Schwestern zu rufen. Sie brachte ohnehin keinen Ton mehr heraus. Die Wände des Kinderzimmers waren nur noch eine Armeslänge entfernt. Paige kam sich vor, als hätte man sie in eine winzige Puppenstube gezwängt. Sie musste den Kopf einziehen, weil auch die Decke immer weiter herabsank.

Mit einem Krachen zerbarst das Kinderbett vor ihr. Die Wände hatten es einfach zerdrückt. Schaudernd fragte sich Paige, ob ihre Knochen wohl genauso klingen würden, wenn die Wände noch weiter zusammenrückten.

Dann wurde die kleine Kommode von der seitlichen Wand zermalmt. Die Nachttischlampe, die darauf stand, fiel zu Boden und verlosch.

Von einer Sekunde zur nächsten lag der Raum in völliger Dunkelheit. Ein Teil von Paige war froh darüber. So musste sie wenigstens nicht mit ansehen, wie ihr Tod immer näher rückte.

Von weit, weit weg hörte sie eine dünne Stimme. Sie klang wie Piper. »Paige, das ist alles nicht real«, sagte die Stimme. »Hab keine Angst, dann wird dir nichts passieren!«

Paige schluckte. War diese Stimme nur eine Einbildung? Wunschdenken? Vielleicht. Vielleicht war die Stimme aber auch echt, und alles andere war Einbildung. Und hatte Leo nicht gesagt, dass dieser Barbas die Fähigkeit hatte, die schlimmsten Alpträume real werden zu lassen? Jedenfalls so real, dass man sie für echt hielt?

Sie hatte ihren Halbschwestern nie davon erzählt, aber schon seit ihrer Kindheit litt sie an Klaustrophobie. Keine besonders ausgeprägte Platzangst zwar, aber enge Fahrstuhlkabinen und andere enge Räume waren ihr ein Gräuel. Puppenstubengroße Kinderzimmer, zum Beispiel.

Paige konzentrierte sich und kniff die Augen zusammen. Dieser Barbas spielte nur mit ihren Ängsten. Das hier war nicht echt. Ich habe keine Angst! Ich habe keine Angst!

Paige öffnete die Augen. Das Kinderzimmer lag wieder völlig normal vor ihr, als ob nichts geschehen wäre. Und so war es ja auch.

Sie atmete tief durch und trat aus dem Kinderzimmer

ins Wohnzimmer hinüber. Die Tür war die ganze Zeit über offen gewesen.

»Geschafft!«, strahlte Paige. Piper klopfte ihr anerkennend auf die Schulter.

»Aber es ist noch nicht vorbei«, sagte sie dann. »Er spielt nur mit uns.«

Phoebe nickte. »Wir brauchen einen Plan.«

»Warum nehmen wir ihm seine Kräfte nicht einfach ab? Wie bei Cole?«

»Ich glaube nicht, dass das unser Problem löst«, erwiderte Piper nachdenklich. »Diese Kräfte würden sich einen neuen, dämonischen Körper suchen.« Eine Idee blitzte in ihren Augen auf. »Es sei denn ... wir geben sie zurück an Cole!«

Paige riss die Augen auf. »Nein, wir dürfen sie nicht an Cole zurückgeben«, protestierte sie.

»Warum denn nicht?«, fragte Phoebe. »Es sind doch seine.«

»Aber er weiß jetzt, was es bedeutet, gut zu sein. Ihm jetzt seine dämonischen, bösen Kräfte zurückzugeben, wäre einfach nur unfair. Und es wäre wahrscheinlich sein Todesurteil.«

Piper blieb hart. »Er ist aber der Einzige, der weiß, wie man sie kontrolliert. Oder hat irgendjemand eine bessere Idee?«

Paige schwieg. Was hätte sie auch darauf antworten sollen? Vom logischen Standpunkt aus gesehen, hatte Piper vollkommen Recht. Trotzdem war es unfair.

»Gut«, sagte Piper. »Dann stellen wir den passenden Zauber zusammen.«

Die drei Hexen betraten den Flur, um zum Dachboden hinaufzugehen. Im *Buch der Schatten* würden sie die nötigen Beschwörungsformeln finden.

Die Zauberhaften waren gerade im ersten Stock angekommen, als die Luft plötzlich zu schimmern begann.

Zuerst befürchteten sie einen erneuten Angriff von Barbas, doch es war nur Leo. Piper atmete erleichtert auf, als sie ihren Ehemann vor sich sah. Er sah angeschlagen aus. Seine Haare waren zerrauft, und sein Hemd zerrissen.

»Leo, was ist passiert?«, fragte Piper.

»Barbas«, keuchte Leo nur. »Er hat uns angegriffen.«

»Was? Wo?«, fragte Phoebe erschrocken.

Der Wächter des Lichts deutete nach unten. »Im Erdgeschoss. Ich war gerade mit Cole ins Wohnzimmer georbt, als sich die Fenster plötzlich von selbst zumauerten.«

Piper runzelte die Stirn. »Du hast Cole allein da unten gelassen?«

»Ja, was blieb mir anderes übrig? Ich bin hochgekommen, um Hilfe zu holen. Außerdem kennt Cole Barbas' neue Kräfte am besten. Er weiß, wie er ihnen aus dem Weg gehen kann.«

»Aber nicht für lange«, erwiderte Paige. Niemand konnte diesen dämonischen Mächten lange ausweichen. Nicht einmal jemand, dem sie zuvor selbst gehört hatten.

»Wir brauchen Cole«, sagte Phoebe, die dasselbe zu denken schien.

»Okay, wir machen Folgendes: Ich gehe runter. Und ihr sorgt dafür, dass die Zaubermixtur fertig wird.«

Paige und Phoebe blickten Piper an. »Bist du sicher, dass das eine gute Idee ist?«, fragte Paige. »Vielleicht ist es genau das, was Barbas will.«

»Haben wir denn eine andere Wahl?«, fragte Phoebe.

»Bringen wir es hinter uns«, erwiderte Piper. Das war Antwort genug. Leo ergriff Pipers Hand. Gemeinsam gingen die beiden die Treppe ins Erdgeschoss hinunter.

Mit jedem Schritt erwarteten sie eine erneute Attacke des Angstdämons.

Aber der Flur lag still und friedlich vor ihnen.

»Wo hast du Cole gelassen?«, flüsterte Piper.

Leo sah sich ratlos um. »Er war gerade noch hier.«

Piper erstarrte. Irgendetwas stimmte nicht. Es dauerte ein paar Augenblicke, bis sie darauf kam, was es war.

Dieser Duft. Ein angenehmer Duft nach exotischen Räucherstäbchen zog durch das Haus. Sie hatte das nicht mehr gerochen, seit sie ein kleines Kind war. Grams, ihre Großmutter, hatte früher solche Räucherstäbchen verbrannt.

Piper war nie bewusst gewesen, wie sehr sie diesen Geruch vermisst hatte. Bis jetzt.

Plötzlich hörte sie kurze, trippelnde Schritte.

»Hörst du das?«, flüsterte sie.

Leo runzelte die Stirn. »Was denn?«

»Schritte.«

Piper wirbelte herum. Ein kleines Mädchen in einem violetten Kleid rannte aufgeregt die Treppe hinunter. In der Hand hielt sie eine kleine Puppe mit einem Sommerhut und blonden Haaren.

Piper kannte diese Puppe.

Das Mädchen schien Piper und Leo nicht zu bemerken.

»Siehst du sie?«, flüsterte Piper.

Leo blickte sich fragend um. »Was? Wen siehst du denn?«

»Mich«, sagte Piper.

12

*D*IE ERWACHSENE PIPER BEOBACHTETE mit offenem Mund, wie ihr junges Ich durch den Flur rannte. Direkt in die ausgebreiteten Arme ihrer Großmutter.

»Grams! Danke! Dic Puppe ist ganz toll! Genau so eine habe ich mir schon immer gewünscht!«

Grams lächelte und nahm ihre Enkelin in den Arm. »Alles Gute zum Geburtstag, Kleine. Weißt du, dein Vater hat mir dabei geholfen, sie auszusuchen.«

Die erwachsene Piper schluckte. Victor, ihr Vater, trat aus der Küche in den Flur. Er war so jung, wie sie ihn als Kind in Erinnerung hatte.

»Hey, habe ich da eine kleine Piper gehört?«, fragte er lächelnd.

»Daddy!«, rief die kleine Piper. Victor beugte sich herunter und nahm das kleine Mädchen in die Arme. »Alles Gute zum Geburtstag!«

»Was siehst du da, Piper?«, fragte Leo unruhig.

Piper schüttelte nur den Kopf. »Psst. Alles in Ordnung, ich erinnere mich an diese Szene«, flüsterte sie. Dabei vergaß sie völlig, dass Leo ja gar nicht sehen konnte, was sich da vor ihren Augen abspielte. Doch sie selber konnte es nur allzu deutlich wahrnehmen. Und sie wusste, was jetzt kam.

Trotzdem erschreckte sich Piper, als die Luft neben ihr plötzlich zu schimmern begann.

Ein Dämon materialisierte.

Er trug einen langen, schwarzen Mantel und stieß ein tiefes Knurren aus. Noch bevor er sich richtig verfestigt hatte, bildete sich schon ein Feuerball in seiner Hand.

Am anderen Ende des Flurs blickte sich die kleine Piper erschrocken um und erblickte den Dämon.

»Daddy!«, schrie sie.

Victor folgte dem Blick seiner Tochter und riss erschrocken die Augen auf, als er den Dämon sah. Im selben Augenblick packte er die kleine Piper und riss sie zu Boden.

Der Feuerball raste durch die Luft. Funken stoben auf, als er gegen die alte Haustür prallte – er hatte Victor und Piper nur um ein paar Zentimeter verfehlt.

Auch Grams hatte den Kopf eingezogen. Jetzt richtete sie sich wieder auf und funkelte den Dämon wütend an. Ohne zu zögern, richtete sie die Fingerspitzen ihrer rechten Hand auf den Eindringling. Dazu schleuderte sie dem Dämon einen Beschwörungszauber entgegen.

»Die Welt soll dich nie wieder sehen, im Höllenfeuer sollst du vergehen!«

Der Dämon kreischte schrill auf. Orange-rote Flammen loderten aus seinem Inneren auf. Er krümmte sich vor Schmerzen zusammen und löste sich auf.

Piper beobachtete, wie Grams ihr jüngeres Ich in den Arm nahm. Tränen schimmerten in den Augen der kleinen Piper.

»Meine Süße, bist du in Ordnung?«, fragte Grams besorgt. »Hat der böse Mann dir wehgetan?«

Klein-Piper schüttelte tapfer den Kopf. Trotzdem konnte man ihr ansehen, wie tief der Schock saß.

Victor trat an die beiden heran. »Ich habe es dir immer gesagt.«

»Oh, bitte, Victor, fang jetzt nicht wieder damit an«, sagte Grams.

Doch Pipers Vater gab nicht nach. Er war nicht nur besorgt um seine kleine Tochter, sondern auch wütend. »Wenn meine Töchter in einer solchen Umgebung aufwachsen, wird das ihr Leben zerstören.«

Grams schüttelte den Kopf. »Jetzt werde bitte nicht melodramatisch.«

Victor lachte bitter auf. »Ein Dämon versucht, meine Tochter zu töten, und ich bin melodramatisch. Wenn sie in dieser Umgebung aufwachsen, werden sie immer in Angst leben müssen. Sie werden nie glücklich sein. Niemals.«

Die erwachsene Piper schluckte. Als sich diese Szene vor vielen Jahren abgespielt hatte, war sie noch sehr klein gewesen. Sie konnte sich noch gut an die Worte ihres Vaters erinnern. Erst Jahre später hatte sie ihre volle Bedeutung verstanden.

Plötzlich begann die Luft neben ihr zu schwirren. Leos Gesicht veränderte sich, bis schließlich Barbas neben ihr stand. Fast mitleidig beugte er sich zu ihr hinunter und flüsterte ihr ins Ohr: »Siehst du, selbst dein Daddy wusste, dass dein Glück nie von langer Dauer sein würde.«

Tränen schimmerten in Pipers Augen.

Ein exotischer Kräuterduft erfüllte den Dachboden. Phoebe Halliwell stand vor dem kleinen Kupferkessel und warf ein paar zusätzliche Kräuter hinein. Eine kleine Dampfwolke wirbelte auf.

Paige stand hinter ihrer Halbschwester und suchte noch ein paar weitere Zutaten zusammen. Der Trank, der Cole seine dämonischen Kräfte zurückgeben würde, war fast fertig.

»Hör mal, Phoebe«, sagte Paige zerknirscht. »Es tut mir echt Leid, was ich hier angerichtet habe. Ich wollte ...«

Phoebe machte eine abwehrende Handbewegung, ohne sich dabei umzudrehen. Die Zubereitung eines Zaubertrankes war immer eine knifflige Sache, die volle Konzentration erforderte.

»Schon okay. Vergiss es einfach. Konzentrieren wir uns besser darauf, wie wir aus diesem Schlamassel wieder herauskommen. Kannst du mir bitte die Alraunenwurzel geben? Sie müsste da irgendwo liegen. Findest du sie?«

Eine Stimme antwortete. Aber es war nicht die von Paige.

Sie gehörte Barbas.

Phoebe wirbelte herum und riss die Augen auf. Barbas stand genau dort, wo Paige gerade gestanden haben musste. Eine Welle unterschiedlichster Gefühle durchflutete Phoebe: Sorge, Angst, Abscheu und Wut.

»Wo ist Paige? Was hast du mit ihr gemacht?«

Phoebe ahnte nicht, dass der Dämon der Furcht nur eines seiner grausamen Spielchen mit ihr spielte. Mit Hilfe von Coles Kräften hatte er einfach sein Abbild auf Paige projiziert.

»Was redest du denn da?«, fragte Paige verwundert. »Ich bin doch hier!«

Doch alles, was Phoebe sah, war ein grinsender Barbas. »Du hattest Recht«, höhnte er, »ich konnte deine Ängste nicht erkennen. Bis jetzt.«

»Was hast du mit meiner Schwester gemacht?«, knurrte Phoebe.

»Dasselbe, was ich mit deiner anderen Schwester gemacht habe. Ich habe sie getötet. Mit ihren eigenen Ängsten.«

Phoebe ballte die Fäuste und ging auf Barbas zu. Zumindest glaubte sie das. Barbas grinste nur.

In Wirklichkeit riss Paige die Augen auf, als sie sah, wie Phoebe Angriffsposition bezog. »Oh, Gott, Phoebe, er trickst dich aus! Ich weiß nicht, was du siehst, aber ich bin es – Paige!«

Sie riss abwehrend die Arme hoch. Doch es war zu spät. Rasend vor Wut setzte Phoebe zu einem Powerkick an. Bevor Paige irgendetwas unternehmen konnte, spürte sie Phoebes Fuß in ihrer Magengrube.

Der Tritt fegte ihr die Luft aus den Lungen. Augenblicklich wurde ihr schwarz vor Augen. Sie spürte nur noch, wie sie einen Meter weiter durch die Luft katapultiert wurde und hart auf dem Boden aufschlug.

Paige fühlte sich, als würde sie durch einen langen, schwarzen Tunnel stürzen. Die Stimme ihrer Halbschwester schien von weit weg zu kommen.

»Diesmal mache ich dich endgültig fertig, Dämon!«

Piper Halliwell bemerkte nichts von dem Kampf, der über ihrem Kopf tobte. Sie bemerkte auch nicht, dass Leo neben ihr stand und beruhigend auf sie einredete. Sie hatte nur noch Augen für die Szene, die sich vor ihr abspielte. Eine Szene aus ihrer Kindheit, die noch immer Macht über ihr ganzes Leben hatte.

Mit Tränen in den Augen beobachtete Piper, wie Victor auf Grams einredete. Die kleine Piper stand hilflos zwischen ihnen, die blonde Puppe noch in der Hand.

»Sie ist nur ein kleines Mädchen«, sagte Victor. »Und deine eigene Enkelin. Wie kannst du nur so etwas zulassen?«

»Weil sie eine Hexe ist. Außerdem passe ich ja auf sie auf.«

Victor lachte nur trocken auf. »Ja, das habe ich heute Nacht gesehen.«

Tränen flackerten in den Augen der kleinen Piper auf. »Bitte, hört auf zu streiten«, flehte sie.

Doch weder Victor noch Grams schienen sie zu hören. Sie waren viel zu sehr in ihren Streit verstrickt.

»Wie sollen meine Töchter jemals glücklich werden, wenn jeden Abend ein neuer Dämon vor der Tür steht, der sie töten will?«

Die erwachsene Piper stöhnte auf. Ihr junges Ebenbild blickte ihr direkt in die Augen.

Wenn ich nur irgendetwas für dich tun könnte, dachte Piper. Aber es ist zu spät. Was geschehen ist, ist geschehen.

In diesem Augenblick materialisierte Barbas neben ihr. »Du erinnerst dich gut an diesen Moment, nicht wahr? In diesem Augenblick wurde vor vielen Jahren deine größte Furcht geboren«, flüsterte er. »Schau gut hin ...«

Aber Piper musste gar nicht hinschauen, um zu wissen, was nun passieren würde. Victor warf noch einmal einen Blick auf Grams und schüttelte den Kopf. Dann drehte er sich um und ging zur Haustür. Sein Abbild verblasste.

»Dies ist die Nacht, in der dein Daddy das Haus verließ und nie mehr wiederkam. Und seit diesem Augenblick folgt auf jeden Augenblick des Glücks eine Tragödie. Das ist die Geschichte deines Lebens.«

Auch die Abbilder von Grams und Piper verblassten unter den Worten des Dämons. Piper spürte eine unendliche Trauer in ihrer Seele.

Und da war noch etwas. Die Ankündigung eines Schmerzes, der realer war als der Schmerz in ihr ...

»Du bist dazu verdammt, ein Leben in Schmerzen zu führen, Piper«, flüsterte der Dämon weiter. »Und du wirst diesen ewigen Schmerz sogar weitergeben, an die nächste Generation ...«

Nein!, dachte Piper. NEIN! Nicht das!

Der Schmerz, der eben nur eine Vorahnung gewesen war, wurde nun heftiger. Es fühlte sich an, als hätte sich in ihrem Bauch ein feuriger Knoten gebildet. Genau an der Stelle, an der sie ihr ungeborenes Baby trug.

Piper griff sich an den Bauch. Mit schmerzverzerrtem Gesicht fiel sie auf die Knie.

»Nein!«, rief Piper. »Nicht mein Baby! NICHT MEIN BABY!«

Barbas lachte grausam auf. Dann verschwand er und ließ Piper zurück. Allein mit ihrem Schmerz.

Auf dem Dachboden hatte Phoebe ihre Halbschwester am

Hals gepackt. »Phoebe, bitte!«, röchelte Paige. Sie war bereits halb bewusstlos. »Bitte, hör auf. Ich bin es, deine Schwester!«

Aber was Phoebe hörte, war nur das höhnische Gelächter von Barbas. Sie war fest davon überzeigt, den Dämon der Furcht durch den Dachboden zu schleudern. Mit einem lauten Krachen landete Barbas auf einem kleinen Tischchen, das unter seinem Gewicht auseinander brach.

Angeschlagen blieb der Dämon in den Trümmern liegen. Trotzdem grinste er noch immer. »Gut so, Phoebe. Bring es zu Ende. Ich weiß, dass du es kannst. Töte mich.«

Phoebe ging auf den Dämon zu. Ein paar Augenblicke zögerte sie. Dann fiel ihr Blick auf einen silbernen Dolch, der vorher mit anderen Zauberutensilien auf dem Tisch gelegen hatte.

»Ja, tu es!«, flüsterte Barbas. »Dies ist die Gelegenheit, mich ein für alle Mal loszuwerden!«

Phoebe schluckte. Dann ging sie in die Knie, griff nach dem Dolch und holte damit aus.

»NEEIIN!«, schrie Paige.

Im selben Augenblick löste sich die Illusion auf. Die Projektion von Barbas verschwand, und nun war es wieder Paige, die vor Phoebe auf dem Boden lag.

Doch es war zu spät. Phoebe hatte mit dem Silberdolch bereits zugestoßen. Die spitze Klinge bohrte sich in Paiges Bauch. Die junge Hexe zuckte zusammen.

Dann blieb sie reglos liegen. Eine Rose aus Blut bildete sich an der Stelle, an der sich der Silberdolch in ihr Fleisch gebohrt hatte.

13

Phoebe hielt ihre sterbende Halbschwester in den Armen. Sie konnte fast spüren, wie das Leben aus der jungen Frau entwich.

Und es war ihre Schuld. Sie hatte Paige getötet!

»Leo!«, rief Phoebe verzweifelt. Der Wächter des Lichts konnte Paige vielleicht noch retten.

Doch statt Leo materialisierte plötzlich Barbas. »Er kann dich nicht hören«, sagte der Dämon der Furcht in einem Tonfall, der Mitleid heuchelte.

Tränen schimmerten in Phoebes Augen. Barbas hatte gesiegt. Er hatte gesiegt, indem er ihre schlimmste Furcht hatte wahr werden lassen.

In einem Anfall von blanker Wut hatte sie sich täuschen lassen und ihre eigene Halbschwester ermordet.

Barbas nahm den Silberdolch in die Hand, den Phoebe aus Paiges sterbendem Körper gezogen hatte. Dann baute er sich hinter der Hexe auf und hob den Dolch in die Höhe. Phoebe ließ es geschehen.

»Ich muss zugeben, ich hatte mich getäuscht«, flüsterte Barbas. »Ich dachte, deine schlimmste Furcht wäre es, eine Schwester zu verlieren. Aber du fürchtest dich in Wirklichkeit vor etwas ganz anderem, nicht wahr, meine kleine Phoebe?«

Barbas hob den Dolch über Phoebes Kopf. Er war bereit, zuzustoßen.

Phoebe reagierte nicht. Was immer jetzt geschah, sie hatte es verdient. Vielleicht war es sogar besser, wenn Barbas sie tötete. Wie sollte sie mit der Schuld weiterleben, ihre eigene Halbschwester getötet zu haben?

Phoebe schloss die Augen.

Der Dolch sauste herab.

Im selben Augenblick explodierte Barbas.

Erschrocken blickte Phoebe auf. In der Tür zum Dachboden stand Piper. Und Phoebe hatte sie selten so wütend gesehen.

Nur Sekundenbruchteile später erfüllte ein ohrenbetäubendes Brausen die Luft. In einem kleinen Wirbelsturm aus unheiliger Materie setzte sich Barbas wieder zusammen.

Pipers Kräfte hatten nicht ausgereicht, um ihn zu vernichten. Aber das war nicht wirklich eine Überraschung. Ausgestattet mit Coles dämonischen Mächten, war Barbas quasi unbesiegbar.

Trotzdem funkelte Piper ihn böse an. »Mit den Ängsten einer werdenden Mutter zu spielen, war ein guter Trick. Aber nicht gut genug.«

Barbas stieß ein wütendes Knurren aus. Piper richtete ihre Fingerspitzen auf ihn, um den Dämon erneut explodieren zu lassen. Doch bevor sie dazu kam, hatte sich Barbas schon aufgelöst. Aus den Augenwinkeln bemerkte Piper, wie sich ein paar der magischen Ziegelsteine vor dem Dachbodenfenster auflösten. Ein Sonnenstrahl fiel hindurch wie ein erster Hoffnungsschimmer.

Es sah dem Dämon der Furcht ähnlich, einer direkten Konfrontation aus dem Weg zu gehen. Aber Piper war das nur Recht. Es gab Wichtigeres zu tun.

»Was ist passiert?«, fragte sie und kniete sich neben Phoebe. Ihre jüngere Schwester hielt immer noch Paige in den Armen. Sie war leichenblass, und ihr Kostüm war mittlerweile von Blut durchtränkt.

»Ich habe sie für Barbas gehalten«, schluchzte Phoebe. »Ich habe sie getötet!«

»Oh, nein«, rief Piper. »Wir müssen sie retten. Vielleicht ist es noch nicht zu spät. Aber dazu musst du deine schlimmste Angst überwinden. Sag mir, vor was du dich wirklich fürchtest!«

Phoebe zögerte. »Ich habe Angst davor, böse zu sein«, schluchzte sie. »In meiner tiefsten Seele bin ich vielleicht ebenso böse wie Cole. Ich habe Paige erstochen, weil ich sie für Barbas hielt. Weil ich mir eine Sekunde lang nichts auf der Welt so sehr gewünscht habe, wie ihn zu töten.«

Piper kniete sich neben ihre Schwester und legte ihr eine Hand auf die Schulter. »Aber deswegen bist du nicht böse. Das war ein Unfall. Phoebe, ich kenne dich schon dein ganzes Leben lang und glaub mir – es gibt nicht eine böse Faser in deinem Körper. Und du musst das glauben. Jetzt sofort!«

»Aber...«

»Kein aber, Phoebe«, sagte Piper streng. »Du bist nicht böse, hörst du! Glaube an dich!«

Phoebe schluckte. Sie wollte zu gerne glauben, dass Piper Recht hatte. Und vielleicht *hatte* Piper Recht. Sie hatte im Zorn gehandelt, als sie Barbas töten wollte. Aber machte sie das schon böse? Gehörten destruktive Gedanken nicht zum Wesen eines jeden Menschen? Man konnte nur gut sein, wenn man sich bewusst dazu entschied. Gut oder böse zu sein, war keine angeborene Eigenschaft.

All diese Gedanken rasten im Bruchteil einer Sekunde durch Phoebes Kopf. Und sie zeigten ihre Wirkung. Die magischen Ziegelsteine begannen, sich endgültig aufzulösen. Ebenso schnell, wie sie gekommen waren, verschwanden sie auch wieder.

Es dauerte nur Sekunden, und strahlendes Morgenlicht durchflutete den Dachboden des Halliwell-Hauses.

Der Bann war gebrochen.

»Leo!«, rief Piper.

Sekunden später schimmerte die Luft auf. Leo und Cole materialisierten.

»Hilf ihr!«, sagte Piper und deutete auf Paige. Leo riss erschrocken die Augen auf. Dann beugte er sich über die reglose Paige. Er hoffte, dass es noch nicht zu spät war.

14

»Gut, du bist also zurück!«, hauchte der kahlköpfige Dämon.

»Äh, was tust du da?«

Barbas stand vor einem kleinen, dämonischen Altar in Coles Apartment. Er ließ die Fingerspitzen durch die Luft kreisen. Kleine Funken züngelten empor.

»Ich sorge nur dafür, dass mich die Hexen nicht noch einmal überraschen werden.«

Der andere Dämon schüttelte den Kopf. Er konnte nicht fassen, was er da hörte. »Barbas, bitte, ich flehe dich an: Vergiss diese dummen Hexen. Du kannst sie dir doch auch später noch vorknöpfen.«

Doch Barbas hörte ihm gar nicht zu. »Die Hexen können vielleicht ihre Ängste überwinden – aber nicht meine neuen Kräfte.«

»Barbas, bitte hör mir zu!«, versuchte es der Dämon noch einmal, diesmal mit mehr Nachdruck. Er fürchtete Barbas, aber langsam redete er sich in Rage. »Die Dämonenfürsten haben sich dazu entschlossen, dich zu unterstützen und anzuerkennen. Du kannst zum Herrscher der Unterwelt werden!«

»Die Unterwelt interessiert mich nicht. Alles, was ich will, ist Rache. Ach, und dafür brauche ich dich. Schleudere einen Feuerball gegen mich!«

Der Dämon traute seinen Ohren nicht. »Wie bitte?«

»Einen Feuerball! Na los! Ich muss meine neuen Kräfte testen.«

Der Dämon zögerte.

»Tu es!«, herrschte Barbas ihn an.

Mit einem Schulterzucken ließ der Dämon einen Feuerball in seiner Hand entstehen. Dann schleuderte er ihn gegen Barbas.

Ohne überhaupt hinzusehen, hob Barbas eine Hand. Der Feuerball prallte ab und raste zurück auf den Glatzkopf.

»Neeeinn!«

Doch es war zu spät. Der Dämon fing sofort Feuer und war tot.

Barbas atmete auf. »Endlich Ruhe.«

Auf dem Dachboden des Halliwell-Hauses herrschte angespanntes Schweigen. Phoebe und Piper starrten auf Paige, die immer noch leblos am Boden lag. Leo und Cole standen ein wenig abseits. Es gab nichts mehr, was sie noch tun konnten. Außer hoffen.

Leos Heilkräfte waren erstaunlich, aber auch er konnte keine Toten zum Leben erwecken.

Phoebe schluckte. Hatte sie da ein Flimmern an Paiges Augenlidern bemerkt? Sie hielt den Atem an.

Eine Sekunde später hallte ihr Schrei durch den Dachboden.

»Paige! Du lebst! Gott sei Dank!«

Paige schlug erstaunt die Augen auf. Im nächsten Augenblick sprang Phoebe ihr an den Hals und drückte sie an sich.

»Es tut mir so Leid, es tut mir so Leid, es tut mir sooo Leid!«

Paige keuchte. »Hey, du erdrückst mich!«

»Oh, Entschuldigung!«, sagte Phoebe. Widerwillig ließ sie ihre verwirrte Halbschwester los.

»Was war denn los?«, fragte Paige. Wie viele Menschen, die an der Schwelle zum Tod gestanden hatten, war sie noch etwas verwirrt.

»Können wir das später klären?«, fragte Cole. »Barbas wird bald wieder hier sein.«

»Ich bin bereit«, sagte Piper. Sie hatte die Zeit genutzt,

um einen neuen Trank zu brauen. Mit einem Trichter füllte sie die blaue Flüssigkeit in eine kleine Phiole.

Leo warf Cole einen ernsten Blick zu.

»Bist du auch bereit?«

Cole blickte Phoebe in die Augen. »Bereit, das Böse wieder zurückzunehmen? Nein. Aber ich tue es nicht für mich ...«

Phoebe schluckte. Zögernd ging sie zu Cole hinüber. Sie wusste, dass er dies alles nur für sie tat.

Ich wünschte, das mit uns wäre anders gelaufen, wollte sie sagen – aber sie kam nicht mehr dazu.

Ohne jede Vorwarnung erschien plötzlich Barbas. Er breitete die Arme aus, und eine gewaltige, magische Schockwelle zuckte über den Dachboden.

Die Explosion war völlig lautlos, doch sie fegte alle Anwesenden von den Beinen. Das Fläschchen mit der Zauberflüssigkeit stürzte zu Boden und zerbrach. Wie das Blut eines seltsamen, fremden Wesens spritzte der blaue Inhalt über das Parkett.

»Habt ihr mich schon vermisst?«, fragte Barbas höhnisch. Er war sich seiner Sache sehr sicher.

Dir werde ich das Grinsen schon noch austreiben, dachte Piper zornig. Sie hob die Hände, um den Dämon explodieren zu lassen.

Barbas hob die Hand. Statt einer Explosion sprühten nur ein paar harmlose Funken. »Ich bin ein schneller Schüler«, sagte er nur.

Paige lief ein Schauer über den Rücken. War sie dem Tod knapp von der Schippe gesprungen, um jetzt doch noch ein Opfer dieses Wahnsinnigen zu werden? »Was sollen wir denn jetzt tun?«, rief sie.

Barbas fuhr herum und blickte Paige lächelnd an. »Na so was«, höhnte er, »du lebst ja noch. Das können wir ändern.«

Phoebe machte einen Schritt nach vorn, um sich auf Barbas zu stürzen. Doch der Dämon der Furcht machte nur eine abfällige Handbewegung. Im selben Moment flammte ein magischer Wall auf, der Phoebe und Piper einschloss. Auch Leo und Cole wurden von dem wabernden Energiefeld eingeschlossen, wie Insekten in Bernstein. Nur Paige blieb davon verschont.

Damit Barbas sein Werk an ihr vollenden konnte.

»Ihr wartet gefälligst, bis ihr an der Reihe seid«, sagte er. Dann schritt er langsam auf Paige zu.

Phoebe blickte sich um. Die zerborstene Flasche mit der Zaubermixtur lag noch immer auf dem Boden.

»Paige! Die Mixtur!«

Paige brauchte ein paar Augenblicke, bis sie verstand, was ihre Schwester meinte. Dann begriff sie. Die Zaubermixtur war zwar verschüttet, aber noch immer wirkungsvoll. Doch das nützte nichts.

»Das ist doch nur noch eine Pfütze!«, rief Paige verzweifelt.

Piper blickte sie durch den magischen Wall hindurch an. »Du kannst sie trotzdem orben. Prue hätte das auch gekonnt!«

Barbas ahnte, was die Schwestern vorhatten. Aber er machte sich trotzdem keine Sorgen. Warum auch? Die Mixtur war über den gesamten Fußboden verteilt. Nur eine wahrhaft erfahrene Hexe hätte überhaupt hoffen können, diese verspritzte Flüssigkeit auf magische Weise zu bewegen. Bei einer Anfängerin wie Paige war die bloße Vorstellung lächerlich.

»Das ist der Haken an der Sache«, grinste Barbas. »Du bist nicht Prue ...«

Paige schloss die Augen. Dieser verdammte Dämon hatte es mal wieder auf den Punkt gebracht. Das war ihre größte Angst: im Vergleich mit Prue zu versagen. Und er hatte Recht. Sie würde Prue niemals das Wasser reichen können. Ihr ganzes Leben lang würde sie im Schatten dieser übermächtigen Halbschwester stehen, die sie noch nicht einmal kennen gelernt hatte.

Aber darum geht es doch jetzt gar nicht, sagte eine Stimme. Paige brauchte ein paar Sekunden, um zu begreifen, dass es ihre eigene war. Es geht nicht darum, etwas zu beweisen, Paige. Es geht darum, das Leben deiner Halbschwestern zu retten! Also tu etwas, verdammt. *Tu etwas!*

Bevor sie überhaupt darüber nachdenken konnte, streckte Paige die Hand aus und deutete auf die verspritzte Flüssigkeit. Die blaue Zaubermixtur begann zu vibrieren. Dann schien sie zu kochen, und winzige Tröpfchen stiegen in die Luft.

Die Tröpfchen verdichteten sich zu Tropfen und schließlich zu einer Wolke aus blauer Flüssigkeit.

Barbas riss vor Erstaunen den Mund auf. Das war ein Fehler. Durch einen gedanklichen Befehl von Paige gesteuert, schoss die Wolke durch die Luft und raste in den geöffneten Mund des Dämons.

Barbas riss die Augen auf und keuchte wie ein Mann, der Wasser geschluckt hat.

Und es war mehr als nur Wasser, was in seinen Körper gedrungen war. Viel mehr.

Der Körper des Dämons erzitterte. Würgend sank Barbas auf die Knie. Paige beobachtete gebannt, wie eine schwarze Wolke aus seiner Brust drang.

Ein paar Schritte neben Barbas stand Cole. Der ehemalige Dämon wusste, was jetzt kam. Er spannte die Muskeln an und schloss die Augen. Die schwarze Wolke raste zielsicher durch die Luft und drang in Coles Körper ein.

Cole zuckte zusammen. Dann öffnete er die Augen wieder. Einen winzigen Moment lang schienen sie rot aufzuleuchten. Aber das mochte auch nur eine optische Täuschung gewesen sein.

Mit ausdruckslosem Gesicht ging Cole auf Barbas zu. Der Dämon der Furcht erhob sich mühsam und hob eine Hand, um einen Feuerball darin entstehen zu lassen.

Nichts passierte.

»Suchst du das hier?«, fragte Cole kalt. In seiner Hand prasselte ein magischer Feuerball.

»Nein! Bitte ...!«, rief Barbas entsetzt aus. Dann traf ihn Coles Feuerball mitten in der Brust.

Eine Sekunde lang passierte gar nichts. Dann erfüllte ein elektrisches Knistern die Luft. Funken stoben aus Barbas' Körper, und für einen Sekundenbruchteil war das Skelett des Dämons zu sehen.

Dann schrie er in Höllenqualen auf und verpuffte in einer feurigen Explosion.

Es war vorbei.

Doch nicht für Cole. Nach außen hin schien er unverändert zu sein. Doch mit seinen Kräften hatte seine böse Seite wieder von ihm Besitz ergriffen.

Mit unendlicher Traurigkeit blickte er Phoebe ein letztes Mal ins Gesicht.

Phoebe schlug die Augen nieder. Cole hatte einen entsetzlichen Preis bezahlt, um sie und ihre Schwestern zu retten. Und doch gab es keinen Weg, das Geschehene wieder rückgängig zu machen.

Cole wusste, dass er sie verloren hatte. Er schloss die Augen und verschwand in einer hellen Wolke.

Wortlos nahm Paige ihre Halbschwester in den Arm.

Sie hatten gesiegt. Doch es gab keinen Grund zur Freude.

EPILOG

»*A*UF UNSER VIERTES DATE!«

Miles hob sein Glas und stieß mit Phoebe an. Die beiden saßen wieder in der Sitzecke des *P3* und lächelten sich an.

»Hey, gibt es beim vierten Date irgendetwas Besonderes, das ich wissen sollte?«

Miles schüttelte den Kopf. »Das Besondere ist nur, dass das vierte Date nach unserem dritten Date überhaupt noch stattfindet.«

»Und warum sollte es nicht?«

»Na ja, ich hatte den Eindruck, dass du bei unserem letzten Date ein wenig abgelenkt warst. Ich meine, wir haben uns ja nicht mal geküsst.«

Ohne lange zu zögern, beugte sich Phoebe vor und küsste Miles auf den Mund. Schließlich hatten sie schon genügend Zeit verloren.

»Ist es so besser?«, fragte sie dann.

»Du bist aber ganz schön mutig«, keuchte Miles. Darauf war er nicht gefasst gewesen.

»Oh, ich habe keine Angst«, sagte Phoebe mit einem verschmitzten Lächeln. Dann küsste sie Miles noch einmal.

Piper und Leo saßen an der Bar des *P3*. Heimlich beobachteten sie Phoebe und Miles. Als die beiden anfingen, sich zu küssen (und gar nicht mehr aufhörten), wandten sie dezent den Blick ab. Piper lachte.

»Hey, das solltest du nicht tun«, sagte Leo.

»Was denn? Lachen? Warum nicht?«

»Ich denke, jedes Mal, wenn du glücklich bist, bricht kurz danach deine Welt zusammen.«

Piper machte eine abwehrende Handbewegung. »Ach

das. Weißt du, darüber mache ich mir nicht mehr so viel Sorgen.«

»Ach, nein?«

»Meine Welt ist schon öfters zusammengebrochen – und dann hat sich irgendwie doch alles wieder eingerenkt. Warum sollte ich mein Leben also nicht genießen, solange es gut läuft?«

Leo deutete auf Phoebe und Miles.

»So wie die beiden?«, fragte Leo.

»Ganz genau so wie die beiden«, sagte Piper und küsste ihn.

Aber irgendetwas schien Leo zu belasten. Widerwillig löste Piper ihre Lippen von den seinen.

»Alles in Ordnung?«

»Ich mache mir nur etwas Sorgen um Paige. Ich glaube, sie hat sich von euch beiden ein wenig allein gelassen gefühlt.«

Piper nickte. Sie verstand, was Leo meinte. Aber es gab da etwas, das er nicht verstehen konnte. Sie, Phoebe und Paige waren eine Familie. Und auf irgendeine Weise – sei es Magie oder nicht – wusste sie, was die anderen fühlten. Und sie wusste, dass sie sich um Paige keine Sorgen mehr zu machen brauchten.

»Ich bin sicher, Leo, dass es Fräulein Paige gut geht«, sagte Piper. Und küsste ihren Ehemann lang und leidenschaftlich.

Paige stand auf dem Dachboden des Halliwell-Hauses. Das *Buch der Schatten* lag aufgeschlagen auf dem kleinen Pult. Weißer Rauch quoll aus einem Kupfertopf.

Paige nahm eine Hand voll exotisch duftender Gewürze, konzentrierte sich und warf sie dann in den Topf.

Eine weiße Rauchwolke schoss in die Höhe. Obwohl auf dem Dachboden nur dämmriges Licht herrschte, strahlte die Wolke hell auf. So als ob sie von innen leuchten würde.

Kurz bevor die Wolke die Decke erreichte, verwandelte sie sich in die schönste weiße Taube, die Paige je gesehen hatte.

Zufrieden klappte Paige das *Buch der Schatten* zu und löschte das Licht.

Zeit, um schlafen zu gehen.

Morgen wartete ein neuer Tag auf sie.

HEXENMÄRCHEN

PROLOG

Sanftes Nachtlicht fiel in den Dachboden des Halliwell-Hauses. Piper saß gemütlich zurückgelehnt in ihrem Lieblingssessel. Auf ihrem Schoß ruhte ein altes, in Leder gebundenes Buch.

Grimms Märchen.

Außer Piper war niemand in der Nähe, aber trotzdem las sie laut aus dem Buch vor. Ihre eigene Stimme wirkte beruhigend auf sie. Und – wer weiß? – vielleicht ja auch beruhigend auf das ungeborene Kind, das sie unter ihrem Herzen trug.

»Ein Jahr nach dem Tod von Schneewittchens Mutter heiratete der König erneut. Aber seine neue Braut war eine böse Hexe –«

»Hey, warum bist du noch wach?«, fragte eine Stimme. Piper blickte auf. Ohne dass sie es bemerkt hatte, war Paige ins Wohnzimmer getreten. Sie sah Piper besorgt an.

»Ach, ich kann mal wieder nicht schlafen. Das bringt die Schwangerschaft wohl mit sich.«

»Soll ich dir eine Zaubermixtur zubereiten?«, fragte Paige mitfühlend.

Piper schüttelte den Kopf. »Oh, nein, vielen Dank. Ich möchte mein Baby nicht als Versuchskaninchen missbrauchen. Es gibt schon so genug Dinge, um die ich mir Sorgen machen muss.«

»Ach komm«, erwiderte Paige mit einem leicht beleidigten Unterton in der Stimme, »ich würde es doch nie riskieren, meine zukünftige Nichte in ein Nagetier zu verwandeln.«

»Entschuldige«, sagte Piper schnell. Seit Paige ihr neues Selbstvertrauen gefunden hatte, war sie gar nicht mehr zu bremsen, wenn es um das Brauen von magischen Hilfsmitteln ging. »Ich habe es nicht böse gemeint. Ich möchte mein Kind nur nichts aussetzen, was ihm irgendwie schaden könnte, das ist alles.« Und mit Magie wird es noch früh genug konfrontiert werden, fügte sie in Gedanken hinzu.

»Vielleicht solltest du dann dieses alberne Märchenbuch weglegen. Ich kann mir nicht vorstellen, dass diese Geschichten wirklich gut für Kinder sind.«

»Du findest Märchen albern?«, fragte Piper erstaunt. Der Gedanke war ihr noch nie gekommen.

»Klar sind die albern. Darin geht es doch immer nur um hilflose Frauen in Not, die darauf warten, von starken Männern gerettet zu werden.« Paige verzog das Gesicht. »Und außerdem wimmelt es in diesen Märchen doch nur so von bösen Hexen. Möchtest du wirklich, dass dein Kind alle Hexen für bösartig hält?«

»Nein, aber ich möchte meinem Kind die richtigen Werte beibringen. Und dazu gibt es nichts Besseres als Märchen. Hier siegt immer das Gute über das Böse. Grams hat uns auch damit großgezogen.«

Paige sah nicht besonders überzeugt aus. »Mit Geschichten über böse Wölfe, die kleine Mädchen verschlingen? Willst du einen Rat von mir?«

»Nicht wirklich.«

Paige ging hinüber zu einem kleinen Tisch, auf dem das altehrwürdige *Buch der Schatten* lag. Sie klemmte es sich unter den Arm. Offensichtlich wollte sie noch ein paar Beschwörungen üben. »Du solltest die Finger von diesen Fantasiegeschichten lassen und tun, was alle anderen Mütter auch tun: Vertraue auf deine Instinkte.«

Piper lächelte schwach. »Tja, mein natürlicher Instinkt wäre es aber, in Panik auszubrechen. Immerhin bekomme ich kein normales Baby wie andere Mütter. Die werden sich nicht ständig Gedanken darum machen müssen, ob sich ihr Kind nicht vielleicht nach Tahiti orbt, wenn sie es auf ihr Zimmer schicken. Ich habe keine Ahnung, wie ich mit so etwas klarkommen soll.«

Paige blieb in der Tür noch einmal stehen. »Aber du hast zum Glück zwei magische Schwestern, die dir helfen werden, wo sie nur können. Mach dir keine Sorgen, Piper. Alles wird gut werden.«

Piper blickte ihrer Halbschwester eine Sekunde lang hinterher. »Hoffentlich hast du Recht«, seufzte sie.

Dann schlug sie das Märchenbuch wieder auf und begann, laut zu lesen.

»Ein Jahr nach dem Tod von Schneewittchens Mutter heiratete der König erneut. Aber seine neue Braut war eine böse Hexe, die von Machtgier und Eifersucht zerfressen war. Jeden Tag stellte sie dem Spiegel dieselbe Frage: ...«

»... bist du immer noch nicht tot?«, fragte die böse Hexe. Ihr Gesicht strahlte geisterhaft in einem alten Spiegel, der an der Wand in einer alten Festung hing – irgendwo in den Bergen.

Der alte Mann ließ sich von der hasserfüllten Fratze der Hexe nicht irritieren. Ein gutmütiges Lächeln machte sich unter seinem grauen Bart breit, während er den Spiegel in Ruhe zu Ende polierte.

»Immer noch so verbittert nach all diesen Jahrhunderten?«, fragte er fast liebevoll. »Na, manche Dinge ändern sich eben nie.«

Aus dem Spiegel heraus beobachtete die Hexe, wie der alte Mann sich herumdrehte und ihr den Rücken zukehrte. Er bemerkte nicht, wie der rostige Nagel, der den Spiegel an der Wand hielt, ein winziges Stück aus dem Stein rutschte. Die Hexe hingegen bemerkte es sehr wohl ...

»Vorsicht, mein Junge!« Der alte Mann war jetzt ganz mit seinem Lehrling beschäftigt. »Diese Schuhe sind nicht nur Symbole, sie sind einzigartige, geschichtliche Objekte. Und sie sind zerbrechlich!«

»Ja, Meister.« Vorsichtig stellte der junge Lehrling die Glaspantoffeln, die er gerade poliert hatte, zurück in ihre Vitrine. An der Vitrine selbst war ein kleines Messingschild angebracht, wie man es in einem Museum erwartet hätte.

CINDERELLAS PANTOFFELN

»Du darfst nie vergessen, dass die Macht eines jeden Märchens in diesen Stücken schlummert«, fuhr der alte Mann fort. Voller Liebe und Hingabe machte er eine ausholende Handbewegung. Der ganze Raum war angefüllt mit den unterschiedlichsten Objekten: Auf einem Tisch stand ein großer, reifer Kürbis, Schwerter hingen an der Wand, Zauberstäbe und Werkzeuge lagen in Vitrinen und kleinen Schränken. So unterschiedlich diese Gegenstände auch sein mochten, sie hatten doch alle etwas gemeinsam: Sie alle waren zentrale Gegenstände aus den Märchen dieser Welt. Hier wurden sie gelagert, gepflegt und geschützt.

»Die Magie dieser Stücke formt jedes Kind, das neu geboren wird«, sagte der alte Mann, »selbst heute noch. Und es liegt in unserer Verantwortung, diese Objekte zu beschützen.«

In diesem Augenblick lachte die Hexe auf. Aus ihrem Spiegelgefängnis heraus blickte sie nach oben. Der Nagel hatte sich noch ein paar Zentimeter aus der Wand gelöst. Nun war das Gewicht des massiven Spiegels zu viel für ihn. Mit einem splitternden Geräusch brach er endgültig aus der Wand.

Einen Augenblick lang schien es, als würde der Zauberspiegel in der Luft schweben. Doch auch hier, im Reich der Märchen, galten die Gesetze der Schwerkraft. Der Spiegel glitt zu Boden.

»Nein!«, rief der alte Mann. »Der Spiegel! Halt ihn fest!«

Erschrocken riss der Lehrling die Augen auf. Ohne eine weitere Sekunde zu verlieren, machte er einen Satz nach vorn.

Doch es war bereits zu spät. Bevor der junge Lehrling den Spiegel erreicht hatte, schlug dieser auf dem Boden auf. Das Glas splitterte. Die Scherben blitzten, als würde sich das Licht von tausend Sonnen darauf spiegeln.

Und inmitten dieses verwirrenden Schauspiels formte sich eine menschliche Gestalt. Zuerst war es nur ein schemenhafter Nebel, doch dann verfestigte sich diese unheimliche Erscheinung. Der Lehrling erstarrte.

Direkt vor ihm stand die böse Hexe.

Sie trug noch immer das prächtige Kleid, mit dem sie vor Jahrhunderten in den Spiegel verbannt worden war. Ihr Alter war schwer zu schätzen, sie war nicht mehr blutjung, aber noch immer eine attraktive Frau. Doch ihr Gesicht wurde nun von einem höhnischen Grinsen verzerrt.

»Na endlich«, zischte sie. »Ich dachte schon, ich komme nie mehr da raus.«

»Nein!« Aus dem Gesicht des alten Mannes war jegliche Farbe gewichen. Was hier passierte, übertraf seinen schlimmsten Albtraum. Der Spiegel hätte niemals fallen dürfen, dachte er. Und es war sein letzter Gedanke auf dieser Welt. Mit ein paar schnellen Schritten stürmte die böse Hexe auf ihn zu und griff ihn an der Kehle.

Wie eine Puppe hob sie den alten Mann in die Luft. Unter ihrer Hand sammelte sich dunkles Blut, das aus seiner Kehle drang.

Ein letztes Zittern lief durch den Körper des Alten. Dann schleuderte die böse Hexe seine Leiche achtlos beiseite.

»*So* fängt eine gute Geschichte an«, lachte sie.

Der junge Lehrling hatte diese grausame Szene hilflos

mit ansehen müssen. »W-Wer bist du?«, stotterte er mit aufgerissenen Augen.

Die böse Zauberin schüttelte den Kopf wie eine Lehrerin, die mit den Leistungen ihres Schülers unzufrieden ist. Es wurde Zeit für eine kleine Lektion.

»Mir scheint, dein Märchenwissen ist ein wenig eingerostet. Eine böse Hexe, das Spieglein an der Wand – wer könnte ich wohl sein? Vielleicht hilft dir das ja ein wenig auf die Sprünge ...«

Die Hexe richtete ihre Fingerspitzen auf den Lehrling. Dann zischte sie einen Zauberbann.

»Mein Sklave sollst du ewig sein, fahre in den Spiegel ein!«

Der Lehrling riss die Augen auf. Plötzlich hatte er das Gefühl, als würde eine fremde Macht an jeder Faser seines Körpers zerren. Er glaubte, den Verstand zu verlieren, als er mitbekam, wie sich sein Körper in rasendem Tempo auflöste. Sekunden später war er nur noch ein Lichtwirbel, der in die zersplitterte Glasfläche des Spiegels hineingesaugt wurde.

Doch damit nicht genug: Kaum war die Seele des Lehrlings in den Spiegel gefahren, setzte sich das Glas wie von Geisterhand wieder zusammen. Es dauerte nur wenige Augenblicke, und die Spiegelfläche war wieder makellos.

Dann hob sich der Spiegel von selbst in die Luft. Und so, als würde jemand einen Film rückwärts ablaufen lassen, erhob sich auch der alte Nagel und schwebte zurück in die Wand.

Als ob nichts geschehen wäre, hing der Spiegel plötzlich wieder an seinem alten Platz.

Doch anstatt des Gesichtes der Zauberin blickte nun das verstörte Gesicht des jungen Zauberlehrlings aus dem Spiegel heraus.

Die Hexe lachte. »Sehr gut. Und nun sei mir zu Willen. Dir bleibt auch nichts anderes übrig.«

Sie trat vor den Spiegel und genoss den Augenblick. Endlose Jahrhunderte hatte sie auf diesen Moment gewartet. Sie genoss jedes Wort, kostete es auf ihren Lippen wie den süßesten Wein.

»Spieglein, Spieglein an der Wand – wer ist die mächtigste Hexe im Land?«

Der Zauberlehrling blickte sie aus dem Spiegel heraus an. Er war machtlos geworden – aber gleichzeitig war auch die Macht des Spiegels auf ihn übergegangen. Mit einem Hauch des Triumphes in der Stimme antwortete er seiner neuen Herrin.

»Königin, Ihr seid die mächtigste Hexe hier...«

Die böse Zauberin lächelte selbstgefällig.

»... doch ich sehe drei Hexen, die sind tausendmal stärker als Ihr!«

Das Grinsen im Gesicht der Zauberin erlosch. Ihre Lippen bebten vor Zorn, während ihr der Spiegel nacheinander drei junge Hexen präsentierte.

Piper, Phoebe und Paige.

Die böse Zauberin ballte die Fäuste, bis ihre Knöchel weiß heraustraten.

»Mächtiger als ich?!«, zischte sie. »Das werden wir ja sehen!«

1

Piper lag noch immer auf dem alten Sessel, auf dem sie gestern Nacht eingeschlafen war. Grimms Märchenbuch lag aufgeschlagen auf ihrem Bauch. Die Morgensonne schien bereits in den Dachboden, als Paige hineinkam.

»Piper!«, rief sie, als sie ihre Halbschwester auf dem Sessel entdeckte. »Alles in Ordnung?«

Erschrocken fuhr Piper hoch. »Wo ist das Baby?«, fragte sie aufgescheucht.

»Hey, alles ist in Ordnung. Du bist nur eingeschlafen, das ist alles.«

Piper strich sich eine Haarsträhne aus der Stirn und blickte sich um. Sie brauchte ein paar Sekunden, um wieder zu wissen, wo sie war. Dann atmete sie erleichtert auf.

»Meine Güte, ich hatte wohl einen Albtraum.«

Paige blickte missbilligend auf das Märchenbuch auf Pipers Schoß. »Ja, die Gebrüder Grimm haben wieder zugeschlagen. Woher die wohl ihren Namen haben?«, fragte sie sarkastisch. »Wo steckt eigentlich Leo?«

»Keine Ahnung. Ich schätze, er hilft wieder einem seiner Schützlinge.« Piper hatte sich längst daran gewöhnt, dass Leo, ihr Ehemann und Wächter des Lichts, ständig unterwegs war. Während andere Ehemänner auf Dienstreise gingen, zog ihr Mann eben durch die Welt, um für das Gute zu kämpfen.

»Sag mal, was machst du da eigentlich, Paige?«, fragte Piper dann, als sie das *Buch der Schatten* unter dem Arm ihrer Halbschwester sah.

»Ich versage. Ich kriege diesen Schutzzauber einfach nicht hin.«

Piper runzelte die Stirn. Sie erinnerte sich daran, dass Paige davon gesprochen hatte. Angeblich existierte ein

Zauber, der die drei Hexen vor allen möglichen Bedrohungen schützen konnte. Eine magische Lebensversicherung sozusagen. Piper dachte daran, wie schön es wäre, wenn dieser Zauber tatsächlich funktionieren würde. Nicht nur für sie drei, sondern besonders für ihr ungeborenes Kind.

»Ich fürchte, du kriegst diesen Zauber deshalb nicht hin, Paige, weil er einfach nicht existiert.«

Paige schüttelte trotzig den Kopf und klopfte auf das *Buch der Schatten*. »Oh, dem Buch zufolge existiert er sehr wohl. Eure Großmutter hat an dem entsprechenden Eintrag gearbeitet. Das bedeutet, sie war kurz davor, den Zauber zu vollenden.«

»Zu schade, dass Grams nicht hier sein kann«, seufzte Piper. »Sie könnte uns beiden helfen. Ich brauche nämlich auch dringend einen guten Rat«, sagte sie und deutete auf ihren gewölbten Bauch.

»Was ist denn mit deiner Freundin Wendy? Sie hat doch neulich erst ein Baby bekommen. Warum fragst du sie nicht einfach?«

Piper schüttelte den Kopf. »Ja, sie hat ein Baby – aber keines, das sie selber aus dem Mutterleib herausholen konnte. Ich wünschte mir nur, ich könnte mit jemandem reden, der schon einmal dasselbe mitgemacht hat wie ich jetzt.«

In diesem Augenblick kam Phoebe auf den Dachboden. Sie war schon für die Arbeit in der Redaktion angezogen, aber mit ihren Gedanken schien sie ganz woanders zu sein.

»Da seid ihr ja. Paige, hast du an den Auflösungszauber gedacht?«, fragte sie hektisch.

»Auflösungszauber?« Paige hatte keine Ahnung, von was ihre Halbschwester sprach.

Phoebe runzelte die Stirn. »Das Zauberelixier gegen Cole. Ich habe dir doch den Brieföffner mit seinem Blut daran gegeben, erinnerst du dich?«

»Ach du liebe Güte«, erwiderte Paige. »Der Auflösungszauber. Ich wusste nicht, dass du ihn sofort brauchst. Brauchst du ihn sofort?«

Phoebe seufzte. »Tja, wenn sich der Albtraum, den ich letzte Woche hatte, als Vision entpuppt, dann brauche ich ihn unbedingt. In diesem Traum hat er mich zurück in die Unterwelt geholt. Als seine Königin.«

»Aber das hast du doch schon mal geträumt«, wandte Piper ein.

»Ich habe es sogar schon mal *erlebt*, aber dieses Mal sollten wir vorbereitet sein.«

Paige nickte. »Da hast du allerdings Recht.«

»Und jetzt hat Cole noch mehr Macht als früher. Ich will mir gar nicht ausmalen, was er alles anstellen könnte, um mich zurückzubekommen. Wir müssen wirklich wahnsinnig vorsichtig sein.«

»Wieso? Glaubst du, Cole würde uns töten?«, fragte Piper. »Das wäre nicht gerade ein geschickter Versuch, um dich zurückzugewinnen.«

»Aber es wäre auch nicht das erste Mal, dass er das versucht«, wandte Paige ein.

Piper war noch nicht überzeugt. Sie wollte Cole nicht gerade in Schutz nehmen, aber sie wollte auch nicht unfair sein. »Aber erst neulich hat er uns dabei geholfen, dich zu retten, Phoebe.«

»Ja, weil er mich zurückhaben wollte. Ich sage ja nur, dass wir auf alles vorbereitet sein sollten. Er ist immer noch ein Dämon. Ruf mich auf der Arbeit an, wenn du das Elixier fertig hast, okay, Paige?«

Phoebe wartete die Antwort ihrer Halbschwester gar nicht mehr ab. Mit einem hektischen Blick auf die Uhr verschwand sie durch die Tür.

»Das reicht!«, rief die böse Zauberin. Sie hatte die ganze Szene in dem Zauberspiegel mitverfolgt. »Ich weiß jetzt genug über die Hexen, um sie zu töten.«

Der im Spiegel gefangene Lehrling schüttelte den Kopf. »Ich glaube nicht, dass das möglich ist. Die Zauberhaften werden durch die Macht der guten Magie geschützt.« Seine Stimme klang nicht ganz so überzeugt wie seine Worte.

Die böse Zauberin lachte nur. »Sie mögen vielleicht durch Magie geschützt werden – aber hier in unserem Reich gibt es noch stärkere Mächte, das kannst du mir glauben.«

Während sie sprach, schlenderte die Zauberin durch die steinerne Halle. Liebevoll streifte sie mit der Handfläche über den Zauberkürbis und fuhr mit den Fingerspitzen über die Seide eines magischen Gewandes.

Der Lehrling im Spiegel riss die Augen auf. »Ihr wollt die Märchenrequisiten benutzen? Aber wenn man sie für das Böse einsetzt, könnte das –«

»– die Märchen selbst verändern? Ihnen eine böse Aussage verleihen? Umso besser!«

Die böse Zauberin öffnete ein dickes, in Leder eingeschlagenes Buch, das auf einem Pult lag. Die vergilbten Seiten waren an den Rändern abgegriffen, so als ob sie schon tausendmal und öfter aufgeschlagen worden wären.

»Fangen wir doch einfach mit Schneewittchen an. Sie war schon immer eine leichte Beute.«

Die Hexe blätterte in dem Buch, bis die Zeichnung eines bärtigen Holzhackers zum Vorschein kam. Männer wie er verdienten sich vor Jahrhunderten ihren Lebensunterhalt, indem sie Wälder rodeten und Tiere jagten. Wobei sie es nicht immer so genau damit nahmen, ob ihre Beute nun vier oder zwei Beine hatte. In seiner Hand hielt der Mann eine gewaltige Axt.

»Holzhacker, erscheine!«, zischte die Zauberin.

In den Jahrhunderten ihrer Gefangenschaft hatte sie nichts von ihrer Macht eingebüßt. Die Zeichnung des Holzhackers glühte auf. Die Luft begann zu schwirren, und Sekunden später klaffte eine Lücke in der Zeichnung. Dafür stand der Holzhacker wirklich und wahrhaftig vor der Zauberin.

Die Zauberin lächelte zufrieden. »Bring mir das Herz von der Hexe, die so weiß ist wie Schnee!«, befahl sie nur.

Der Holzhacker verbeugte sich. »Wie ihr befehlt, meine Königin.«

Mit der Axt in der Hand verließ der Mann den Schlosskeller. Die böse Zauberin wandte sich wieder dem Zauberspiegel zu.

»Spieglein, Spieglein an der Wand, nun zeig mir die Schwester, die von Liebe verbrannt.«

Widerwillig ließ der Lehrling ein Bild im Spiegel erscheinen. Eine junge Frau betrat hektisch das Büro einer Zeitung.

Die Zauberin lächelte. Das versprach, interessant zu werden.

2

Phoebe Halliwell drückte mit der Schulter die Tür zur Redaktion auf und versuchte, dabei nichts von dem Milchkaffee zu verschütten, den sie in der Hand trug. Der Kaffee war ihr einziges Frühstück heute, und er sollte in ihrem Bauch landen, nicht auf ihrem neuen Kostüm.

Es war bereits nach neun Uhr, und in den Redaktionsräumen des *Bay Mirror* herrschte der Ausnahmezustand. Wie jeden Morgen.

Die Ereignisse des Tages richteten sich nicht nach den Arbeitszeiten der Journalisten, deshalb ging es hier jeden Tag mehr als hektisch zu. Phoebe war froh, dass sie »nur« eine Ratgeberkolumne verfasste, wenn auch eine ausgesprochen erfolgreiche. Sie versuchte darin zwar ebenfalls, Bezug auf aktuelle Ereignisse zu nehmen, aber Lebenshilfe-Tipps für gestresste Großstadtfrauen mussten nicht unbedingt tagesaktuell sein.

Trotzdem war ihr Job manchmal stressiger, als ihr lieb war.

»Ich bin zu spät, ich bin zu spät, ich weiß, ich bin viel zu spät!«, rief sie, noch bevor sie die Redaktion überhaupt richtig betreten hatte.

Ihre Redaktionsassistentin, eine junge Frau namens Erica, sprang auf, als sie Phoebe sah. Sie drückte ihrer Chefin einen Zettel mit Terminen in die noch freie Hand. »Alles in Ordnung, kein Problem. Ich habe Ihren Neun-Uhr-Termin mit dem Vierzehn-Uhr-Termin getauscht. Den Zehn-Uhr-Termin habe ich auf zwölf verschoben, und aus dem Elf-Uhr-Termin habe ich ein Mittagessen gemacht, damit Sie ihn absetzen können.«

Phoebe starrte die Redaktionsassistentin mit offenem Mund an. »Ich habe keine Ahnung, was Sie da eben gesagt haben, aber es hört sich großartig an. Irgendwelche Anrufe?«

Erica blickte auf einen Zettel in ihrer Hand. »Äh, ja. Ihr Scheidungsanwalt hat angerufen. Und dann noch Cole, Cole und noch mal Cole.«

Phoebe verdrehte die Augen. »Rufen Sie bitte den Scheidungsanwalt an, und stellen Sie ihn auf meinen Apparat durch.«

Langsam hatte sie die Nase voll davon, dass Cole sie ständig anrief. Es war auch ihr nicht leicht gefallen, aber vorbei war vorbei. Warum konnte er das nicht auch endlich akzeptieren?

Phoebe drehte sich auf dem Absatz herum und wollte auf dem schnellsten Weg in ihr Büro. Sie kam etwa zwanzig Zentimeter weit, dann rannte sie in einen Mann, der hinter ihr gestanden hatte.

Der Milchkaffe schwappte aus dem Pappbecher und spritzte auf ihre neue Bluse. Zum Glück war er ohnehin schon kalt.

»Oh, nein«, rief der Mann. »Das tut mir Leid.«

Das sollte es auch, wollte Phoebe gerade ausrufen. Dann blickte sie den Mann an. Er trug einen teuren, grauen Anzug, der hervorragend zu seinen etwas strubbeligen, blonden Haaren passte. Von den blauen Augen ganz zu schweigen.

»Es tut mir wirklich Leid«, sagte der Mann noch einmal.

»Schon okay«, sagte Phoebe freundlich. Viel freundlicher, als sie es zunächst vorgehabt hatte.

Der Mann zog ein Papiertaschentuch aus der Tasche und begann etwas unbeholfen damit, Phoebes Bluse abzutupfen.

»Warten Sie, ich mache das weg...«, sagte er, doch Phoebe griff nach dem Taschentuch. Das ging jetzt doch ein wenig weit. Normalerweise ließ sie es nicht zu, dass ihr jemand an die Bluse fasste, den sie erst vor zehn Sekunden kennen gelernt hatte.

»Schon gut, danke«, sagte Phoebe lächelnd.

Der junge Mann errötete. Ihm wurde erst jetzt klar, was er da gemacht hatte. »Ich zahle selbstverständlich die Reinigung«, sagte er schnell.

»Danke, das ist nicht notwendig, Mister...«

»Prince. Adam Prince.«

Was für ein passender Name, dachte Phoebe. Der Fremde – Adam – sah tatsächlich so aus, wie sie sich immer einen Märchenprinzen vorgestellt hatte. Sie erinnerte sich sogar an eine Abbildung in Grams altem Märchenbuch. Wenn Adams Haare ein wenig länger gewesen wären, hätte er fast als Ebenbild des Prinzen aus diesem Buch durchgehen können.

Phoebe hielt Adam die Hand hin. »Hi, Adam, ich bin –«

»Phoebe. Ich weiß. Ich lese Ihre Kolumne.«

»Ach, wirklich?«

»Ist das so ungewöhnlich?«, fragte Adam überrascht. Immerhin wurde Phoebes Kolumne täglich von tausenden von Menschen gelesen.

»Nun ja, Sie sind nicht gerade typisch für meine Zielgruppe. Es sei denn, Sie sind in Wirklichkeit eine einsame Hausfrau, die sich nach Liebe sehnt.«

Adam lachte. »Nun ja, ein Treffer von zwei möglichen ist schon mal nicht schlecht.«

Phoebe blickte Adam an. Er interessierte sie von Sekunde zu Sekunde mehr. Es gab also keine Eva, die zu Hause auf ihn wartete. Vielleicht konnte sie...

Eine vertraute Stimme drang an ihr Ohr.

»Adam. Tut mir Leid. Ich bin im Verkehr stecken geblieben.«

Phoebe wirbelte herum. Sie hätte diese Stimme unter Tausenden wieder erkannt.

»Cole! Was suchst du denn hier?«

Adam stutze. »Ach, Sie beide kennen sich?«

»Ja, wir sind, äh, verheiratet«, nickte Cole.

»Aber bald geschieden!«, fügte Phoebe schnell hinzu.

»Ich möchte aber nicht, dass dieser Umstand Ihre Entscheidung darüber beeinflusst, ob Sie diese Zeitung nun kaufen oder nicht.«

Phoebe traute ihren Ohren nicht. Über was redeten die beiden da über ihren Kopf hinweg? »Zeitung? Welche Zeitung? Diese Zeitung?«

Cole nickte. »Adams Familie gehören diverse Zeitungen im ganzen Land, Phoebe. Und ein paar Fernsehsender dazu.«

»Und Cole hat uns über seine Anwaltskanzlei darauf aufmerksam gemacht, dass auch diese Zeitung für uns interessant sein könnte.«

»Das ist ja wirklich faszinierend. Entschuldigen Sie uns bitte einen Moment.« Phoebe packte Cole an seiner Krawatte und schleifte ihn in ihr Büro. Dann schloss sie die Tür hinter sich.

»Hör zu, Cole, ich weiß nicht, was du da wieder vorhast, aber es wird nicht funktionieren.«

Cole hob abwehrend die Hände. »Findest du nicht, dass du dich ein bisschen paranoid verhältst?«

Phoebe lachte trocken auf. »Paranoid? Gegenüber meinem Ex-Mann aus der Hölle? Nein, Cole, das glaube ich nicht.«

»Hör mal, ich möchte dir nur helfen, okay? Ich habe zufällig herausgefunden, dass Adam deine Kolumne mag, und dachte, er könnte sie vielleicht landesweit abdrucken lassen.«

Phoebe antwortete nicht darauf. Sie glaubte Cole kein Wort. »Wenn du versuchst, mich oder meine Schwestern zu verletzen, werde ich dich vernichten. Und dieses Mal für immer.«

Cole blickte seine Frau – Ex-Frau – an. Sie meinte es ernst, daran bestand kein Zweifel. Als Phoebe die Tür öffnete, ging er wortlos hinaus.

Cole verabschiedete sich von Adam mit einem stummen Nicken, dann verließ er die Redaktion.

Adam Prince blieb unsicher zurück. »Alles in Ordnung?«, fragte er Phoebe besorgt.

Phoebe nickte. »Ja, alles bestens.« Ihre Stimme erzählte eine andere Geschichte, aber die junge Hexe lächelte tapfer. Und als Adam das Lächeln erwiderte, fiel es ihr gar nicht mehr so schwer.

Adam räusperte sich verlegen. »Es ist vielleicht nicht der beste Zeitpunkt, um Sie danach zu fragen, aber ... äh, würden Sie vielleicht mit mir ausgehen? Na ja, es ist nicht direkt ein Date, aber ich bin heute Abend im *St. Regis Hotel* der Gastgeber einer Wohltätigkeitsveranstaltung, und vielleicht hätten Sie ja Interesse ...?«

Phoebe lächelte noch etwas breiter. Trotzdem brachte sie das Kunststück fertig, Adam gleichzeitig einen traurigen Blick zuzuwerfen. »Ich wäre interessiert, und ich fühle mich sehr, sehr geschmeichelt, aber Sie haben wahrscheinlich Recht. Dies ist nicht der beste Zeitpunkt.«

»Schon klar.« Adam nickte verständnisvoll. Trotzdem stand ihm die Enttäuschung ins Gesicht geschrieben.

»Holen wir es ein anderes Mal nach?«, fragte Phoebe. Und das war keine hohle Floskel. Sie meinte es absolut ernst.

»Aber sehr gern.«

»Okay.«

Die beiden blickten sich noch einmal an, dann drehte sich Adam um und ging.

Phoebe hatte viel zu tun, und ihr Terminkalender platzte bald aus allen Nähten. Trotzdem blickte sie Adam lange hinterher.

3

Die Sonne strahlte durch die Fenster des Wohnzimmers. Die Buntglasscheiben warfen farbige Lichtflecken auf Pipers Gesicht, während sie aufgeregt auf und ab ging. Sie umkreiste Leo, ihren Ehemann, der hilflos dastand.

»Du hast mich gehört, Leo«, sagte Piper fordernd. »Ich möchte, dass du Grams herbringst. Sofort.«

Ihre Stimme duldete keinen Widerspruch. Trotzdem schüttelte Leo nur den Kopf. Er hätte seiner Frau gerne geholfen, aber auch seinen Kräften waren Grenzen gesetzt.

»Piper, ich kann das nicht tun. Sie ist tot.«

Piper funkelte ihn an. »Na, vielen Dank, das weiß ich auch. Ich verlange ja nicht, dass du sie von den Toten auferstehen lässt, ich brauche sie nur kurz hier. Sie muss mir ein paar Ratschläge geben.«

»Warum versuchst du dann nicht einfach, ihren Geist herbeizubeschwören? Das hast du doch schon einmal gemacht.«

»Das war aber eine ganz besondere Situation«, erwiderte Piper bissig. »Und außerdem habe ich es bereits versucht, es hat nicht funktioniert«, fügte sie etwas kleinlaut hinzu. »Hör mal, diese Sache ist wirklich sehr wichtig für mich. Ich schaffe das nicht allein.«

»Du bist nicht allein«, sagte Leo liebevoll.

Piper beendete ihren Rundlauf um Leo und blickte ihrem Mann in die Augen. Sie bemerkte erst jetzt, wie unfair sie sich ihm gegenüber verhalten hatte. »Ich weiß, Leo. Aber du kannst mir nur bis zu einem bestimmten Grad helfen. Ich bin schließlich diejenige, die das Baby in sich trägt. Und ich will es einfach nicht vermasseln.«

»Das ist doch lächerlich.« Leo schüttelte entschieden den Kopf.

»Das ist ganz und gar nicht lächerlich! Und dass ich mich so aufrege, liegt nicht daran, dass meine Hormone verrückt spielen oder so etwas. Wir reden hier von einem ganz besonderen Baby mit ganz besonderen Bedürfnissen. Und ich brauche jemanden ganz Besonderen, der mir sagt, was zu tun ist. Und ich brauche ihn jetzt!«

Leo wollte gerade etwas erwidern, als die Luft hinter Piper zu flimmern begann. Leo riss die Augen auf. Piper wirbelte herum.

Mitten im Wohnzimmer stand Pipers Großmutter.

»Piper!«, rief sie erstaunt und erfreut zugleich.

»Wow, danke. Das ging schnell«, flüsterte Piper ihrem Mann zu.

Aber Leo stand nur sprachlos da. »Dank nicht mir. Ich habe nichts gemacht.«

Auch Grams stand etwas unschlüssig im Wohnzimmer. »Was mache ich hier?«, fragte sie.

»Was meinst du, Grams? Bist du denn nicht absichtlich zu uns gekommen?«

Grams lächelte ihre Enkelin an. »Oh, Schatz, ich bin gut, aber nicht so gut. Aber wenn ich schon einmal hier bin – wird eine Großmutter denn hier nicht umarmt?«

Piper lächelte und schloss ihre Großmutter in die Arme. Leo beobachtete die Szene lächelnd.

Noch etwas verwirrt löste sich Piper aus der Umarmung. »Ich verstehe immer noch nicht, wer dich herbeigerufen hat.«

Leo runzelte die Stirn. Die Idee war absurd – aber es war die einzig mögliche Erklärung. »Das Baby?«

»Nein.« Piper schüttelte den Kopf. »Oder doch?«

»Vielleicht hat es irgendwie deine Kräfte angezapft und deinen Wunsch wahr gemacht«, erwiderte er schulterzuckend.

Grams strahlte über das ganze Gesicht. Sie mochte vielleicht tot sein, aber wie jede Großmutter wünschte sie sich, gebraucht zu werden. »Oh, du hast mich herbeigewünscht? Warum?«

»Weil ich deine Hilfe brauche«, seufzte Piper. »Und deinen Rat. Ich muss wissen, wie ich mich auf dieses Baby vorbereiten muss.«

Grams winkte ab. »Na, das ist doch kein Problem. Trainierst du täglich deine Kräfte?«

Piper stellte sich neben Leo. Die beiden blickten Grams fragend an. »Muss ich das?«

»Nun ja, nur, wenn du nicht die Kontrolle darüber verlieren möchtest. Hast du ein magisches Wachstumsritual durchgeführt?«

»Äh...«

»Hast du eine Zauberformel gesprochen, um verhexte Parasiten abzuwehren?« Grams blickte in die fragenden Gesichter von Piper und Leo.

»Mein Kind, was hast du *denn* gemacht?«

»Wir haben ein Kinderzimmer eingerichtet!«, sagte Leo und strahlte vor Stolz.

»Ein Kinderzimmer?«, wiederholte Grams kopfschüttelnd. »Kein Wunder, dass dieses Baby mich um Hilfe gerufen hat. Kommt, wir haben eine Menge nachzuholen.«

Ohne eine Antwort von Piper oder Leo abzuwarten, stampfte Grams los.

In diesem Augenblick kam jemand die Treppe in den Flur hinunter.

Es war Paige. Als sie die fremde alte Dame im Flur sah, stockte sie einen Augenblick, doch dann entdeckte sie Piper und Leo und verkündete lachend: »Mein Gott, jetzt sagt mir nicht, ihr fangt schon damit an, Vorstellungsgespräche mit Kindermädchen abzuhalten.«

Piper zog hinter Grams Rücken eine Grimasse und schüttelte mit dem Kopf. Paige hatte Grams nie kennen gelernt. Und das war sicherlich keine gelungene Art und Weise, die beiden miteinander bekannt zu machen.

Aber Grams lächelte nur. Staunend betrachtete sie Paige von Kopf bis Fuß – was Paige selber offensichtlich unangenehm war.

»Paige! Du bist ja noch schöner, als ich es mir vorgestellt hatte!«, rief Grams.

»Und Sie sind?«, fragte Paige erstaunt.

»Ich bin deine Großmutter, mein Kind, was dachtest du denn? Und jetzt lass dich umarmen!«

Bevor Paige reagieren konnte, hatte Grams sie bereits in den Arm geschlossen und drückte sie an sich.

Piper nutzte die Gelegenheit. »Schnell, räum das Kinderzimmer auf!«, zischte sie Leo zu, und der Wächter des Lichts sauste los.

Inzwischen hatte es Paige geschafft, sich aus Grams Umarmung zu befreien. »Äh, nehmen Sie es mir nicht übel, aber – sind Sie nicht tot?«

Grams winkte ab. »Ach, das ist doch nicht so wichtig. Aber schau dich nur an. Du siehst absolut hinreißend aus. Und du hast die Augen deiner Mutter. Oh, sie war auch eine wirklich gut aussehende Frau. Ich wette, du hast eine Menge Verehrer, was?« Grams zwinkerte ihrer verdatterten Enkelin verschwörerisch zu.

»Äh, dafür habe ich im Augenblick keine Zeit, Mrs. Halliwell.«

»Ach, bitte nenn mich doch Grams, mein Kind. Wir beide sollten –«

Grams kam nicht dazu, den Satz zu beenden. In diesem Augenblick zerbarst die Buntglasscheibe des Wohnzimmers. Farbige Glasscherben prasselten in den Raum wie die Splitter eines gefrorenen Regenbogens. Die drei Frauen wirbelten erschrocken herum.

Ein massiger Mann mit Bart und langen Haaren sprang

in das Wohnzimmer. In seiner Hand schwang er eine gewaltige Axt.

Ohne zu zögern, stieß der Mann einen grunzenden Schrei aus und stürmte auf Grams zu. Die Axt wirbelte durch die Luft.

»Grams!«, rief Piper. Sie sprang nach vorn und stieß ihre Großmutter im letzten Augenblick zu Boden.

Die junge Hexe spürte einen stechenden Schmerz in ihrer Schulter. Die Klinge hatte den Kopf ihrer Großmutter verfehlt, aber an Pipers Arm eine klaffende Wunde hinterlassen.

Dabei hatte es der Holzfäller gar nicht auf Grams oder Piper abgesehen. Sie waren ihm nur zufällig im Weg gewesen. Paige war sein eigentliches Ziel. Der Axtmann hob seine Klinge und ließ sie erneut durch die Luft sausen.

Paige sah nur ein silbernes Flirren, das auf ihren Hals zuraste, und reagierte schnell. Ohne großartig nachzudenken, orbte sie sich weg. Zurück blieb nur ein Flimmern. Und das wütende Grunzen des Holzfällers.

Seine Axt hatte nur leere Luft zerschnitten, und die Klinge steckte jetzt in der Wohnzimmerwand.

Im selben Augenblick materialisierte Paige wieder. Unglücklicherweise an genau derselben Stelle, an der sie zuvor gestanden hatte.

Der Holzfäller versuchte gar nicht erst, seine Axt aus der Wand zu ziehen. Er holte stattdessen mit der bloßen Hand aus und versetzte Paige einen so gewaltigen Faustschlag, dass sie nur noch Sterne sah und nach hinten fiel. Die junge Hexe war schon bewusstlos, bevor sie auf dem Boden aufschlug und reglos liegen blieb.

Ein paar Schritte weiter versuchte Piper gerade, sich wieder aufzurappeln. Plötzlich spürte sie ein seltsames Kribbeln in ihrem Oberarm. Fassungslos beobachtete sie die Stelle, an der die Klinge des Angreifers ihren Arm verletzt hatte: Die Wunde strahlte einmal kurz auf – und verheilte dann innerhalb von Sekunden. Nicht einmal eine Narbe blieb zurück.

Aber Piper hatte keine Zeit mehr, sich weiter darüber den Kopf zu zerbrechen. Der Axtmann hatte seine Waffe wieder aus der Wand gezogen und stürmte damit auf Piper und Grams zu.

Wie ein Wilder schwang er seine Axt und ließ sie dann niedersausen. Der Angriff war schnell, aber Piper war noch ein klein wenig schneller. Die Hexe richtete ihre Fingerspitzen auf den Axtmann.

Im selben Augenblick explodierte er. Die Axt fiel zu Boden, und Piper atmete auf. Das war ja gerade noch mal gut gegangen.

Dann hörte sie Schritte auf dem Flur, im nächsten Moment kam Leo hereingerannt. Manchmal hatte er die Eigenschaft, immer dann zu kommen, wenn alles vorbei war.

»Was ist passiert?«, fragte er entsetzt, als er Paige erblickte. Sie lag immer noch reglos am Boden.

Irgendwo in der Märchenwelt war ein ungläubiges, wütendes Zischen zu hören: »Sie lebt! Wie kann das sein?« Die böse Hexe verfolgte in dem Zauberspiegel, wie sich Leo über Paige beugte. Dann verschwamm das Bild.

Der gefangene Lehrling erschien wieder und lächelte triumphierend. »Seht Ihr? Ihr könnt den Beschränkungen des Märchenzaubers auch nicht entkommen. Selbst für Euch verfliegt er um Mitternacht.«

»Ach wirklich?«, sagte die Hexe mit einem Lächeln. Sie war jetzt wieder ganz die Alte – selbstgefällig und hämisch. »Das werden wir ja sehen.«

Sie nahm einen blutroten Apfel aus einer Vitrine und rieb ihn an ihrem Umhang. »Der Holzfäller hat versagt, aber ich werde nicht versagen. Ich werde dafür sorgen, dass keine der drei Hexen je glücklich bis an ihr Lebensende lebt.«

Lachend griff die böse Zauberin jetzt nach den kostbaren Glaspantoffeln. Auch wenn es sich hier um Märchenrequisiten handelte, die jedes Kind kannte – in den Händen der bösen Zauberin wirkten sie wie furchtbare Waffen. Die Hexe lachte noch einmal auf. Dann verschwand sie in einer Rauchwolke.

4

»*I*ch sage euch, das war ein Dämon«, rief Paige aufgeregt. »Selbst der verrückteste Meuchelmörder wäre nicht so gut mit der Axt!«

Für eine junge Frau, die gerade noch an der Schwelle zum Tod stand, war Paige ziemlich in Fahrt. Leos Heilkräfte hatten – im wahrsten Sinne des Wortes – Wunder bewirkt.

Piper, Leo und Grams folgten ihr auf den Dachboden. Sie steuerten zielstrebig auf das *Buch der Schatten* zu, das wie immer auf seinem Pult lag.

»Aber seit wann greifen Dämonen denn mit einer Axt an?«, warf Leo ein. Er war noch nicht so ganz von Paiges Theorie überzeugt.

Paige schüttelte ungeduldig den Kopf. »Axt, Beil, Zauberstab – was macht das für einen Unterschied?«

Grams öffnete das *Buch der Schatten*. »Ach, das ist doch unwichtig. Lasst uns nur herausfinden, ob da, wo dieser Kerl herkam, noch mehr von der Sorte sind. Ich meine, ich habe schließlich wenig davon, wieder in einem menschlichen Körper zu stecken, wenn er in Stücke gehackt wird.«

Paige stellte sich neben Grams und blickte ihr über die Schulter, während die alte Dame in dem magischen Buch blätterte. »Piper hat gesagt, Sie wären hier die Superhexe. Also, was, glauben Sie, war der Typ?« Der herausfordernde Tonfall in Paiges Stimme war nicht zu überhören. Trotzdem tat Grams so, als hätte sie ihn nicht bemerkt.

»Ich habe keine Ahnung. Obwohl er mich an irgendjemanden erinnerte.«

»An ihn hier vielleicht?«, fragte Piper. Sie hielt das große alte Märchenbuch in der Hand und hatte das Märchen von Schneewittchen aufgeschlagen. Auf der Seite prangte die

Abbildung eines großen, bärtigen Mannes mit einer Axt. Die Ähnlichkeit mit dem Angreifer war verblüffend.

»Der Holzfäller – natürlich!« Grams schlug sich mit der flachen Hand gegen die Stirn. »Du hast ihn also auch wieder erkannt.«

»Ich lese meinem Kind eben auch Märchen vor, wie du es früher bei uns getan hast.«

»Oh, Schatz, ich bin ja so froh, dass du endlich etwas richtig machst.«

Piper verkniff sich eine Bemerkung. Auch Leo schaute beschämt zu Boden.

Dafür reagierte Paige umso lautstärker. »Moment mal, Sie wollen uns wirklich weismachen, dass eine Figur aus dem Märchen entsprungen ist und uns angegriffen hat? Das ist doch nicht Ihr Ernst!«

Grams zuckte nur mit den Schultern. »Warum denn nicht? Sie sind doch real«, sagte sie, als ob das die normalste Sache der Welt wäre.

»Was?«, fragte Paige nur. Sie glaubte der alten Frau kein Wort.

»Oh, Paige. Ich sehe schon, ich muss dir noch eine Menge beibringen«, erwiderte Grams und lächelte gutmütig.

Grams wäre das Lächeln vergangen, wenn sie gesehen hätte, was in diesem Augenblick in der Küche passierte.

Eine Sekunde lang wehte ein kühler Lufthauch durch den hellen Raum. Dann quoll aus dem Nichts eine dunkle Wolke herauf, in der die böse Zauberin materialisierte. In ihrer Hand hielt sie einen elegant verpackten Geschenkkarton und einen strahlenden, blutroten Apfel.

Die Hexe blickte sich kurz um. Sie hatte noch nie eine menschliche Küche der Neuzeit gesehen und hatte keine Ahnung, wozu diese seltsamen Apparaturen um sie herum dienten. Aber deswegen war sie auch nicht hier. Sie stellte die Geschenkschachtel auf den Küchentisch und lächelte.

Ein Geräusch an der Haustür ließ sie herumfahren. Sie musste sich beeilen. Schnell legte sie den Apfel in eine Obstschale. Er blitzte noch einmal kurz auf und war dann von dem anderen Obst nicht mehr zu unterscheiden.

Irgendjemand kam näher. Die böse Zauberin nahm sich noch einen Augenblick Zeit, um ihr Werk zufrieden zu begutachten. Dann löste sie sich in einer Wolke auf.

Kaum eine Sekunde später betrat Phoebe die Küche. Sie sah müde und erschöpft aus. Der Tag in der Redaktion hatte seine Spuren hinterlassen – ganz zu schweigen von dem verschütteten Kaffee. Ein großer, bräunlicher Fleck prangte noch immer auf ihrer Bluse.

Ich werde wohl mal im *Buch der Schatten* nachsehen müssen, ob es einen Fleckenzauber gibt, dachte Phoebe. Dann entdeckte sie den Geschenkkarton.

Neugierig hob sie den Deckel.

»Märchen sind nicht nur alte Geschichten, mein Kind«, sagte Grams und blickte Paige dabei an. Einige davon sind die Erinnerungen an uralte Schlachten zwischen Gut und Böse. Sie gehören zu unserem Erbe, ebenso wie das *Buch der Schatten*.«

Paige sah die alte Dame skeptisch an. »Sie erwarten von mir, dass ich glaube, gigantische Bohnenstangen und Knusperhäuschen hätten wirklich existiert?«

»Du hast ja auch geglaubt, dass die böse Zauberin nur ein Märchen war, Paige.«

Leo erinnerte Paige an ein Abenteuer, das noch gar nicht so weit zurücklag. Damals waren die drei Zauberhaften in das Märchenland gereist und hatten dort um ihr Leben gekämpft. Und dabei hatte sich herausgestellt, dass Paige die Nachfahrin einer bösen Königin ist.

»Ja, aber das war etwas anderes. Das war –«

»Ein früheres Leben. Dein früheres Leben.«

Paige wollte gerade etwas antworten, als Phoebe den Dachboden betrat. In der Hand hielt sie das geöffnete Geschenkpaket. »Hey, Leute, weiß jemand von euch woher dieses –«

Weiter kam Phoebe nicht. Sie blieb mit offenem Mund stehen, als sie ihre Großmutter sah.

»Grams?«

»In Fleisch und Blut«, lächelte Grams. »Mehr oder weniger.«

Phoebe war außer sich vor Freude. Sie stellte das Paket auf einen Stuhl und umarmte ihre Großmutter.

»Es ist so schön, dich zu sehen!«, rief Phoebe. Dann stutzte die junge Hexe. »Moment mal! Habe ich dich gerade umarmt? Wo kommt denn der Körper her?«

»Oh, das ist eine lange Geschichte«, antwortete Piper an Stelle ihrer Großmutter. »Und wo wir gerade von Geschichten sprechen, eine Märchenfigur hat gerade versucht, uns den Kopf abzuhacken.«

»Eine Märchenfigur?« Phoebe ahnte nichts Gutes.

»Der Holzfäller aus Schneewittchen«, erklärte Leo.

Phoebe hielt den Geschenkkarton hoch und zeigte seinen Inhalt. »Das würde erklären, woher diese hier kommen.«

Grams, Paige und Piper blickten neugierig in den mit rosa Seide ausgeschlagenen Karton. Darin ruhten zwei wunderschöne, gläserne Pantoffeln. »Ich schätze mal, die gehören Cinderella«, sagte Phoebe. »Cole weiß, dass das mein Lieblingsmärchen ist.«

»Du glaubst, dass Cole hinter allem steckt?«, fragte Piper. Sie klang noch nicht sehr überzeugt.

»Wer sonst hätte die Macht, um Märchen gegen uns einzusetzen? Ich habe euch doch gesagt, dass er angreifen wird.«

Grams runzelte die Stirn. »Vergiss aber nicht, dass es im Märchen die böse Hexe war, die den Holzfäller geschickt hat.«

»Ich werde am besten den *Rat* um Hilfe bitten«, sagte Leo. Im selben Augenblick löste er sich in einer Lichtwolke auf.

»Gute Idee«, erwiderte Piper, aber ihr Ehemann war schon verschwunden. »Hey, was machst du da?«, fragte sie dann erschrocken, als sie sah, wie Phoebe die Glaspantoffeln aus der Box nahm, um sie überzustreifen.

»Ich werde beweisen, dass ich Recht habe.«

»Nein, warte!«, rief Paige. »Das ist doch viel zu gefährlich! Du hast keine Ahnung, was passieren könnte!«

Phoebe zuckte mit den Schultern. »Na ja, ich weiß zumindest, dass Cole mir niemals etwas antun würde. Zumindest nicht körperlich.« Ihr Gesichtsausdruck wirkte nicht ganz so überzeugend wie ihre Worte. Trotzdem nahm Phoebe die Glaspantoffeln aus der Box.

»So sehr ich ihm auch misstraue«, sagte Paige, »wissen wir doch nicht mit Sicherheit, ob er wirklich dahinter steckt.«

Grams räusperte sich. »Daher ist es umso wichtiger, das Spielchen mitzuspielen. Nur so können wir herausfinden, wer hier die Fäden zieht. Wir können nicht einfach herumsitzen und auf den nächsten Angriff warten.«

Paige schüttelte wütend den Kopf. Diese alte Frau hatte gut reden. Sie steckte ja auch nicht den Kopf in die Schlinge. Außerdem war sie sowieso schon tot und hatte nicht mehr viel zu verlieren. Im Gegensatz zu ihrer Halbschwester. »Aber Phoebe könnte dabei getötet werden. Piper, was sagst du dazu?«

Paige blickte Piper an und hoffte auf Unterstützung. Piper schluckte nur und senkte den Blick. »Äh, wenn Grams glaubt, dass dies eine gute Idee ist – wer bin ich, ihr zu widersprechen?«

Paige verdrehte die Augen. Das konnte doch nicht wahr sein. Kaum war diese alte Dame in ihrer Nähe, benahm sich Piper wie ein kleines, folgsames Kind.

Phoebe atmete tief durch. Sie sah aus wie jemand, der insgeheim gehofft hatte, dass man ihr ihren verrückten Plan ausreden würde. Stattdessen hob sie ihr linkes Bein und streifte den Pantoffel über.

Er passte wie angegossen.

Auch der rechte passte, als wäre er für sie gemacht.

Paige, Piper und Grams traten einen Schritt zurück. Gebannt starrten sie auf Phoebe.

Nichts passierte.

»Seht ihr? Ich bin okay.«

Urplötzlich begannen die Glaspantoffeln zu strahlen. Eine wunderschöne, blaue Lichtspirale glitt an Phoebes Körper hoch. Bevor die junge Hexe reagieren konnte, war sie von einer wirbelnden Lichtwolke eingehüllt.

Grams, Piper und Paige schlossen für einen Moment geblendet die Augen.

Als sie wieder hinsehen konnten, hatte sich Phoebe verändert. Ihre Bluse mit dem Kaffeefleck war verschwunden. Stattdessen trug sie ein atemberaubend schönes, weißes Ballkleid. Sie sah aus wie eine Prinzessin.

Niemand war überraschter als Phoebe selbst. »Ich bin sogar mehr als okay«, verkündete sie.

Doch vielleicht war das etwas voreilig. Plötzlich spürte Phoebe, wie die Glaspantoffeln an ihren Füßen zu vibrieren begannen. Sie fühlte, wie ihr linker Fuß ohne weitere Vorwarnung in die Luft gerissen wurde. Dann der rechte. Dann wieder der linke.

Ohne es zu wollen, stapfte Phoebe quer durch den Dachboden. »Oh Gott! Was ist denn jetzt los?«

»Wo willst du hin?«, fragte Piper erschrocken.

»Ich will nirgendwohin! Die Glaspantoffeln! Sie haben

ein Eigenleben entwickelt! Helft mir! Oh, nein! Sie wollen zur Tür hinaus!«

Piper und Paige stürmten los und packten ihre hilflose Schwester an den Armen. Mühsam konnten sie Phoebe zurückhalten. Ihre Beine marschierten auf der Stelle weiter.

»Schnell, wir müssen ihr die Schuhe ausziehen«, rief Paige. Sie nahm Phoebes linken Fuß und zog mit aller Macht an dem Pantoffel – er rührte sich keinen Zentimeter.

»Grams, was machen wir denn jetzt?«, fragte Piper verzweifelt. Sie hatte Mühe, ihre Schwester zu halten. Die Pantoffeln drängten mit aller Macht durch die Tür.

»Lasst sie gehen. Wir werden der Sache nie auf den Grund gehen können, wenn ihr sie festhaltet.«

Paige und Piper blickten sich an. Dann ließen sie Phoebe widerwillig los. Sofort setzte sich die junge Hexe wieder in Bewegung. Trotz ihres eleganten Ballkleides bewegte sie sich wie Frankensteins Monster und stieg mit abgehackten Schritten die Treppe hinab.

Grams deutete hinter ihr her. »Paige, folge ihr. Du musst sie in Sicherheit orben, falls sie in Schwierigkeiten gerät.«

Paige blickte die alte Dame gereizt an. »Sie ist schon in Schwierigkeiten!« Und das hat sie nur dir zu verdanken, fügte sie in Gedanken hinzu. Kopfschüttelnd lief Paige dann hinab in den Flur, um Phoebe zu folgen.

»Piper, ich werde dir später dabei helfen, dich auf dein Kind vorzubereiten. Jetzt müssen wir uns erst einmal mit der bösen Hexe beschäftigen. Dazu brauchen wir das Buch.«

»Klar!«, rief Piper und rannte zu dem *Buch der Schatten*, das auf seinem Podest ruhte.

»Äh, nein, nicht das Buch«, sagte Grams. Dann nahm sie das dicke Märchenbuch in die Hand.

»Dieses hier.«

Auf der anderen Seite der Stadt ging Adam Prince mit schnellen Schritten durch den Flur des Hotels. Er trug einen eleganten Smoking und sprach in sein Handy.

»Hören Sie, ich bin an diesem Angebot sehr interessiert, aber ich bin gerade auf dem Weg zu einer Wohltätigkeitsveranstaltung. Können wir morgen noch einmal telefonieren? Gleich in der Früh? Großartig, danke.«

Adam schaltete sein Handy aus und lief auf den Fahrstuhl zu. Er war spät dran.

Trotzdem nahm er sich die Zeit, der jungen Dame hinterherzusehen, die eben aus der Kabine trat. Dann betrat Adam selbst den Fahrstuhl. Die Tür schloss sich, und die Kabine sauste abwärts. Im Geiste ging Adam noch einmal die kurze Rede durch, die er für den Wohltätigkeitsball vorbereitet hatte. Es war nicht die erste Veranstaltung dieser Art, die er mitmachte. Seine Aufregung hielt sich in Grenzen. Außerdem liebte er es, das Geld seiner Familie für einen guten Zweck einzusetzen.

Ohne jede Warnung schien plötzlich die Luft neben ihm zu explodieren. Eine dunkle Rauchwolke zischte aus dem Nichts heraus. Mit weit aufgerissenen Augen drängte sich Adam in die äußerste Ecke des engen Fahrstuhls. Er zweifelte an seinem Verstand, als plötzlich eine elegante Frau in den mittleren Jahren vor ihm stand.

Sie lächelte ihn grausam an und packte ihn am Hals. Obwohl sie von schlanker Statur war, fühlte sich ihr Griff an wie ein Schraubstock. Die Fremde zog Adam an sich heran – und küsste ihn auf den Mund.

Im ersten Moment versuchte er noch, sich zu wehren. Dann glühte sein Gesicht kurz auf. Seine Augen wurden ausdruckslos.

»Wie kann ich Euch dienen, Herrin?«, fragte er unterwürfig.

Die Hexe lächelte, ihr Zauber schien zu funktionieren.

»Sei einfach der charmante Prinz, der du bist. Du wirst deine Cinderella auf dem Ball treffen. Sorge nur dafür, dass sie um Mitternacht in ihrer Kutsche sitzt. Sonst wirst auch du kein glückliches Ende nehmen.«

5

*E*IN WÜTENDES HUPKONZERT ERHOB SICH, als Phoebe mit staksigen Schritten die Straße überquerte. Die magischen Glaspantoffeln schienen sich nicht besonders für Verkehrregeln zu interessieren. Ein Taxi raste auf Phoebe zu und konnte im letzten Augenblick bremsen.

»Hey, Vorsicht, Fußgänger!«, rief Phoebe und schlug im Vorbeigehen auf die Motorhaube. Der Taxifahrer fluchte und fuhr dann weiter. Ein paar Passanten starrten Phoebe an. Die Schuhe ließen sie immer weitergehen, so schnell, dass Paige kaum noch hinterherkam.

»Kannst du diese Dinger denn nicht irgendwie kontrollieren?«, keuchte Paige.

Widerwillig stapfte Phoebe über eine Rasenfläche und rannte dabei fast das »Betreten verboten«-Schild um.

»Es war leider keine Gebrauchsanleitung dabei!«, rief Phoebe.

Urplötzlich blieben die Glaspantoffeln stehen. Paige konnte nicht schnell genug reagieren und rempelte ihre Halbschwester an.

»Sie haben angehalten. Warum haben sie angehalten?«, fragte Phoebe erstaunt. Die beiden Hexen blickten sich um.

Plötzlich ertönte Hufgetrappel. Phoebe und Paige trauten ihren Augen nicht. Eine prächtige weiße Kutsche rollte die Hauptstraße entlang, als ob es das Normalste von der Welt wäre. Der Kutscher brachte den Schimmel wortlos zum Stehen.

»Wow. Stil hat er, das muss man ihm lassen«, staunte Phoebe.

Paige schüttelte nur den Kopf. »Okay, das wird mir jetzt ein bisschen zu verrückt. Lass uns verschwinden.«

»Äh, entschuldigen Sie bitte, Sir. Hat ein gewisser Cole Turner Sie geschickt?«, fragte Phoebe den Kutscher. Der sah sie nicht einmal an. »Hallo? Ich habe Sie etwas gefragt.«

Anstatt einer Antwort öffnete sich plötzlich die Tür der Kutsche wie von Geisterhand. Paige und Phoebe starrten hinein.

»Okay«, sagte Paige entschlossen, »was immer auch passiert, du wirst da nicht einsteigen, klar?«

Aber Phoebe hatte keine Wahl. Kaum hatte sich die Tür geöffnet, setzten sich die Pantoffeln auch schon in Bewegung. Mit ungeschickten Schritten stieg Phoebe in die Kutsche.

»Hey!«, rief sie nur, aber die Schuhe waren unbeirrbar.

»Phoebe, nein!« Paige wollte hinterher, um ihre Halbschwester wieder hinauszuzerren, als sie von etwas geblendet wurde.

Eine grellblaue Energiewand flammte auf. Paige prallte dagegen. Ein leichter elektrischer Schlag durchfuhr ihren Körper. Sie schrie erschrocken auf und wurde zurückgeschleudert.

Benommen blieb sie auf dem Rasen liegen. Die Kutsche setzte sich in Bewegung. Phoebe steckte ihren Kopf aus dem Fenster.

»Sieht aus, als sollte Cinderella alleine zum Ball gehen. Wie in dem Märchen.«

Paige rappelte sich wieder auf. »Warte! Ich orbe dich da raus!«

Doch Phoebe schüttelte nur den Kopf. »Nein. Geh zurück zum Anwesen!«

»Aber was ist mit dir?«, rief Paige der Kutsche hinterher.

»Schon gut, ich rufe Leo um Hilfe, wenn ich in Gefahr gerate, okay?«

Paige seufzte, als die Kutsche hinter einer Straßenecke verschwand.

6

»Phoebe schwebt in grosser Gefahr«, sagte Paige und ging unruhig auf dem Dachboden auf und ab. »Wir hätten uns niemals trennen dürfen. Nichts für ungut, Mrs. Halliwell.« Trotz ihrer Worte warf Paige einen vorwurfsvollen Blick auf Grams.

»Nenn mich doch einfach Grams«, antwortete die alte Dame.

Piper nickte nachdenklich. Ihr spukten noch immer die Informationen im Kopf herum, die Leo von seinem Besuch beim *Rat* mitgebracht hatte. »Wenn das, was wir gehört haben, wahr ist, dann könnte Phoebe tatsächlich in großer Gefahr schweben. So wie wir alle.«

Leo blickte Paige an. Sie war erst später dazu gekommen und hatte noch nicht gehört, was der *Rat* dem Wächter des Lichts mitgeteilt hatte. »Wenn jemand die Märchen für eine böse Tat missbraucht, dann könnte sie das verändern. Die Märchen könnten für alle zukünftigen Generationen verdorben werden.«

»Wie soll das denn gehen?«, fragte Paige kopfschüttelnd. »Sie sind doch schon gedruckt und stehen schwarz auf weiß in jedem Märchenbuch.«

So leicht war das leider nicht, dachte Leo. »Jede Kopie ist nur eine Manifestation des Originals. Und das Original wurde dem Hüter der Märchen vor langer, langer Zeit anvertraut.«

»Der *Rat* glaubt, dass dem Hüter etwas zugestoßen sein könnte. Möglicherweise hat jemand die alte Festung von innen eingenommen.«

»Eine böse Hexe oder Zauberin, wenn ich das ergänzen darf«, sagte Grams. Sie hatte mit ihrer ersten Vermutung wohl Recht behalten.

Paige schlug ihre Faust in die Handfläche. »Warum orben wir dann nicht einfach in diese Festung und treten dieser fiesen Hexe in den Hintern?«

Leo schüttelte den Kopf. »Weil niemand weiß, wo sich diese Festung befindet. Ihr Standort ist ein Geheimnis, selbst vor dem *Rat*.«

Paige verdrehte die Augen. Wieso überraschte sie das nicht? »Wo war denn der *Rat* mit seiner unendlichen Weisheit, als diese verdammte Festung errichtet wurde?«

Niemand antwortete.

»Wie dem auch sei«, seufzte Piper, »wir haben keine Möglichkeit, die böse Zauberin zu finden.«

Grams blickte ihre Enkelin erstaunt an. »Piper, jetzt bin ich aber überrascht. Ich meine, diese Frau ist eine Hexe, oder? Warum pendelst du ihren Aufenthaltsort nicht einfach aus?«

»Äh, du hast Recht, Grams.« Piper errötete. Warum war sie nicht selbst darauf gekommen? Die Anwesenheit ihrer Großmutter schien sie so sehr zu verunsichern, dass sie nicht einmal auf die einfachsten Dinge kam.

»Und wenn du sie gefunden hast«, fuhr Grams fort, »lockst du sie hierher, und wir vernichten sie mit einem Zauberelixier.«

Paige verschränkte trotzig die Arme vor der Brust. »Mit was für einem Elixier denn, wenn ich fragen darf?«

»Oh, es gibt da eines, das bei bösen Hexen wahre Wunder wirkt. Komm, ich zeige es dir.«

Paige runzelte nur die Stirn. Sie hasste diesen bevormundenden Tonfall.

Grams bemerkte Paiges Blick und zögerte. »Und wenn wir noch Zeit haben, können wir ja auch weiter an dem universellen Schutzzauber arbeiten.«

Dieser Vorschlag heiterte Paige ein wenig auf. Sie mochte Grams noch immer nicht, aber die Aussicht, diesen schwierigen Zauber vielleicht vollenden zu können, war unwiderstehlich. Sie nickte.

Grams lächelte, klemmte sich das *Buch der Schatten* unter den Arm und verließ zusammen mit Paige den Dachboden.

Leo blickte ihnen kurz hinterher. Dann ging er zu Piper hinüber, die sich mit dem Pendel in der Hand über einen Stadtplan beugte.

»Bist du in Ordnung?«, fragte er besorgt.

Piper schluckte. Das Pendel in ihrer Hand zitterte. Grams ständige Kritik hatte die junge Hexe zutiefst verunsichert. »Psst, Leo«, sagte Piper nur, »ich muss mich konzentrieren.«

Weit, weit weg vom Halliwell-Haus blickte die böse Hexe in den Zauberspiegel. Wie in einem magischen Fernseher hatte sie die ganze Szene auf dem Dachboden beobachtet. Jetzt wechselte das Programm. Das Bild von der pendelnden Piper verblasste, und der gefangene Lehrling erschien wieder. »Sie wird dich finden«, sagte er zuversichtlich. »Und noch vor Mitternacht.«

Die böse Hexe lächelte nur. »Ich will ja, dass sie mich findet. Einen Teil von mir zumindest.« Mit diesen Worten griff sie nach einer Schere und schnitt sich eine ihrer Locken ab.

Der Lehrling beobachtete entsetzt, wie die böse Zauberin die Haarlocke in der Innentasche eines strahlend roten Capes verschwinden ließ.

»Eine Haarlocke in Rotkäppchens Mantel?«, fragte der Lehrling. Alle Zuversicht war aus seiner Stimme gewichen. »Aber das steht so nicht im Märchen!«

»Nein, aber darin steht, wie das Mädchen aus dem Haus der Großmutter gelockt wird.«

Die Hexe schlug das Märchenbuch auf. Zielsicher blätterte sie zu der Seite mit der Geschichte vom Rotkäppchen. Die Zeichnung eines Wolfes zierte eine Hälfte der Doppelseite.

»Und dann gibt es ja da noch den großen, bösen Wolf...«

7

*W*ALZERKLÄNGE ERFÜLLTEN DEN FESTSAAL des *St. Regis Hotels*. Männer und Frauen in Smokings und Abendkleidern wirbelten elegant über die Tanzfläche oder unterhielten sich in kleinen Grüppchen. Auch Adam Prince war mit einer Gruppe von Investoren in ein Gespräch vertieft.

Seine unheimliche Begegnung mit der bösen Zauberin schien er auf magische Weise vergessen zu haben.

Dafür erinnerte er sich an Phoebe. Bei ihrem ersten – und einzigen – Treffen hatte sie dem jungen Millionär zwar einen freundlichen Korb gegeben, aber irgendwie glaubte Adam doch, dass sie noch kommen würde. Nervös blickte er sich immer wieder um. Der Saal war voll mit schönen, eleganten Frauen, aber Phoebe war nirgendwo zu sehen.

Plötzlich sprangen am Eingang des Saals ein paar Gäste erschrocken zur Seite. Eine junge Frau mit einem unglaublich schönen Ballkleid betrat den Saal.

Aber wie sie das tat! Es schien, als würde sie von ihren Füßen fast gegen ihren Willen hineingetragen.

»Entschuldigung! Verzeihung, lassen Sie mich bitte vorbei!«, rief sie.

Es war Phoebe. Sie machte noch einen abrupten Schritt in den Saal hinein, dann blieb sie plötzlich stehen.

Verwundert blickte Phoebe auf die Glaspantoffeln. Sie verhielten sich plötzlich ganz ruhig. Kein Wunder eigentlich, denn sie hatten Phoebe ja auch an ihr Ziel gebracht.

In den Ballsaal. Und schon kam ihr Prinz auf sie zu.

Auch wenn er nur »Mister Prince« hieß und ein blonder Multimillionär war. Aber das musste ja nicht unbedingt ein Nachteil sein.

»Phoebe, Sie sind doch noch gekommen«, begrüßte Adam sie strahlend. »Ich bin ja so froh.«

Phoebe lächelte etwas verlegen. »Na ja, ich hatte auch nicht wirklich eine Wahl.«

»Sie sehen großartig aus«, sagte Adam und ließ seine Blicke über ihr figurbetontes Ballkleid gleiten. »Ich hoffe, Sie sind nicht mit jemand anderem hier.«

»Oh, nein, ich bin definitiv nicht mit jemand anderem hier. Auch wenn dieser andere das vielleicht gern hätte.«

Adam konnte ihr nicht ganz folgen. »Wie bitte?«

Phoebe blickte an Adam vorbei. Ihr Lächeln verflog. »Wenn man vom Teufel spricht.«

Mit schnellen Schritten trat Cole auf sie zu. Er trug, wie alle männlichen Gäste hier, einen eleganten Smoking. Unter anderen Umständen hätte Phoebe ihn in diesem Aufzug hinreißend gefunden. Doch: Teufel bleibt Teufel, selbst wenn er im Anzug steckt, pflegte Grams immer zu sagen.

»Phoebe«, rief Cole und lächelte. »Was führt dich denn hierher?«

»Das weißt du ganz genau, Cole«, antwortete Phoebe.

Adam verschränkte die Arme und räusperte sich.

»Ich habe keine Ahnung, von was du redest«, erwiderte Cole.

»Und wenn du mir Siebenmeilenstiefel geschickt hättest, Cole – ich werde nicht mehr zu dir zurücklaufen, klar?«

Cole runzelte die Stirn. »Siebenmeilenstiefel?«

»Du weißt genau, was ich meine.«

Jetzt mischte sich Adam ein. »Warum holen wir uns nicht etwas zu trinken, Phoebe?«, fragte er.

Phoebe hängte sich bei ihm ein. »Okay.«

»Ach, ihr beide seid zusammen hier«, stellte Cole fest. Überraschung und eine gehörige Portion Eifersucht schwangen in seiner Stimme mit.

Phoebe lachte auf. »Aber sicher. Gehört das nicht zu deinem Plan?«

»Zu welchem Plan?«, fragte Cole verwirrt. »Es gibt keinen Plan.«

»Wenigstens keinen, der funktioniert. Können wir los, Adam?«

»Sicher«, sagte der junge Millionär.

Irgendetwas in seiner Stimme gefiel Cole nicht. Wie an der ganzen, seltsamen Situation. Er griff nach Phoebes Handgelenk und hielt sie fest. »Phoebe, warte.«

Adam ließ Phoebes anderen Arm los und trat direkt vor seinen Konkurrenten. Die beiden Männer funkelten sich an. »Warum verschwindest du nicht einfach, Kumpel?«, zischte Adam und packte Cole am Kragen.

Aber damit war er an den Falschen geraten. Cole mochte seiner dämonischen Seite abgeschworen haben – behauptete er zumindest –, aber er war nicht so leicht einzuschüchtern.

Geschickt packte er das Handgelenk des Millionärs und verdrehte ihm den Arm. Es gab ein hörbares Knacken. Cole erwartete, dass Adam vor Schmerz aufschreien würde. Er kannte ein paar Tricks und wusste, wie man jemandem wehtat. Doch Adam verzog keine Miene. Er schien den Schmerz überhaupt nicht zu spüren. Als ob er in einem Rausch wäre. Oder im Bann eines Zaubers.

»Cole, lass ihn los!«, sagte Phoebe und funkelte ihren Noch-Ehemann an.

Widerwillig löste Cole seinen Griff.

»Bist du okay, Adam?«, fragte Phoebe besorgt.

»Ja, alles in Ordnung. Können wir gehen?«

Phoebe nickte nur und folgte Adam durch den Saal.

»Phoebe«, rief Cole ihr hinterher. »Du solltest –«

Phoebe warf ihm nur einen kalten Blick über die Schulter zu. »Was ich sollte oder nicht, ist nicht mehr dein Problem, Cole. Bleib mir einfach vom Leibe.«

Cole holte tief Luft. Besorgt blickte er den beiden hinterher, bis sie zwischen den tanzenden Gästen verschwanden.

Paige stand in der Küche und sah fasziniert zu, wie Grams eine Alraunenwurzel zerschnibbelte.

»Man muss immer darauf achten, das Fleisch der Alraune freizulegen, sonst ist sie nutzlos. Danach rollst du sie leicht in Senfsamen, aber nicht zu viel. Und dann ...«

Grams nahm die aufgeschnittene Wurzel und warf sie aus dem Handgelenk in einen bereitstehenden Topf. Eine Stichflamme zischte heraus.

»... und dann auf Nimmerwiedersehen, böse Zauberin.«

Paige nickte beeindruckt. »Meine Güte! Ich kann kaum glauben, dass Sie die Mixtur zusammengebraut haben, ohne ein einziges Mal in das Buch zu schauen.«

»Schatz, ich habe das Buch geschrieben. Na ja, wenigstens die guten Rezepte. Ach, bist du so gut und gibst mir eine Phiole?«

»Klar«, erwiderte Paige. Sie öffnete einen Küchenschrank und holte ein kleines Glasfläschchen heraus. Die drei Hexen bewahrten immer einen Vorrat davon auf. Schließlich waren diese Phiolen – mit einem Zauberelixier gefüllt – sozusagen ihre magischen Handgranaten. Paige wollte gerade zu Grams hinübergehen, um ihr die Flasche zu geben, als ihr Blick auf einen köstlich duftenden, roten Apfel fiel, der in der Obstschale lag.

Einen Augenblick lang schien der Apfel sogar verführerisch aufzublitzen. Paige merkte, wie sie einen plötzlichen Heißhunger auf Äpfel bekam. Seltsam, dachte sie, dabei ist doch Piper schwanger, nicht ich.

»Paige?«, fragte Grams verwundert. »Die Phiole, bitte.«

»Oh, sorry«, sagte Paige. Sie hatte mit dem Fläschchen in der Hand dagestanden und wie in Trance auf den Apfel gestarrt. Jetzt riss sie sich los, ging hinüber zu Grams und reichte ihr die Phiole.

Die alte Dame begann damit, die grünliche Flüssigkeit aus dem Topf mit einer großen Pipette in die Phiole zu füllen. »Weißt du, ich finde, du hast eine gute Entscheidung damit getroffen, deinen Job aufzugeben, um dich ganz der Hexerei zu widmen. Du lernst schnell und hast wirklich Talent.«

Paige lächelte und wollte sich gerade für das Kompliment bedanken. Da fiel ihr etwas ein. »Moment mal! Woher wissen Sie, dass ich meinen Job gekündigt habe? Woher wissen Sie, dass ich überhaupt einen Job hatte?«

»Oh, ich werfe manchmal einen heimlichen Blick hinunter.« Grams deutete nach oben. »Aber nie in intimen Momenten!«, fügte sie schnell hinzu.

Paige traute ihren Ohren nicht. »Na, da bin ich ja beruhigt«, sagte sie sarkastisch. »Also, bei allem Respekt, Mrs. Halliwell ...«

»Grams.«

Paige schüttelte den Kopf. »Das meine ich ja gerade. Ich hatte bereits eine Großmutter. Eine, die ich sehr, sehr geliebt habe. Technisch gesehen mögen wir zwei ja verwandt sein, und Sie sind ebenfalls meine Großmutter. Aber das fühlt sich für mich ziemlich seltsam an. Ich meine, ich kenne Sie ja gar nicht.«

Grams nickte verständnisvoll. »Das verstehe ich. Und mir würde nicht im Traum einfallen, jemanden ersetzen zu wollen, der dir so wichtig war. Aber wäre es nicht möglich, dass auch für mich in deinem Herzen noch ein wenig Platz wäre? Eines Tages vielleicht?«

»Na, jetzt weiß ich wenigstens, von wem ich meine Dickköpfigkeit habe.«

Die beiden Frauen lächelten sich einen Moment lang an. Dann ging Paige wieder hinüber zu dem Schrank. »Ich hole besser noch ein paar Phiolen für Piper und Phoebe.«

Dabei fiel ihr Blick wieder auf den Apfel in der Schale. Er sah noch verführerischer aus als vorhin. Paige lief das Wasser im Mund zusammen. Sie vergaß alles um sich herum und streckte die Hand nach dem Apfel aus.

Der Wald, in dem Piper und Leo sich verirrt hatten, war tief und dunkel.

Streng genommen hatten sie sich nicht wirklich verirrt, aber Piper kam sich trotzdem verloren vor. In der Hand hielt sie eine Straßenkarte der Bay Area. Sie hatte versucht, den Standort der bösen Hexe mithilfe dieser Karte und dem Pendel zu bestimmen. Und sie hatte versagt. Seit Stunden irrten sie nun schon durch die Gegend. Dabei war sich Piper sicher gewesen, dass sie in diesem Wald eine magische Spur der Zauberin entdeckt hatte.

»Tut mir Leid, Leo«, sagte sie. »Ich glaube nicht, dass wir hier richtig sind. Wir müssen die Hexe noch einmal auspendeln. Mit Grams Hilfe.«

Leo runzelte die Stirn. »Seit wann brauchst du Grams, um jemanden auszupendeln? Was ist nur in dich gefahren?« Er hatte seine Frau selten so unsicher erlebt.

»Ich weiß auch nicht. Ich fühle mich plötzlich, als könnte ich überhaupt keine Entscheidungen mehr treffen. Wenn ich in ihrer Nähe bin, komme ich mir vor, als wäre ich zehn Jahre alt.«

Der Wächter des Lichts wollte seine Frau gerade aufmuntern, als er etwas entdeckte. Direkt vor ihnen hing ein altmodisches Cape an einem Baum. Selbst im fahlen Licht des Mondes schimmerte es rötlich.

»Was ist denn das?«, fragte Leo.

Piper trat näher heran und zog das Cape von dem Baum.

Sie ahnte nicht, dass darin eine Haarlocke der bösen Zauberin steckte. Das war es, was sie mit dem Pendel aufgespürt hatte. Der Trick der Hexe hatte funktioniert.

»Lass mich raten«, sagte Piper. »Das ist der Mantel von Rotkäppchen.«

Im selben Augenblick wurde ihr klar, was das bedeutete. Piper erinnerte sich an das Märchen von Rotkäppchen ...

»Warte mal, Leo!«, rief sie aus. »Wir sind in diesem Wald vom rechten Pfad abgekommen! Oh, nein! Grams!«

In der Küche des Halliwell-Hauses griff Paige in genau diesem Augenblick nach dem köstlichen Apfel. Sie öffnete den Mund.

Eine innere Stimme, vielleicht war es ihr Instinkt, vielleicht aber auch nur eine uralte Erinnerung an das Märchen, warnte sie davor, in den Apfel zu beißen.

Aber die plötzliche Gier war zu groß. Herzhaft biss Paige hinein. Im ersten Augenblick schmeckte der Apfel unbeschreiblich süß und köstlich. Doch der bittere Nachgeschmack ließ nicht lange auf sich warten. Paige verzog das Gesicht und riss die Augen auf.

Ihr Körper wurde plötzlich von blauem Licht eingehüllt. Ihr Kleid verwandelte sich in ein weißes, wallendes Gewand.

Ihre Haut wurde weiß wie Schnee.

Ihre Haare wurden schwarz wie Ebenholz.

Und ihre Lippen wurden rot wie Blut.

Paige spürte, wie unendliche Müdigkeit sie überkam. Sie ließ den Apfel fallen. Dann sank sie zu Boden, in einen tiefen, tiefen Schlaf.

»Paige!«, rief Grams erschrocken. Aber es war zu spät. Die alte Dame wollte gerade zur schlafenden Paige laufen, als sie hinter sich ein tiefes, bösartiges Knurren hörte.

Grams fuhr herum. In der Küchentür stand ein leibhaftiger Wolf und fletschte die Zähne.

»Nein!« war das Letzte, was Grams noch rufen konnte. Dann sprang der Wolf vorwärts und verschlang die Großmutter auf magische Art und Weise. Mit Haut und Haaren.

Fast im selben Moment geschah etwas Unglaubliches. Die Gestalt des Wolfes veränderte sich. Er stellte sich auf die Hinterbeine. Seine Schnauze verzerrte und verformte sich auf groteske Art und Weise. Sekunden später hatte er die Gestalt von Grams angenommen. Die alte Dame grinste wölfisch und strich sich mit dem Finger über ihre scharfen Zähne. Während sich der Wolf im Großmuttergewand langsam der schlafenden Paige näherte, schimmerte plötzlich die Luft in der Küche auf. Leo und Piper materialisierten. Piper hielt noch immer den Mantel von Rotkäppchen in der Hand.

»Oh, nein!«, rief Piper, als sie Paige auf dem Boden liegen sah. »Was ist hier passiert?«

Der Großmutter-Wolf setzte ein trauriges Gesicht auf. Er war schon immer ein guter Schauspieler gewesen.

»Ich fürchte, sie ist tot.«

8

LEO HATTE SICH ÜBER die leblose Paige gebeugt. Seine Hand schwebte über ihrer Brust und glühte. Doch anders als sonst, war das Glühen eher fahl und blass. Der Lebensfunke in Paige war schon zu schwach, um von der Macht des Wächters des Lichts neu entzündet zu werden.

Piper blätterte verzweifelt durch das *Buch der Schatten*, das jetzt auf dem Küchentisch lag.

Direkt neben dem vergifteten Apfel.

Leo und Piper waren so beschäftigt, dass sie nicht bemerkten, wie »Grams« sich hinter den Ohren kratzte. Wie ein Hund.

Oder ein Wolf.

»Ich weiß genau, dass hier drin irgendetwas über Gift steht«, murmelte Piper. Hektisch blätterte sie das magische Buch durch. Leo, wie sieht es aus?«

Der Wächter des Lichts blickte auf. In seinem Blick war keine Hoffnung mehr.

»Oh, nein!«, rief Piper, ohne dass Leo etwas gesagt hätte. »Wir werden nicht aufgeben. Das hier ist ein verdammtes Märchen. Wenn Schneewittchen wieder zum Leben erweckt werden konnte, dann gilt das auch für Paige. Stimmt's, Grams?«

»Grams« war an Piper herangetreten und schnüffelte an ihr. Jetzt trat sie schnell einen Schritt zurück. »Also, äh, ich würde mir nicht zu viel Hoffnung machen«, antwortete sie nur.

Piper traute ihren Ohren nicht. Das konnte doch wohl nicht Grams' Ernst sein. »Was redest du da? Du bist doch die Expertin! Es muss doch einen Weg geben!«

»Wie wäre es mit einem Kuss?«, fragte Leo.

»Ein Kuss?« Piper runzelte die Stirn.

»Na, bei Schneewittchen hat es funktioniert. Es wäre doch einen Versuch wert.«

Der Wolf hatte sich wieder in seine Rolle als Großmutter eingefunden. Wenn er keinen Verdacht erregen wollte, musste er handeln, wie die alte Dame gehandelt hätte. Das sollte nicht so schwer sein. Schließlich trug er sie ja noch in seinem Magen.

»Ein Kuss! Das ist eine großartige Idee! Lasst uns gleich ihren Freund holen!«

Piper blickte ihre Großmutter stirnrunzelnd an. »Sie hat keinen Freund. Das weißt du doch.«

»Ach ja, richtig«, sagte »Grams«. In diesem Augenblick durchzuckte ein gewaltiger Schluckauf ihren Körper. »Entschuldigt bitte. Ich muss wohl etwas Falsches gegessen haben.«

Piper hatte inzwischen weiter im *Buch der Schatten* geblättert. »Wartet, ich habe etwas gefunden!«, rief sie triumphierend. Mit dem Buch in der Hand rannte sie zu der leblosen Paige und verlas den Zauberspruch:

»Höre unser Flehen,
rette sie aus des Todes Gruft.
Befreie sie vom Zauber
dieser giftigen Frucht.«

Piper und Leo hielten den Atem an. Leo fühlte nach ihrem Puls.

»Nichts.«

»Grams, was sollen wir denn jetzt machen?«, fragte Piper verzweifelt.

»Grams« schüttelte nur den Kopf.

»Wir müssen uns darauf konzentrieren, die böse Zauberin zu vernichten«, antwortete Leo an ihrer Stelle. »Das könnte auch den Zauber rückgängig machen. Jedenfalls ist das unsere einzige Hoffnung.«

Piper nickte. »Hast du das Elixier zur Vernichtung der bösen Hexe schon fertig, Grams?«

»Grams« blickte sie ratlos an. Welches Zauberelixier? Die dumme Menschenfrau konnte nur den übel riechenden Sud meinen, der in dem Topf auf dem Tisch vor sich hin köchelte.

Die Wolf-Großmutter nahm den Topf schnell vom Tisch und schüttete ihn in den Ausguss – sorgsam darauf bedacht, dass ihm nichts davon auf die Hände tropfte. »Nein, tut mir Leid. Der erste Versuch ist leider nichts geworden.«

Plötzlich klingelte es an der Haustür. »Grams« blickte auf. »Ach, Leo, sei doch ein gutes Lämmchen und schau nach, wer da ist.«

Leo runzelte die Stirn. Er war nicht in der Stimmung, um jetzt noch Besuch zu empfangen. Nicht, wenn einer seiner Schützlinge tot auf dem Küchenfußboden lag. Trotzdem stand er auf und ging zur Haustür.

Endlich war der Wolf allein mit Piper. Er schlich von hinten an sie heran, während sie sich über ihre Halbschwester beugte.

Der Wolf genoss den Geruch der jungen Frau. Unter einer Schicht aus menschlichem Parfüm lag der Duft von frischem, köstlichem Fleisch.

Mhmmm! Ich rieche Menschenfleisch, dachte »Grams« und fletschte die Zähne.

In diesem Moment rief Leo von der Haustür aus seine Frau zu sich. »Schatz? Du, äh, solltest dir das ansehen!«

Bevor der Wolf in Grams-Verkleidung seinen Instinkten nachgeben und sich die junge Hexe schnappen konnte, war sie auch schon aufgestanden und zur Tür gegangen. Was soll's, dachte er. Ich kriege dich auch später noch.

Piper ahnte nicht, dass sie beinahe zu einem späten

Abendessen geworden wäre. Leos Stimme hatte wirklich seltsam geklungen. Piper schritt durch den Flur und blickte auf die Haustür. Leo stand in Türrahmen und sah sie ratlos an.

Seltsam. Da war doch überhaupt niemand an der Tür, dachte Piper. Dann folgte sie Leos Blick nach unten.

Sieben kleine Gestalten standen vor der Haustür und grinsten sie an.

»N'Abend«, sagte der Anführer der Zwerge, »hat hier jemand einen vergifteten Apfel gegessen?«

9

Phoebe war zum ersten Mal froh über die magischen Glaspantoffeln an ihren Füßen. Sie hatte schon ewig keinen Walzer mehr getanzt, aber mit den Schuhen ging es ganz von selbst.

Vielleicht lag es auch daran, wie perfekt Adam sie führte. So oder so – es war die reinste Magie. Sie hatte Coles Auftritt von vorhin fast wieder vergessen. Das hier versprach ein märchenhafter Abend zu werden.

»Du weißt, dass es eine feine Linie zwischen Liebe und Hass gibt, Phoebe?«, fragte Adam plötzlich. Die beiden waren nach dem dritten Tanz dazu übergegangen, sich zu duzen.

Phoebe blickte Adam überrascht an. »Was? Wie meinst du das?«

»Ich bin mir nicht ganz sicher, ob du mit mir oder für Cole tanzt. Um ihn eifersüchtig zu machen, meine ich.«

»Oh, nein, so ist das ganz und gar nicht.« Phoebe schüttelte schnell den Kopf. »Es ist alles nur sehr kompliziert.« Sie konnte ihm ja schlecht erklären, dass eine dämonische Seite in Cole schlummerte.

Adam grinste. »Weißt du, ich kann ihn jederzeit feuern, wenn das weiterhilft.«

Phoebe kicherte. »Wirklich?«

»Absolut. Sag einfach Bescheid.«

»Bescheid.«

»Abgemacht«, erwiderte Adam. »Morgen früh fliegt er raus. Es gibt noch genug andere Anwaltskanzleien in San Francisco.«

Dann zog er sie etwas näher an sich heran. »Es ist fast Mitternacht. Sollen wir von hier verschwinden?«, fragte er flüsternd.

Phoebe wollte gerade etwas erwidern, als sie etwas entdeckte. Das durfte doch wohl nicht wahr sein! Am Rande der Tanzfläche stand – Leo. In seinem gelben Poloshirt hob er sich inmitten der Smokingträger ab wie ein Kanarienvogel in einer Pinguinkolonie. Wahrscheinlich hatte er sich direkt in den Saal georbt, sonst wäre er in diesem Outfit niemals an den Türstehern vorbeigekommen.

Leo winkte sie hektisch heran.

»Äh, wir reden gleich weiter«, sagte Phoebe und löste sich widerwillig aus Adams Armen. Sie hoffte für Leo, dass es etwas Wichtiges war.

Adam wollte ihr folgen, doch plötzlich stellte sich ihm eine Gestalt in den Weg.

Cole.

»Ich weiß nicht, was mit dir passiert ist«, knurrte er, »aber ich erkenne das Böse, wenn ich es sehe. Und du bist böse.«

»Ich habe keine Ahnung, von was du redest«, erwiderte Adam. Die beiden Männer fixierten sich. Keiner wich auch nur einen Millimeter zurück.

»Natürlich weißt du von nichts. Aber wenn du Phoebe etwas antust, töte ich dich.«

Der Tonfall in Coles Stimme ließ keinen Zweifel daran, dass er es ernst meinte.

Auf der anderen Seite des Ballsaals hatte Leo inzwischen von den furchtbaren Zwischenfällen erzählt. Phoebe spürte, wie ihr schwindelig wurde.

»Paige ist tot?«, fragte sie entgeistert. Sie konnte die Bedeutung von Leos Worten noch gar nicht richtig begreifen.

»Mach dir keine Sorgen. Die Zwerge kümmern sich bereits um alles.«

»Die Zwerge?«

»Piper hat einen Zauber ausgesprochen, der irgendwie

die Sieben Zwerge auf den Plan gerufen hat«, erklärte der Wächter des Lichts. »Streng genommen haben sie es mittlerweile lieber, wenn man sie Kleinwüchsige nennt.«

»Verstehe. Schneewittchen und die Sieben Kleinwüchsigen«, sagte Phoebe fassungslos. War denn die ganze Welt verrückt geworden?

»Die Hauptsache ist«, fuhr Leo fort, »dass sie darauf spezialisiert sind, die Toten zu konservieren. Das verschafft uns Zeit, um die böse Zauberin zu vernichten, die hinter der ganzen Sache steckt.«

Phoebe schüttelte den Kopf. »Cole steckt hinter allem.«

»Nein, Phoebe. Dem *Rat* zufolge hat er diesmal nichts damit zu tun. Und selbst wenn er für alles verantwortlich wäre, gibt es hier nichts mehr, was du tun könntest. Piper braucht dich zu Hause. Ihr müsst gemeinsam versuchen, Paige zu retten.«

Phoebe seufzte.

»Okay. Gehen wir.«

Piper beobachtete, wie die Sieben Zwerge eifrig den gläsernen Sarg polierten, den sie im Flur des Halliwell-Hauses aufgebaut hatten. Darin ruhte Paige, wunderschön und leblos.

Der Anführer der Zwerge trat vor Piper und blickte zu ihr hinauf. »Okay, der Sarg steht. Wann kommt denn ihr Prinz?«

Piper schüttelte den Kopf. »Äh, sie hat keinen Prinzen.«

Der Zwerg blickte die Hexe erstaunt an. »Kein Prinz? Das ist schlecht. Wer soll sie dann wach küssen?«

»Ich mache es!«, rief der kleinste der Zwerge.

»Träum weiter, Stinky! Ich mache es!«, rief ein anderer.

»Du sollst mich doch nicht immer so nennen!«, rief der kleine Zwerg. Die beiden gingen aufeinander los.

»Leute! Ein bisschen mehr Professionalität, wenn ich

bitten darf!«, rief der Chef-Zwerg dazwischen. »Entschuldige. Wir sind ein wenig außer Übung«, sagte er dann zu Piper.

»Mhm«, murmelte Piper nur. Dann ging sie zur Treppe, an der noch immer die gewaltige Axt des Holzfällers lehnte. Sie nahm sie in die Hand und hob sie hoch. Für ihre Größe war sie erstaunlich leicht.

In diesem Moment kam Grams aus der Küche. Sie blickte seltsam nervös auf die Axt in Pipers Hand. »Schatz, was willst du denn damit?«, fragte sie.

»Na ja, ich werde nicht einfach nur herumsitzen und warten, bis mich der Wolf angreift.«

»Der Wolf? Welcher Wolf?«, fragte Grams.

»Na, der große böse Wolf aus Rotkäppchen«, antwortete Piper verdutzt. Was war denn nur mit Grams los?

»Ach der. Unsinn, du glaubst doch nicht an diese alberne, alte Geschichte?«

Piper runzelte die Stirn. »Aber du bist doch diejenige, die gesagt hat, dass Märchen wahr sind.«

»Äh, ja richtig«, antwortete Grams unsicher. »Aber diese eine nicht. Es wurde nur erfunden, um Kinder zu erschrecken. Ich meine, ein Wolf, der ein kleines Mädchen verschlingt – wo gibt es denn so was?«

»Nein, nein. Der Holzfäller kommt, schneidet den Wolf auf und befreit Rotkäppchen und die Großmutter.«

Grams schüttelte entschieden den Kopf. »Unsinn. Das ist nicht die offizielle Version!«

»Es ist die Version aus Grimms Märchen«, beharrte Piper.

Grams zog eine Augenbraue hoch. »Ach ja? Zeig es mir«, sagte sie herausfordernd.

Piper zuckte nur mit den Achseln und schulterte die Axt. Das alte Märchenbuch lag noch immer auf dem Dachboden. Sie stieg die Treppe hinauf.

Grams folgte ihr mit einem gierigen Blick in den Augen.

Der kleinste Zwerg, Stinky, blickte den beiden hinterher.

»Ob sie weiß, dass das der Wolf ist?«, fragte er den Chef-Zwerg.

Der dachte an die Gewerkschaftsbestimmungen. Wenn sie sich in andere Märchen einmischten, gab das nur Ärger.

»Das ist nicht unser Problem«, sagte er nur.

Phoebe und Leo liefen durch den Ballsaal. Um sich nach Hause orben zu können, brauchten sie ein ungestörtes Plätzchen. Sie verließen den Hauptraum und fanden einen menschenleeren Gang. Dachten sie jedenfalls.

Phoebe blickte sich um. »Okay, lass uns orben«, sagte sie.

Leo griff nach ihrer Hand. Sie wollten gerade den magischen Sprung machen, als Adam um die Ecke kam. Er runzelte die Stirn, als er sah, wie Phoebe die Hand eines fremden Mannes hielt.

»Phoebe. Wo willst du denn hin? Und wer ist dieser Mann?«

»Äh, das ist mein Schwager«, erwiderte Phoebe. »Bei uns zu Hause ist etwas passiert, und ich muss sofort hin.«

Adam zuckte mit den Achseln. »Ich kann dich hinbringen«, sagte er.

»Phoebe, du wirst mit diesem Kerl nirgends hingehen.«

Jetzt war auch noch Cole um die Ecke getreten.

Phoebe atmete durch, ging auf Cole zu und verpasste ihm einen kräftigen Kinnhaken. Ohne jede Vorwarnung.

Cole torkelte zurück, mehr vor Überraschung als vor Schmerz.

»Wie konntest du so etwas nur tun?«, fragte Phoebe. Tränen der Sorge und Wut schimmerten in ihren Augen.

Cole rieb sich das Kinn. Er verstand gar nichts mehr.
»Tun? Was denn?«
Bevor Phoebe etwas antworten konnte, griff Adam nach ihrer Hand und führte sie weg. »Komm, wir gehen.«
»Phoebe, warte!«, rief Cole besorgt. Er wollte den beiden hinterherlaufen, doch Leo stellte sich ihm in den Weg.
»Lass sie in Ruhe«, sagte der Wächter des Lichts.
»Leo, ich weiß nicht, was hier los ist, aber er ist böse!«
»Ach ja? Und was bist du?«
Eine gute Frage. Cole blieb stumm.

»Also, mal sehen«, sagte Piper, »Rotkäppchen kommt also in das Haus und findet den Wolf vor, der sich als ihre Großmutter verkleidet hat. Als ob sie das nicht merken würde.«
Kopfschüttelnd blätterte Piper die Seite um. Sie hatte es sich auf einem alten Sessel bequem gemacht. Das Märchenbuch lag auf ihrem Schoß.
»Lies weiter unten«, murmelte Grams. Sie stand im Halbdunkeln des Dachbodens, hinter Pipers Rücken.
»Okay. Ah, hier: Rotkäppchen fragt: »Warum hast du denn so große Ohren, Großmutter?«
»Damit ich dich besser hören kann«, antwortete Grams und schlich näher an Piper heran.
»Warum hast du so große Augen?«
»Damit ich dich besser sehen kann.«
»Warum hast du so große Zähne?«
»Damit ich dich besser fressen kann, mein Schatz!«
Piper fuhr herum. Das war nicht mehr die Stimme ihrer Großmutter. Grams' Gesicht verzerrte sich auf groteske Art und Weise. Graues Fell wuchs aus ihrer Haut. Gewaltige Reißzähne brachen aus ihrem Maul hervor.
Piper stieß einen furchtbaren Schrei aus – und verschwand zwischen den Zähnen des Wolfes.

Die Ballmusik war nur noch ein entferntes Echo. Adam hielt Phoebe an der Hand. Sie verließen das *St. Regis Hotel* durch den Hauptausgang.

Irgendwo schlug eine Turmuhr zwölf. Mitternacht.

Leo lief ein paar Schritte hinter Phoebe und Adam. Der Wächter des Lichts hatte gerade den Bürgersteig vor dem Hotel erreicht, als er sich vor Schmerz zusammenkrümmte.

»Piper!«, rief er aus.

Als Wächter des Lichts – und besonders als Ehemann von Piper – war er mit der Hexe auf sehr intensive Art und Weise verbunden. Er spürte, wenn sie in Gefahr war. Normalerweise machte sich das als unruhiges, elektrisches Kribbeln bemerkbar. Aber was er jetzt spürte, war ein gewaltiger Stromschlag.

Er musste zu ihr! Sofort!

Leo löste sich in einer Lichtwolke auf.

Im selben Moment blickte Phoebe sich überrascht um. Adam hatte angeboten, sie mit seinem Wagen nach Hause zu fahren. Sie hatte eine Limousine erwartet, oder einen schnittigen Sportwagen. Doch weit und breit war kein Auto zu sehen.

»Was soll das?«, fragte sie. »Was wollen wir hier?«

Adam hielt immer noch ihre Hand umklammert. Ein wenig zu fest für ihren Geschmack.

Plötzlich hörte Phoebe ein fremdes und doch vertrautes Geräusch. Sie riss die Augen auf. Eine Kutsche bog um die Ecke. Dieselbe Kutsche, mit der sie hierher gebracht worden war. Doch jetzt wirkte das Gespann nicht mehr edel und prächtig, sondern nur noch unheimlich. Der Kutscher auf dem Bock schien nur noch ein Schatten zu sein. Der Schimmel an der Spitze der Kutsche schimmerte fahl im Mondlicht.

Nur Adam schien nicht überrascht zu sein.

Moment mal, durchfuhr es Phoebe. Wenn Adam diese Kutsche bestellt hat, dann ist er auch derjenige, der mich hierher gelockt hat. Sie war in eine Falle gelaufen! Cole hatte doch die Wahrheit gesagt!

Mit einem Ruck wollte sich Phoebe aus Adams Griff befreien. Doch der junge Mann war stärker. Er zerrte Phoebe zur Kutsche.

Die junge Hexe wehrte sich verzweifelt.

»Nein! Lass mich los«, rief sie, doch Adam reagierte gar nicht darauf.

Ein Glaspantoffel löste sich von ihrem Fuß und blieb auf dem Bürgersteig liegen.

»Brrr!«, rief der Kutscher. Es klang wie ein finsteres Knurren. Die Tür der Kutsche flog auf. Adam drängte die zappelnde Phoebe darauf zu. Die junge Hexe stemmte sich mit aller Macht dagegen, aber Adam war übermenschlich stark. Er warf sie kurzerhand hinein und schloss die Tür hinter ihr.

Dann trat er ein paar Schritte zurück.

Die Kutsche glühte auf. Ein unheimliches Surren erfüllte die Luft. Dann begann die Kutsche zu schrumpfen. Immer kleiner wurde sie und veränderte auch noch ihre Form. Nach ein paar Sekunden war der Spuk vorbei.

Die Kutsche war verschwunden. Stattdessen lag nur noch ein kleiner Kürbis auf der Straße.

In einem weit entfernten Land blickte die böse Zauberin in den magischen Spiegel. Sie hatte die ganze Szene beobachtet.

Jetzt lächelte sie zufrieden und sagte nur ein Wort.

»ENDE.«

10

Adam Prince stand auf der Strasse und bückte sich nach dem gläsernen Schuh. Traurig hob er ihn auf. Was er getan hatte, das hatte er nicht gern getan. Doch er stand noch immer unter dem Bann der bösen Hexe. Ein Teil seiner Persönlichkeit hatte sich gegen den Zauber der Hexe gewehrt, doch diese Stimme des Guten war untergegangen. Die Hexe hatte die böse Seite in Adams Persönlichkeit angesprochen. Jeder Mensch verfügte über eine solche Seite. Und sie war leicht zu verführen.

Adam trat auf die Straße und hob den Kürbis auf. Seine Hände zitterten. Er verstand nicht genau wie, aber auf irgendeine Weise war Phoebe in diesem Kürbis.

Und es war seine Aufgabe, sie zu töten. Sonst würde die böse Zauberin ihn vernichten.

Adam hob den Kürbis hoch über seinen Kopf.

»Leg ihn wieder hin«, sagte eine Stimme. Sie klang kühl und voller Selbstbewusstsein.

Ohne den Kürbis aus der Hand zu geben, blickte Adam auf. Vor ihm stand Cole Turner.

Adam zitterte immer stärker. »Ich kann nicht!«, rief er. »Die Hexe wird mich töten!«

»Das werde ich auch«, erwiderte Cole kalt. Sein Blick ließ keinen Zweifel daran, dass er es ernst meinte. »Adam, du willst sie nicht verletzen«, fügte Cole dann hinzu, diesmal etwas sanfter.

Aber die böse Seite in Adam triumphierte. Sie fürchtete sich davor, von der Hexe bestraft zu werden. Tapferkeit und Selbstaufopferung waren Eigenschaften, die dem Bösen fremd waren. Adam biss die Zähne zusammen. Dann schleuderte er den Kürbis mit der hilflosen Phoebe zu Boden.

Cole hob die Hand. Der Kürbis wurde in der Luft immer langsamer. Schließlich verharrte er regungslos, ein paar Zentimeter über dem Boden.

Auch Adam war durch Coles Macht in der Zeit eingefroren worden.

Cole bückte sich und nahm den Kürbis aus der Luft. »Was mache ich nur mit dir?«, fragte er sanft.

Er hatte keine Ahnung, wie er Phoebe befreien sollte. Was er dagegen mit Adam machen wollte, wusste Cole genau. Er schnippte mit den Fingern, und Adam erwachte aus seiner Erstarrung.

Bevor der Multimillionär überhaupt begriff, was los war, krachte Coles Faust gegen sein Kinn und ließ ihn zu Boden gehen.

Leo stand mit der Axt in der Hand in der Tür des Dachbodens. Er hatte Pipers Schrei gehört und war sofort hochgerannt.

Jetzt stand er dem Wolf gegenüber, der nun sein wahres Gesicht zeigte. Die Bestie hatte ihr Fell gesträubt und knurrte Leo zähnefletschend an.

Der Wolf traute sich aber nicht, den *Wächter des Lichts* anzugreifen. Sein Blick fiel stattdessen auf das Märchenbuch, das immer noch aufgeschlagen auf dem alten Sessel lag.

Er duckte sich, spannte seine kräftigen Muskeln und setzte zu einem gewaltigen Sprung durch den Dachboden an. Genau auf das Buch zu.

»Nein!«, schrie Leo, doch er hatte keine Chance mehr, das Tier zu erreichen.

Er fürchtete schon, seine Frau für immer verloren zu haben, als er einen gewaltigen Knall vernahm. Mitten im Sprung explodierte der Wolf plötzlich, und Fellbüschel rasten durch die Luft.

Kaum war der Wolf geplatzt, materialisierten Piper und Grams, die immer noch seinem Bauch gesteckt hatten. Mit Haut und Haaren.

Unsanft, aber unverletzt landeten sie auf dem Boden.

Sofort ließ Leo seine Axt fallen und rannte zu Piper. »Bist du in Ordnung?«, frage er besorgt und gleichzeitig erleichtert.

»Ja, ich glaube schon«, keuchte Piper.

»Wie hast du das gemacht?«, fragte Leo fassungslos.

Es war Grams, die seine Frage beantwortete. »Sie hat ihn von innen explodieren lassen.« Grams lachte auf. »Sie hat aber auch lange genug gebraucht, um darauf zu kommen.«

Piper runzelte die Stirn. »Nun mach mal halblang, Grams. Ich habe dir immerhin gerade deinen Hintern gerettet.«

Leo und Grams grinsten sich an. »Sieht aus, als wäre die alte Piper wieder zurück.«

Piper wollte gerade etwas erwidern, als die Luft auf dem Dachboden flimmerte. Cole materialisierte. Er trug noch immer einen eleganten Smoking und hielt etwas in der Hand.

Einen Kürbis.

Er räusperte sich umständlich und wandte sich schließlich an Piper. »Das, äh, ist deine Schwester, und ich sage es gleich. Ich habe nichts damit zu tun. Ehrlich.«

»Ach du meine Güte«, sagte Piper. Mehr fiel ihr dazu wirklich nicht ein.

»Was machen wir denn jetzt?«, fragte Grams.

Leo blickte die alte Dame heimlich an. Er hatte den Eindruck, dass sie ganz genau wusste, was zu tun war.

Piper seufzte. »Tja, ich würde sagen, wir tun, was wir ohnehin tun wollten. Wir finden diese fiese Hexe und vernichten sie.«

»Wisst ihr denn, wie ihr sie finden könnt?«, fragte Cole. Mit dem Kürbis in der Hand wirkte er mehr als fehl am Platze.

»Leider nicht«, musste Piper zugeben.

Leo hatte eine Idee. »Wartet mal, ich weiß es vielleicht. Der Wolf hat versucht, in das Märchenbuch zu springen. Vielleicht wirkt es als eine Art Portal.« Leo ließ seine Finger über die Seiten gleiten. Sie fühlten sich ganz normal an. Und so solide, wie Papier nur sein konnte. »Obwohl ich keine Ahnung habe, wie wir hindurchkommen können.«

»Wir können da nicht durch. Aber ich.« Piper nahm Rotkäppchens Mantel auf, den sie und Leo vorhin im Wald gefunden hatten. »Ich wusste doch, dass ich dieses alberne Ding früher oder später brauchen würde.«

Grams beobachtete stolz, wie ihre Enkelin den Mantel überstreifte. Dann zog sie eine kleine Phiole aus der Tasche.

»Vergiss das Zauberelixier nicht. Und jetzt zeig dieser dummen Kuh, wer hier die mächtigste Hexe im ganzen Land ist.«

Die beiden Frauen lächelten sich an.

Dann holte Piper tief Luft und berührte die Seiten des Märchenbuchs. Zunächst fühlten sie sich ganz normal an. Doch dann hatte die junge Hexe das Gefühl, eine Wasseroberfläche zu berühren. Ihre Finger tauchten regelrecht in die Seiten ein. Plötzlich verspürte Piper einen unglaublichen Sog, der an jeder Faser ihres Körpers zu zerren schien.

»Wow!«, rief Piper aus. Dann wurde sie innerhalb eines Sekundenbruchteils in das Buch hineingesaugt.

Leo, Grams und Cole blieben staunend zurück.

11

Die böse Zauberin stand nervös vor dem magischen Spiegel. »Warum beantwortest du meine Frage nicht, verdammtes Spieglein? Warum sagst du mir nicht, was ich hören will?«

Der im Spiegel gefangene Zauberlehrling lächelte. »Ihr wisst genau, dass ich immer die Wahrheit sagen muss und nicht lügen kann.«

»Aber wer, wenn nicht ich, ist dann die mächtigste Hexe im ganzen Land?«

»Rate mal«, sagte eine selbstbewusste Stimme.

Die böse Hexe wirbelte herum. Hinter ihr stand Piper. Mit Rotkäppchens rotem Umhang über der Schulter sah sie fast aus wie eine Comic-Superheldin.

Die Zauberin riss die Augen auf. »Du?! Aber das ist unmöglich! Der Wolf hat dich gefressen! Ich habe es mit eigenen Augen gesehen!«

Piper setzte ein schiefes Grinsen auf und holte die Phiole hervor. »Tja, ich bin ihm wohl nicht gut bekommen. Versuch doch mal, wie dir das hier bekommt.«

Piper hob die kleine Flasche und schleuderte sie der bösen Zauberin vor die Füße. Ein bläulicher Dampf quoll augenblicklich hervor.

Die böse Hexe wollte noch in Sicherheit springen, aber es war zu spät. Die Rauchwolke hüllte sie ein.

»Nein! Ich schmelze!«, rief die Zauberin in Todesangst. Tatsächlich begann sie schon, sich zu verformen. Es sah aus, als würden ihre Umrisse ineinander fließen.

»Ich schmelzeeeeee!«

Nach ein paar Sekunden war von der bösen Zauberin nur noch eine hässliche, schwarze Pfütze übrig.

Mit dem Tod der Hexe brach auch ihr Bann. Überall im

Raum strahlten Lichter auf. Der magische Apfel erschien wieder auf seinem Platz. Auch der Kürbis materialisierte wieder in seiner Vitrine, und an der Wand blitzte die Axt in ihrer Halterung.

Erleichtert nahm Piper Rotkäppchens Mantel ab.

Plötzlich begann auch das magische Spieglein an der Wand zu leuchten. So, als ob es einen hellen Sonnenstrahl reflektieren würde, der gar nicht da war.

Das Abbild des Zauberlehrlings erschien in dem Licht. Und es dauerte kaum einen Herzschlag, bis aus der Lichtprojektion eine reale Person wurde.

Der Lehrling blickte auf seine Hände. »Du hast mich gerettet!«, sagte er dann zu Piper.

»Bist du der Hüter der Requisiten?«, fragte Piper.

»Nein, nur sein Lehrling.« Der junge Mann blickte traurig auf die Leiche des alten Mannes, die noch immer auf dem Boden lag. »Oder besser ... ich war es«, fügte er traurig hinzu.

Ein furchtbarer Verdacht beschlich Piper. »Moment mal. Wenn er tot bleibt – erwachen meine Schwestern dann auch nicht zum Leben?«

»Oh, keine Sorge. Sie wurden zu Opfern der falschen Märchen. Indem du die Märchen gerettet hast, hast du auch deine Schwestern gerettet.«

Piper atmete erleichtert auf. Aber der Lehrling stutzte. Er blickte auf die Vitrine, in der die Glaspantoffeln aufbewahrt wurden.

Darin stand nur ein einsamer, linker Schuh.

»Einer der Glaspantoffeln fehlt noch. Das bedeutet, dass diese Geschichte noch kein gutes Ende gefunden hat.«

Piper lächelte. Der Lehrling war offensichtlich ein aufmerksamer Schüler gewesen. Die Requisiten waren bei ihm in guten Händen. Sie gab ihm Rotkäppchens Mantel.

»Tja, ich schätze, jetzt bist du der neue Hüter der Requisiten.«

»Sieht fast so aus«, nickte er nicht ohne Stolz.

»Sag mal«, fragte Piper, du hast nicht zufällig eine Idee, wie ich von hier wieder nach Hause komme?«

Der neue Hüter der Märchenrequisiten runzelte die Stirn. Dann lächelte er und ging zu einem Regal. Als er zurückkam, hielt er zwei rote Schuhe in der Hand.

Piper erkannte sie wieder. Mit diesen Schuhen war Dorothee, die Heldin aus dem »Zauberer von Oz« nach bestandenen Abenteuern wieder zurück nach Hause gereist.

Man musste sie nur anziehen und dreimal die Hacken zusammenschlagen.

Piper lächelte. Hoffentlich waren die Schuhe nicht noch auf Kansas eingestellt.

12

*P*AIGE SAH FASSUNGSLOS ZU, wie die Sieben Zwerge den Glassarg wieder abbauten, in dem sie gerade noch gelegen hatte.

»Okay, könnte mir mal jemand verraten, wie ich in einen Sarg gekommen bin?«, fragte sie.

»Tja, du warst tot, mein Schatz«, antwortete Grams. »Aber betrachte es mal von der positiven Seite: Jetzt haben wir beide etwas gemeinsam.«

Der Chef-Zwerg trat an Paige heran und blickte zu ihr herauf. »Hören Sie, Lady, Sie sollten sich besser einen Prinzen suchen, falls so etwas in der Art noch einmal passiert.«

Paige blickte mit offenem Mund hinunter. »Wer bist du eigentlich?«

»Wir schicken euch die Rechnung«, antwortete der Chef-Zwerg nur. »Los, Männer. Abmarsch.«

Die Zwerge schnappten sich die Einzelteile des Sarges und zogen ab. Ein Trinkgeld durften sie hier wohl nicht erwarten.

In diesem Moment kam Phoebe die Stufen hinunter. Der Tod der bösen Zauberin hatte auch sie aus ihrem Kürbis-Gefängnis befreit.

»Paige! Gott sei Dank, du bist okay!«, rief sie. Die beiden Halbschwestern umarmten sich.

Nun kam auch Cole die Stufen hinunter. Er runzelte die Stirn. »Okay, das bedeutet ja wohl, dass die Zauberin vernichtet ist. Aber wo ist dann –«

»Piper!«, rief Leo. Mitten im Flur begann die Luft zu schimmern, und Piper materialisierte aus dem Nichts. An ihren Füßen strahlten zwei rote Schuhe. Dann lösten sie sich auf, und Piper stand barfuß im Flur.

»Seid ihr alle okay?«, fragte Piper.

Grams antwortete anstelle von Phoebe und Paige. »Ja, und das haben sie dir zu verdanken. Tja, das heißt wohl, es ist Zeit für mich zu gehen. Leo, würdest du mich mitnehmen?«

Piper protestierte. »Hey, warum willst du denn überhaupt gehen?«

»Weil ich nicht mehr hierhin gehöre.« Grams ging zu Piper und umarmte sie. »Du hast geglaubt, du würdest mich brauchen, aber ich war nur hier, um dich daran zu erinnern, dass es eben nicht so ist. Du brauchst mich nicht. Nicht mal dafür.«

Grams legte ihre Handfläche auf Pipers Bauch.

»Und was ist mit mir?«, fragte Phoebe. Sie rannte zu Grams und Piper und umarmte beide. »Ich konnte fast gar keine Zeit mit dir verbringen.«

»Mach dir nichts daraus, Phoebe.« Grams lächelte. »Ich bleibe bestimmt nicht lange tot.«

»Auch wieder wahr«, erwiderte Phoebe.

Grams wandte sich Paige zu, die ein wenig abseits stand. »Und? Bekomme ich nicht wenigstens eine Umarmung zum Abschied?«

Langsam schritt Paige auf die alte Dame zu und umarmte sie schließlich. »Es war schön, dich endlich einmal kennen gelernt zu haben ... Grams.«

Grams lächelte glücklich. Sie warf ihren drei Enkeltöchtern einen letzten Blick zu.

»Passt auf euch auf«, sagte sie leise.

Dann löste sie sich gemeinsam mit Leo auf.

Paige blickte noch eine Sekunde in die blasser werdende Lichtwolke, räusperte sich einmal kurz und ging schließlich an Cole vorbei die Treppe hinauf.

»Wo willst du denn so plötzlich hin?«, fragte Piper überrascht.

»Ich, äh, muss dringend etwas Wissen über die Märchen nachholen.«

Piper wusste nicht, was ihre Halbschwester damit sagen wollte. Dann fiel ihr Blick von Phoebe auf Cole, und sie verstand.

»Äh, und ich muss dringend etwas Schlaf nachholen«, sagte sie und ging ebenfalls mit schnellen Schritten die Treppe hinauf.

Phoebe und Cole waren allein im Flur.

Phoebe trat nervös von einem Bein zum anderen. »Okay, du willst, dass ich es zugebe, oder? Okay: Du hattest Recht, und es tut mir Leid. Wirklich.«

Cole schüttelte nur den Kopf. »Das war nicht deine Schuld. Ich habe dein Vertrauen schon vor langer Zeit verloren. Ich kann nicht erwarten, es über Nacht zurückzugewinnen.«

»Ich glaube nicht, dass ich so bald wieder irgendjemandem vertrauen werde«, sagte Phoebe traurig.

»Meinst du Adam? Er wurde doch nur von der Hexe missbraucht. Er ist in Ordnung.«

Phoebe schüttelte den Kopf. Tränen glänzten in ihren Augen. Ihre Augen strahlten dadurch noch mehr, als sie es ohnehin schon taten.

Cole hielt Phoebe die Hand hin.

»Komm«, sagte er nur.

EPILOG

Der Ballsaal war leer und verlassen, der letzte Takt des letzten Walzers längst verklungen. Adam Prince saß auf einem Stuhl und betrachtete traurig den Glaspantoffel, den er in der Hand hielt.

Phoebe und Cole beobachteten ihn aus dem Schutz einer Marmorsäule.

»Was tun wir hier?«, flüsterte Phoebe. »Warum hast du mich hierher gebracht?«

»Um dein Vertrauen wieder aufzubauen. Du hast ihn doch gemocht, als ihr euch das erste Mal begegnet seid, oder?«

»Ja, und?«

»Da stand er noch nicht unter einem bösen Zauberbann. Warum gehst du nicht zu ihm und vergewisserst dich, dass dein Instinkt richtig war?«, fragte Cole sanft. »Ich will nicht, dass du dich in ihn verliebst, Phoebe. Aber du musst begreifen, dass er nicht böse ist.«

Phoebe schüttelte den Kopf. Sie verstand Cole nicht. »Warum tust du das?«

Cole blickte ihr tief in die Augen.

»Weil du lernen musst, deinen Gefühlen wieder zu vertrauen. Sonst wirst du niemals lernen, auch mir zu vertrauen.«

Phoebe schluckte. Dann ging sie langsam zu Adam hinüber.

Der junge Millionär blickte erstaunt auf, als Phoebe plötzlich vor ihm stand.

Phoebe nahm ihm den Glaspantoffel aus der Hand und legte ihn auf den Stuhl. Dann hakte sie sich bei Adam ein. Die beiden verließen wortlos den Raum.

Der Glasschuh leuchtete kurz auf und verschwand.

Cole Turner blickte den beiden noch lange hinterher, bis er schließlich in den Schatten des leeren Ballsaales verschwand.

Eines Tages würde dieses Märchen vielleicht auch für ihn gut ausgehen.

Neue Abenteuer der Zauberhaften!
Die Charmed-Bibliothek, Bd. 19–22

ISBN 3-8025-2992-8
Phoebe und Cole –
Gesichter der Liebe

ISBN 3-8025-2993-6
Die Saat des Bösen

ISBN 3-8025-2996-0
Dunkle Vergeltung

ISBN 3-8025-2997-9
Schatten der Sphinx

Egmont vgs verlagsgesellschaft, Köln

www.vgs.de

Neues von den Zauberhaften!
Die Charmed-Bibliothek, Bd. 23-26

ISBN 3-8025-2966-9
Hexensabbat in Las Vegas

ISBN 3-8025-3217-1
Begegnung im Nebel

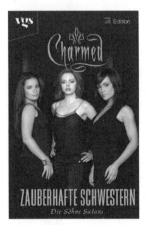

ISBN 3-8025-3213-9
Die Söhne Satans

ISBN 3-8025-3214-7
Hexen in Hollywood

Egmont vgs verlagsgesellschaft, Köln

www.vgs.de

Kreaturen der Nacht, Mächte des Lichts
Neues aus Sunnydale

ISBN 3-8025-2991-X
Buffy – Im Bann der Dämonen
Gefallene Engel

ISBN 3-8025-2990-1
Buffy – Im Bann der Dämonen
Mörderisches Spiel

ISBN 3-8025-3250-3
Buffy – Im Bann der Dämonen
Welle der Verwüstung

ISBN 3-8025-3249-X
Buffy – Im Bann der Dämonen
Kreaturen des Meeres

Egmont vgs verlagsgesellschaft, Köln

www.vgs.de

Neue spannende Romane
über die Vampirjägerin

ISBN 3-8025-3268-6
Buffy – Im Bann der Dämonen
Theater des Grauens

ISBN 3-8025-3271-6
Buffy – Im Bann der Dämonen
Seven Crows

ISBN 3-8025-3269-4
Buffy – Im Bann der Dämonen
Blutsommer

ISBN 3-8025-3270-8
Buffy – Im Bann der Dämonen
Cordelia – Die Höllenqueen

Egmont vgs verlagsgesellschaft, Köln

www.vgs.de